小说课堂

王安忆

人民文学出版社

图书在版编目(CIP)数据

小说课堂/王安忆著.—北京：人民文学出版社，2018
ISBN 978-7-02-014192-0

Ⅰ.①小… Ⅱ.①王… Ⅲ.①小说创作-研究 Ⅳ.①I054

中国版本图书馆 CIP 数据核字(2018)第 086684 号

责任编辑　卜艳冰　杜玉花
装帧设计　蔡立国

出版发行　人民文学出版社
社　　址　北京市朝内大街166号
邮政编码　100705
网　　址　http://www.RW-cn.com

印　　制　上海利丰雅高印刷有限公司
经　　销　全国新华书店等

字　　数　212千字
开　　本　890毫米×1240毫米　1/32
印　　张　10.5
版　　次　2018年8月北京第1版
印　　次　2018年8月第1次印刷

书　　号　978-7-02-014192-0
定　　价　48.00元

如有印装质量问题，请与本社图书销售中心调换。电话：010-65233595

目 录

第一辑

　　解读《悲惨世界》………… 3
　　圣女娜塔莎——讲述《战争与和平》………… 31

第二辑

　　《生逢1966》讲稿 ………… 57
　　《五妹妹的女儿房》讲稿 ………… 69
　　《城市生活》讲稿 ………… 82
　　《租个男友回家过年》讲稿 ………… 92

第三辑

　　小说与电影 ………… 103

小说的情节 ………… 117

小说的异质性 ………… 135

虚构——谈苏童小说 ………… 158

喧哗与静默——谈莫言小说 ………… 175

经验性写作 ………… 200

第四辑

中华文化与中国出版 ………… 227

小说的当下处境 ………… 236

改编《金锁记》 ………… 257

虚构与非虚构 ………… 267

小说的创作 ………… 280

张爱玲之于我 ………… 314

后　记 ………… 331

第一辑

解读《悲惨世界》

我为什么要谈《悲惨世界》呢？在我阅读的世界里有两座大山，一座是《悲惨世界》，一座是《战争与和平》，我一直很想去攀登。这两部作品太重大了，规模非常的宏大！现在有个很奇怪的现象，对当代作品进行过度解释，很小很小的细节被赋予很多很多的意义。而对于古典的东西，或许因为它们结构复杂，于是我们便不谈，这样其实我们损失了很多重要的东西，所以我觉得我必须来面对这两部巨作。当然在这两大工程之外，我还有个余兴节目，将来有时间我也要去分析的，就是阿加莎·克里斯蒂的全部侦探小说，她的小说我已经读了70%，统统读完可能也是一件蛮艰巨的事情！这就是我的阅读世界里的三件任务！

那么今年十月份，当我把我手里的东西最后写完的时候，我决定给我自己放假，一个"读书假"。近年来，特别是在这两三年里，我一直不停地写，几乎每天都在写，哪怕是在旅行的途中、飞机上、旅馆里，我都在写，好像有一种惯性，写到今年九月份，我就觉得应该暂时收尾了。这样不停地用着已有的东西，好像快用光了,应该去读些书!真要去读书的时候我就非常兴奋,仿佛自己将面对一个很盛大的节日,非常的愉悦!我觉得自己要开始过一段"好"日子了。从台湾海运回来的两箱书也到上海了。我觉得好有福气,可以生活在文字这么充盈的世界,可以有这么多书让我去读!当我一本一本地去读,基本是两天一本、一天一本,我觉得这近乎是一种"奢靡"!一个人怎么可以如此沉迷在这样的快感里面?我忽然感到应该让这种快感抑制一下了,于是我搬出了《悲惨世界》。

其实,对于《悲惨世界》我做过很多的笔记,但当我决定真正要攻克这座堡垒的时候,我还是感到害怕。因为它是那样的复杂,它的复杂决不是通常意义上的复杂!因为它的情节又是异常的简单,它就可以简单到这样的程度,我可以用一句话概括它的故事。所以我特别强调一部好的作品,它的情节可能铺得很开很开,拎起来就只有一句话。这样的作品虽然复杂,但它决不是庞杂、杂芜的,它是有秩序的,这种秩序是可以提纲挈领的。那么《悲惨世界》对我来说,它可以概括为这样的一句话:"一个人也就是冉阿让的苦行、苦修"。这个人的修行不是在宗教场所,而是在世俗的人间,这个"俗世"就是用"悲惨世界"来命名的。

这是非常简单的一个故事,但当我真正面对它,我却看到有那么多的材料、那么多的事件,我应该如何去铺排它?我如何去想象这样一位几百年前的作家,他是如何来安排他的故事、他的人物和这些不同的场景?

这里顺便说一下我对"现实"的理解，雨果最后完成这部作品的时间应该是 1862 年，而他所写的故事主要发生在 1831、1832 这两年，与他写作的时间已经相差了三十年，但我们从来没有怀疑雨果是个不关心现实的作家。因此，我们应该将反映"现实"的尺度放宽，不要以为反映"现实"就必须是反映当下的、今天的现实，我觉得这应该有一个宽度，对"现实"最起码宽容到一百年间。像雨果这样积极的、非常接近世俗的作家，所创作的《悲惨世界》是写三十年前的，发生在 1831 年、1832 年的故事，背景则是法国大革命（1793 年）。这就是作家考量现实的耐心和定力。

还有一点，我想作一个解释。1994 年我在复旦大学开了一门课，整个课程都用来说明我对小说的看法，我坦白我的观点至今未变，所以今天我解释的《悲惨世界》，仍旧是以我当时的观念，这个观念就是：小说不是直接反映现实的，它不是为我们的现实画像，它是要创造一个主观的世界。这个"世界"是不真实的，于是造成它的两难处境，因它所使用的材料却是现实的。这是因为小说世俗的性质，和诗歌、绘画都不一样，它在外部上与我们生活的世界是相仿的。如我这样的写实主义者看小说的方法和阅读的角度，一定有着自己非常主观的立场，因而我今天对于雨果这样一位浪漫派作家的解释可能完全是不对的，完全背离了他的初衷的，但今天我仍然要把我的阅读经验告诉给大家，或许能让大家多少受些启发。

我想，写实主义者有这样的一个特征，他们生性对生活的外部有种迷恋，他们比较喜欢生活外部的细节、面貌，之所以这样是因为他们觉得生活特别好看,生活的好看是因为合理,总是从人的需要出发的,出于人的需要的存在,会给人一种非常有秩序的感觉。对我来讲要做的事情就那么简单,我要把好看的东西都猎取过来做我的材料,创造我的主观世界,这些材料非常精美,当然不是所有而是指其中的精华。所以我这样的写实主义者是很难脱离生活的现实去谈小说的,因为我们不能创造一个神怪的、离奇的故事,也不会塑造一个仙人、超人、侠客,我们的理想就是要写一个与你、我、他有着相似的表面却有着和你、我、他完全不相同的内容的人。

以上是我所作的解释,现在可切入正题了。

我刚才所提到故事概括的一句话是:一个人即冉阿让的修炼过程,他修炼的场所就是在悲惨的人间。我将他苦修过程的时间和空间作一个介绍。

时间上是1831年、1832年,这是故事集中发生的时间,小说用整整一个章节谈这两年。在这之前的时间阶段有两段需要重视:一个是拿破仑的"百日政变",我们熟悉的说法是"滑铁卢败北",发生于1815年。雨果用了一个非常优美的倒叙的方式:1816年有个行客来到了乌蒙果,他在非常优美、宁静的农村田园风光里,走过一个农家院落,看见一个姑娘在干农活儿,姑娘边上放了一些农具,周围很安静,太阳非常好。他看到门上有坑坑洼洼的地方,村姑就告诉他,那是去年滑铁卢战争所留下的。这就像我们中国的一句古话,"要问朝廷事,请问砍柴人",一个轰轰烈烈的事件在一年以后就归于了平静。然后他再回述当年战争的很多细节，从几个方面来说明当时战争的神奇性。当时拿破仑打的这场战争，到了雨果笔下当然不会是真实和客观的，可以肯定有很多是从他自己需要出发的虚构的地方。他描述这场战争的时候，特别强调细节，比如天气，下了一夜的雨，地比较泥泞，炮队就没有准时到达地点，这是一个很偶然的因素，但这些很小很小的变数在拿破仑绝对优势的战役里成了决定性的转折因素。他写得非常仔细，很有趣，他一节一节地写，又比如碰到了一个不成熟的向导，指错了路；还比如没有好好看地形；再是军情刺探不够准确。总之都是非常小的、并不足以影响整场战争的过失，结果却使战争失败了而且败得很惨。当雨果叙述完这场战争的时候，他说了这么几段话作结束：这场战争即使没有这些变数的话，拿破仑他也要输的！他为什么要输？是上帝要他输，上帝是绝对不能让他赢的！为什么呢？因为出英雄的时代已经过去了，历史再也不是英雄的历史！因此，拿破仑的覆灭实际上是意味了一个民主的时代的崛起。好，拿破仑战败了，到滑铁卢为止，这个时代没有英雄了。

再次说明，我完全是以我的阅读方式叙述，不是按照作者写作小说的方式叙述。作者雨果的想法，已经无从推测了。

大作家就是这样，当他在叙述大的事件的时候，好像漫不经心地用了几笔，但这几笔就为后来的故事埋下了伏笔。什么伏笔呢？当战争打完、遍地横尸的时候，从远方走来了一个人，这个人显然是个无赖，这个无赖在战场上东看看、西看看，看尸体上有没有什么值钱的佩戴,这是一个趁火打劫的人。忽然,他看到在尸骨堆里有一只手,手上戴着一块金表。于是,他为了得到金表,就把这只手从尸堆里拖出来,拿走了这只金表。而他把这只手拖出来,倒在无意中办了一件好事。那个人本来是被尸体死死地压在底下的,被拖出来之后,呼吸了新鲜的空气,忽然清醒过来。军官很感激这个人,就问:"你是谁?我将来一定要报答你!"那个盗表的无赖说他叫德纳第。从此,军官就牢牢地记住了这个名字。在这个战役中这件事情是非常微小的,它不是一个显笔。可事实上,这里已经有两个人物出场了。一个是德纳第,他在芳汀的女儿珂赛特和冉阿让的生活命运当中起着很大的作用,他是一个小旅馆的店主;还有一个人是彭迈西,珂赛特的恋人——马吕斯的父亲。在介绍大背景中,不经意间出场了两个人物,我觉得这就是一个大手笔。当我们写小说的时候,或者是完全撇开我们的故事写背景,尽管写得波澜壮阔,但我们的人物是介入不进去的;或者就是让我们的人物孤立地担任角色,然后你就很难把他们与重要背景调和了,而雨果就是能够这样漫不经心地让人物从容显现于背景。

雨果写滑铁卢败北是为 1831 年和 1832 年作准备,我觉得他是为要写一个巴黎民众的狂欢节,这个狂欢节需要一个基础,这个基础就是没有英雄了,民众起来了,这是走向 1831 年、1832 年的重要一节。

插入一下,雨果对民众有一种特别强烈的矛盾心情,在他的小说中,民众都是一个歌舞的背景,都担任了一种大型歌舞的群众角色,非常欢腾,非常鲜活,可是同时民众身上又有非常糟糕的弱点,最后都要有一个神出现,把民众给领导起来,这就是雨果浪漫主义的体现。

第二个需要重视的时间阶段是拿破仑的政变失败,然后路易十八登位。这段日子他写得非常有趣。这是在法国大革命失败的日子里,已经基本上看不到一点革命的可能性因素,在这段时间里的法国巴黎,有一种奢靡的气氛,非常享乐主义,街上出现很多新时尚,知识分子开始为民众写作文艺作品,就像流行音乐和肥皂剧。让人觉得经过革命以后,整个法兰西很疲劳,需要好好休息来喘口气。这时候发生了一件事故:四个大学生在巴黎读书,他们勾搭了四个女工,其中一个人就是芳汀。这些女工很快乐,她们没有道德观念,和大学生们及时行乐,郊游啊,做爱啊,但是这四个大学生当然不会真正属意于这些女工的。时间在一天一天地过去,终于有一天,四个大学生在一起商量了一个游戏:就是带着这四个姑娘到郊外去野游,纵情快乐一场,然后不告而别。对于这样的结果,其他三个女孩子都无所谓,他们走就走了,可对芳汀来说这件事情很糟糕,因为她已经有了和大学生的一个孩子。芳汀是个很本分知足的人,她一点没有想到要用孩子去要挟那个大学生,这样,她就成了一个单身母亲。在这一个时间阶段里边,故事不经意地开头了。

接着时间就走到了1831年和1832年,这是雨果要着重描述的阶段,重要的故事就发生在这里:一个没有英雄的民主时代,一个世俗享乐风气造成苦果的时代,慢慢地走到了1831年,苦果开始成熟了，它会酿出什么样的故事呢？这是故事的时间条件。

空间上，主要场合是巴黎。雨果非常钟情于巴黎，他对巴黎的描写非常美、非常壮阔，写出了这个城市的性情。当然，走向巴黎也是有准备阶段的。第一是苦役场。文中虽然没有出现大段的正面描述，但这个苦役场是一个非常重要的空间舞台。第二个是靠海边的蒙特伊城，在这个城市里，冉阿让成为一市之长，地位升高，得到很多人的尊敬。对于冉阿让，苦役场是地狱，蒙特伊城是天堂，巴黎是人间。冉阿让的苦行一定是在人间进行的，他是在人间修炼的，因为地狱会把他变成魔鬼，而天堂又太不真实了。所以他必须来到巴黎，巴黎才是他真正的修炼场。

对巴黎这个地方，雨果写得真是大手笔！为讲述方便，我把它分为硬件和软件。首先，硬件，也就是布景的性质，有这么几个场所：一个就是戈尔博老屋，这是冉阿让把珂赛特从乡下领到巴黎来的第一个藏身之所，是一个非常荒凉的、靠近郊区的场所。在戈尔博老屋周围都是一些悲凉的场所，疯人院、修女院、救济所。再一个就是普吕梅街，这是冉阿让带着珂赛特离开修道院后安居乐业的地方。在这个花园里面，马吕斯和珂赛特曾在一起谈情说爱。这个场所给人感觉非常的奇妙，我们现代人已经没有想象力去写一个浪漫的场所，我们的浪漫主义走到了咖啡馆里，真是不知道浪漫是怎么回事情。

这普吕梅街我们待会儿再讲，它是如何为一场浪漫剧构置的舞台。还有一个场所是科林斯酒馆，就是街垒战的那个地方，指挥所,这也是很有趣的地方!酒店历史挺长,外表看起来很醒醒,墙上都是油烟污迹。这就是历史在物件上留下的印痕、积垢。科林斯酒馆是个积垢很厚的地方。

以上这些都是地面的构造,地面以下的空间是——下水道。"下水道"的描述我觉得是非常好的。我向大家坦白,雨果在这个"下水道"里还寄托了很多的涵义,而我现在却不能够真正了解。他那么耐心地去写那个下水道,呈现出的场景非常恐怖、肮脏、黑暗,可你又被它折服,你会觉得它是那么宏伟、充满了彪悍的人力,似乎是人文主义的一座纪念碑,在它面前,善与恶的观念就变得很渺小。尽管我至今未曾完全理解它的涵义,但不管怎样,它使我看见了这个城市的立体图。

地面以上的空间,可以说是巴黎的光芒,巴黎最辉煌的建筑——街垒。这个街垒真是让我吃惊。雨果写1831年、1832年、大学生、工人搭的街垒,可是他没有写得太多,他是这么写:"你们有没有看见过1848年的街垒"。1848年就是真正推翻波旁王朝的二月革命,可以说法国大革命到此才最后成就,尘埃落定。他用一章的篇幅写了两座街垒,一座是废墟一样,以各种物件,大的有半间披厦,小的有白菜根,犬牙交错堆积起来;另一座却是精密地用铺路石砌成,平直,笔陡。前者有着无政府主义的精神,后者则是严格的纪律性。我觉得这个街垒砌出了大革命的形状。

以上是硬件。

和这些硬件形成对比,分庭抗礼的就是他笔下的人物,即他的软件。我觉得雨果的作品特别能够改编为舞台剧,那么多的人物,做着不同的姿态,发出不同的声音,气势恢弘。

雨果笔下人物最大的基座是市民,这一阶层是最寄托雨果的同情和批判的阶层。市民阶层中有一个代表人物,叫马伯夫先生,他是一个教堂财产管理人,一个生性淡泊的老人。他在教堂里进进出出目睹了很多事情,他注意到,每到礼拜日就有一个中年男人,脸上带有伤疤,好像有过军旅生涯,很失意的样子,总是偷偷地在柱子后面注视一个女人带着一个小男孩做弥撒,老人一直目睹着这个场景。这个小男孩就是马吕斯,长大以后有一天,他又来了,而此时那个带伤疤的男人已经死了。老人就告诉马吕斯:"以前,他每个礼拜来看你,他非常非常爱你!"这一句话深深地触动了马吕斯,促使转变了马吕斯的世界观。这位老人最后死得非常壮烈,所以我要说他是市民的一个代表人物,他是在懵懵懂懂的状态下走到了街垒战的中心。他非常的温和、安静、单纯,一生只有两个爱好:植物和书,他是版本学家。他没有大的奢望,可是他还是发现世道在越来越走下坡路,他的兄弟去世,他的公证人侵吞他的一点点财产,七月革命引起图书业危机,他写的《植物志》没了销路,他的收入越来越少,心爱的珍本一点一点出手,一次次搬家,越搬越偏远,他完全不知道生活怎么变成了这个样子,完全不知道背后的政治的、历史的原因。最后,他壮烈地牺牲在了街垒战中。

还有一个群体是流浪儿。雨果笔下的流浪儿会让你感觉到他们那种非凡的快乐,他觉得他们是巴黎的种子、巴黎的孩子,他们在污浊的生活里面打滚,但由于他们天真、纯洁,所以他们居然很健康。他写流浪儿写得非常有趣,充满了热情和喜悦,他很喜爱这些小孩!他们没有对生活的要求,只需要一点点条件就能维持自己的生存,可他们却那么的开心、快乐,把这个悲惨的世界看成了一场游戏。在他们里面也有一个代表人物——小伽弗洛什,他是德蒙第的儿子。德蒙第家共有三个孩子,两个女儿很受宠,而他却很早就被父母一脚踢到街上,是个有家不能回的小孩。这个小孩也很令人惊讶,他最后也是牺牲在街垒战中,他把街垒战也看成一场游戏。这里也许就包含了雨果对革命的一种看法,雨果认为革命是一场壮丽的游戏,因为在上帝眼里人人都是顽童。这个孩子非常热烈地参加到战争中去,后来因为跑出街垒掩护拾捡武器枪弹被政府军击中。

雨果特别强调这在街垒战中牺牲的一老一小,这一老一小都是他心目中巴黎最好的人物,可以说是巴黎的世俗精英。

那么还有一队人他认为是光芒,是整个法兰西的光芒,就是大学生。大学生是街垒战的领导者,他们在流浪儿的纯洁之上增添了理性,在市民的生命力之上增添了理想,他们是法国大革命孕育的胎儿。他这是一级级往上走,底下是市民,上面是流浪儿,再上面是大学生。沉在"市民"这个地平线之下还有两层,一层是警察,这是国家机器,其中的典型形象,就是沙威,沙威是这个人群的一个代表,关于他,大家了解的可能比较多。再底一层是黑帮,黑帮是以德纳第为代表的,德纳第的笔墨非常多,他在冉阿让命运中担任了较多的任务。这是故事整个发生的时间和空间。

然后我按照我理解的方式来叙述一下情节。我将冉阿让的苦修分成了五个阶段、一个结果。

第一个阶段是苦役场。冉阿让身世可怜，降生于一个农民的家庭里，父亲、母亲都在很偶然的倒霉事故中相继去世，只剩下他和他的孀居的姐姐，还有姐姐的七个孩子，他从此就成了这七个孩子的养育人，过着蒙昧贫穷的生活。他是一个修剪树枝的工人，在一个找不到活儿干的冬天，他来到城里，砸碎一个面包店的玻璃窗，手伸进去拿面包，结果被判偷窃罪，进了监狱。在他被押送往苦役场的途中，他还什么都不懂，完全是像动物一样的头脑，哀哀地哭，想那几个孩子没饭吃了，他以为他的哀哭会使别人动情，可却毫无这回事，他依然被押送到苦役场，进入到那样一个非常悲惨的世界。在这个世界中，他们有自己的黑话、黑名字、绰号，他们有自己的纪律，他们轮流地合力帮助某一个苦役犯越狱，轮到他的时候，他就"出来"了，结果是，再被抓回来加刑，进来出去很多次，刑期加起来已经是十几年了。就是这么一个人，他在苦役场中训练了自己的肉体的生存能力，我把这作为他的苦修的第一阶段。在这里，他首先完成他的体质，他结实，很经受得住，身体特别的好，外号叫作"千斤顶"，意思是可以把很大的重量给顶起来；他同时学到了很多的化险为夷的方法，很多别人想不到的在恶劣的环境生存的方法。雨果说在他逃脱的地方，时常会发现有个大铜钱，沙威追逐他，转眼人不见了，但却发现一个大铜钱。沙威看见这个铜钱就觉眼熟，这是个什么样的铜钱呢？一个被非常仔细地切割成两片的钱币，四周有锯齿，旋上，里面藏了一张很薄的刀片，这张刀片可以帮助他完成好多事情。沙威认出，这是苦役犯的把戏。后来，教会又到苦役场里来办学校，他就在那里读书，识了字，学会了计算，受了教育。

他第一个阶段其实是一个很简单的阶段，就是冉阿让有了身体的力量，有了在最恶劣的环境下的生存能力，也有了一点儿小小的知识。这知识为什么必须要有？因为他将来要接受的修行，很快就要上升到一个理性的层面，你没有这些准备不能达到精神升华的地步，所以雨果必须创造给他这些条件。我们写小说就是这样，要给人物制定任务，就必须给他创造条件，没有这些条件给他，他完不成我的任务。

第二个阶段我觉得是比较戏剧化的，就是他遇到了迪涅城的主教米里哀先生。米里哀先生也是个非常有趣的人，他出身贵族，法国贵族中有一派是叫作"法袍"贵族，是教会系统的，历代他的祖先都是教会的人。所以他是贵族，但他这个贵族非常倒霉，在他少年时遇上了"法国大革命"，财产没有了，自己被驱逐到意大利，在意大利他经历了很悲惨的事实：老婆死了，孩子也没了。当他从意大利回来的时候，他已经变成了一个非常虔诚的修士，谁都无从猜测他精神上所经历的过程，但他的虔诚是大家有目共睹的。他对苦人非常的仁慈、非常的友善。从他的身世出发，他的政治观点肯定是保皇党，但他从仁慈的上帝的角度出发，他又不得不去关心一个被贬的、受放逐的革命党。这个革命党就在他的教区中,这个革命党为什么没被就地斩首?因为在表决处死路易十六的时候,他没有投票,他的比较温和的态度总算留给他一条命,让他离开巴黎到郊外去生活,很不幸他犯上了重病,知道这个消息后,米里哀主教就去为他祷告,做临死前的祈福。在当时的内地,保皇党的势力很强,很多人就很不能理解,为什么要为这个叛党祈祷?在这里,雨果就写了一长段米里哀主教和这个人的对话,从对话中我们可以看出主教的政治信仰,如何一步一步地屈服于他对上帝的信仰,这是比政治更为宏观的信仰。从这里我们就可以看出米里哀神甫是怎样的虔诚的人。

下面的细节是众所周知的,冉阿让从苦役场出来了,由于他的履历上写有"犯罪记录",所以没有人收留他,哪怕到狗屋里也被追出来。在这样一个无路可走的境地里,他又饿、又渴、又冷、又累,躺在迪涅市市政厅的石凳上,过来一位老太太,问他:"为什么躺在这里?"他说他没有地方可去,老太太就告诉他:"你可以去一个人的家,你可以敲开一扇门。"这扇门就是米里哀神甫家的门。果然他敲开了,进去了,他以非常粗暴的态度来对待这一切,仿佛全世界的人都对不起他,他不必对任何人客气、礼貌!米里哀神甫确实对他不错,可也没什么了不起的。不过有一件事情让他觉得非常奇怪,米里哀一家人口很简单,神甫、神甫的妹妹和一个女佣,即两个老女人和一个老头。三个人对他的到来都抱很平静的态度,这种平静就让他感到很奇怪了。从来他受到的眼光都是一惊一诈或者极其厌恶，总是带着强烈的感情，只有今天这家人对他那样的平静、那样的自然，并没有一点恩赐他的、居高临下的样子。接下来的事情就更让他奇怪了，在他半夜逃走并把神甫家的银餐具也"带"走了，警察把他抓回来的时候，神甫平静地说："这些东西是我送给他的，你们放了他。"然后又说："你怎么没有把我送给你的银烛台拿走？"接着他就把银烛台给了冉阿让。等到警察走了以后，神甫对他说了这样的话："这些东西都是上帝的，根本不是我该拥有的。"

冉阿让拿了东西以后感到茫茫然，他从来没有受到这样的一种对待，在走出神甫家门这一天，他整整一天都在想。古典作家可以很大胆这么写，把感悟、觉悟正面地写出来，把那种神灵照耀的事情就这么正面地、直接地写出来，写得非常的天真。暂且不谈这些，依然跟着情节往下走。冉阿让在想发生的这些事情，他本来对这个世界已经长出了一个"壳"，现在这个"壳"好像有了一个裂纹，绽露出柔软的感情，他惶惑不安。然后他依着恶的惯性，还抢了一个小孩的钱——一个分币，这是他犯下的最后一个错，而这个错误给他带来无穷的麻烦。雨果就有那么一种本领，你觉得他写得那么多，可是没有一处是平白写的，都是有他的道理的。他抢了这个分币以后，忽然就觉得天崩地裂，他的灵魂忽然间爆发一个裂变，这就是雨果和托尔斯泰完全不同的地方。托尔斯泰写人物的巨变要通过很多的过程和情节来完成，而雨果的浪漫主义气质让他真正相信福至心灵，所以他可以这么正面地、直接地去写这个变化。

下面的故事就很简单，他下了一个决心：他要脱胎换骨，他要做一个新人！他几乎是穿越整个法国到了海边，来到了那个蒙特伊城。

上天也非常给他机会，他到的时候正好市政厅着火，他把衣服、行囊一扔，跳进大火，救出两个孩子，恰好是警察队长的孩子。于是，他的身份证明免去检查，留在了这个城市。在这城市里，他是一个友善可却来历不明的人。大家都能接受他，因为他有这么大的善心，做得这么好。这个城市有个古老的工业，做黑玻璃装饰品。由于他在苦役场做过工，手很巧，也有很多的巧思，他做了几项技术革新：有一项就是把其中的一种矿物质原料用某一种比较廉价的原料代替，从而降低了成本；还有一项是将焊的工艺改成活扣的工艺，也降低了人工。于是，黑玻璃工业便发展蓬勃，给这个城市带来很多税收。他开了一间很大的工厂，这个厂就像一个社会主义社会，按劳取酬、大家平等、男工和女工都要是诚实的居民，他们分开居住，非常注意风化的问题。这样，他的德行就在蒙特伊城得到了大大的颂扬，谁都知道他、尊敬他。他也有了一个新名字，叫马德兰老爹，旧名字再没有人知道，因为他的通行证没有出示。他给人的印象是一个非常慈祥的老爹的形象，然后他两次被选民强烈要求选做市长。第一次，被他拒绝了；等到国王给他发了勋章，因为他发明了这么好的技术，使得整个工业发达起来，税收保证了，选民又一次强烈要求他做市长，大家都说："你这么好的人如果不做市长，就是对我们不负责任。"到了这个地步他只能做了。至此他的命运完全变了一个样，他真可说是脱胎换骨完全变成了新人。在这里，简直是天赐的，凡事帮忙，成全他变成了一个新人，谁都不知道冉阿让，只有他自己知道，他也不愿意去想。在这第二个阶段，冉阿让就必须享受一下，用"享受"这个字眼太轻佻了，也许要用"获得"，他"获得"了尊严。这个人从来没有得到过尊严，在这里他有了甚至是神的尊严。我觉得这对一个人的苦修是非常必要的，一个人如果永远被人家踩在脚底下，他的灵魂就永远不能高贵。我觉得在蒙特伊城里，冉阿让他要完成他的高贵气质，要使他灵魂高贵，然后他才能接受以下的进一步的考验。

  第三个阶段可以用一个事件来为它命名，这个事件叫尚马秋事件。当他当着马德兰老爹正合适的时候，忽然沙威警长告诉他这样一件事情，以那样的一种方式告诉他这件事情。他说："市长，我今天犯了一个很大的罪行，我居然敢怀疑你。"他问："你怀疑我什么呢？"然后沙威就告诉道，在另一个城市阿拉斯法庭抓到了一个人，这个人只是去偷人家的苹果，罪行比较轻，可是问题在于有人突然出来指证他，说他是多年以前的苦役犯冉阿让，并且说得很肯定。他坚持自己是尚马秋，可是人家都不相信，并且以很多方法证明"尚马秋"也可以读成"冉阿让"。这个人现在正受着审判。那么沙威为什么要来告诉他呢？沙威说："我本来怀疑你是冉阿让！因为有一次，割风老爹被翻了的马车压在底下，马上就要被压死了，这个马车非常的沉重，几个人也抬不起来，而且当时刚下过雨地又很泥泞，情况非常危急！这时有人出主意说找千斤顶，可一下子又找不到。这时马德兰市长您走过去用自己的背把马车顶起来了。我只看到过一个人有这样的力气的，这个人就是冉阿让，所以对你格外地注意，甚至做了很多调查。我居然敢怀疑你，现在出来了一个尚马秋，有很多的苦役犯都指认他，就是冉阿让，所以，我是犯下了对市长不忠诚的罪行。"在他做了这样的一个检讨后，冉阿让心里倒是一跳，他知道自己是冉阿让，那个尚马秋是被冤枉的。

那么这件事对尚马秋的影响是什么呢？如果他曾经是苦役犯，并且在出狱后，还犯过罪，不是抢过一个小孩的钱吗？再加上偷苹果，那么就是累犯。他的犯罪性质将很不同，刑期将会很长。冉阿让的内心很受震动，他觉得他必须去坦白、去自首，他要把这个身份说明。可是，此时却出来了芳汀的事情。芳汀的故事是所有的戏剧家们钟情的故事，这个故事大家都知道，芳汀为了回家乡谋生挣钱，她把私生子珂赛特寄养在巴黎乡村的德蒙第的旅店里，她为什么要寄养在这户人家里呢？她回家乡的路上看到德蒙第的太太在哄自己的两个女儿玩，这个女人表现得十分温柔，使她觉得如果把孩子交给他们，非常的令人放心。当她把女儿托付给他们的时候，两口子漫天要价问她要了许多钱，她非常的慷慨，就是为了把孩子托给一个信得过的人，然后她再往自己的家乡去。她的家乡就是蒙特伊城，她在冉阿让的工厂里做了一名女工，每个月的工资维持她的基本开销和女儿的抚养费，生活还能保持。这样，她每个月都要寄钱，她不识字，她不得不找人写信、寄钱，于是就有人对她的行径感到奇怪，有多事的便去打听，打听来她有一个私生女，就报告给厂里，厂里的管女工的也就非常呆板地执行马德兰老爹的指示：我的男工、女工都必须诚实！于是她被开除了。以后她的命运非常悲惨，她沦落到做娼妓，有一次，她被辱弄到忍无可忍的地步的时候，和嫖客打了起来，之后被沙威带到了警察局，然后她就看到了马德兰市长。这时芳汀已经不顾一切，她把她所有的冤屈都冲他喊出来，马德兰老爹对她非常怜悯，他决定要帮助她。他把她带到医院里为她治病，可是她的病已经无法可治，她最后的愿望就是希望见到她的女儿，冉阿让就对她发了誓，说一定去把珂赛特带来。

而现在，他要去承认自己是冉阿让，他如何去带芳汀的女儿？所以他就在不停地衡量：到底是哪件事情更加的重要？都很重要！都是在挽救苦人！尚马秋是一个人，芳汀这里是母女两个，他用很多的理由说服自己为芳汀完成心愿。如果帮助尚马秋，就必须承认自己是冉阿让；帮助芳汀却需要是马德兰市长。这两个身份对于他来讲，哪一个更能多做善事呢？想到最后，无法抉择，还是听从天命吧！他打听了去阿拉斯法庭的路程，并租好了马车。在他上路的时候却遇上了坏天气，然后车又坏了，遇到每一次的阻碍他都在想，是上天让我去救芳汀、让我继续做马德兰市长，他每一次都这么对自己说。可是不巧的是每一次都能化险为夷，他又觉得上帝的旨意是要他去解脱尚马秋，最后他终于只能赶到法庭，证明自己才是冉阿让。

在这里面包含一个非常重要的内容，比救尚马秋还是救芳汀都重要的是：你继续做马德兰没有问题，连沙威都放了你，但你只是在进行一个非常轻松的苦行，因为你是用一个"新人"在苦行，这个"新人"其实是一个假人！你必须回到你的真身，以你的真身在这个悲惨世界中将如何来完成你的修炼？怎么做、做什么呢？修炼将更加艰难困苦。这是冉阿让修行的一个关键。我把这些都看成是主要情节的准备。故事在此真正开始，他恢复了他的身份，真正开始了苦行。在这之前，是一条轻松的旁门左道。

他承认了他是冉阿让，但他又不能放弃他对芳汀的立誓。他该怎么去做呢？雨果给冉阿让派定了一个非常艰巨的任务：他要他用冉阿让的真身拯救珂赛特，抚养她长大，最后再将珂赛特献给幸福，这且是后话了。现在必须给他解决具体的问题：如何脱身，如何去救珂赛特，又如何能和珂赛特生存下去。这过程写得十分简练，冉阿让去法庭承认，然后他迅速回城，见了芳汀，向她保证救她的孩子，芳汀虽然没有见到孩子，但有了他的允诺也就安详地去世了，这时沙威进来抓住了他，于是又有一次逃脱。这次逃脱非常重要，为了取他的钱，他在蒙特伊城挣得的60万法郎，他把这个钱埋藏好，没有它以后他和珂赛特在巴黎的生活就无从解释。有时我们就必须为了一个细节创造一些情节，从这些情节看我认为雨果还是一个比较现实的浪漫主义作家，他必须把这些现实的问题解决掉。他的埋钱则写得非常浪漫。在这个地方流传着一种迷信说法，认为从远古时代起，魔鬼就选择森林作为藏宝之地，倘若天黑时候在森林僻静的地方有"黑衣人"出没，这个"黑衣人"就是魔鬼，如果你把魔鬼藏的财宝找出来的话,必死无疑!所以在那里没有人会去挖冉阿让的财宝。

在被逮捕后,他便被送去服苦役了。有一日,一艘战舰到港口检修,一位水手突然在桅杆上失去平衡,情况十分的危险!这时就有一个苦役犯跳出来,说:"我能不能去救他?"这时没有人能说不能,都说:"你能你就去!"于是这个苦役犯非常迅速地解脱了他的脚链,爬上桅杆把水手救下来,然后忽然一转身跳下了大海,所有的人都以为他是失足,葬身海底,喂了鱼虾。这苦役犯就是冉阿让,他去救珂赛特了。

在这个修炼的阶段中,他回到了他的真身,和珂赛特相遇,进入了巴黎——这个大苦难场,故事走上了正面的舞台。

他去救珂赛特的时候我觉得雨果写得非常美!大作家都非常会写孩子。当他终于跟德纳第夫妻谈好价钱、把珂赛特领出来的时候,他从背囊里掏出一套孝服,替孩子穿上,因为她的母亲已经去世了。所以那天早上就有人看到在晨雾中一个粗壮的汉子搀着一个孩子,孩子穿着一套黑色孝服,怀里抱个粉红色的大娃娃,非常的美,非常的慈悲!珂赛特穿着孝服走入她的人生。然后他们来到巴黎,住进了戈尔博老屋,这是冉阿让事先踩好了的点。

第四个阶段我命名为修道院。冉阿让在戈尔博老屋可以说是享受了一段天伦之乐,他一辈子没有体验过这种亲情的感觉,他有过亲人可那时他的心智还未开蒙,根本就理解不了,亲情对他讲就是吃、穿的生计问题,就是拼命地劳动,哺育这些侄甥。现在他有了珂赛特,尽管他们在这老屋里生活非常简单,可他们都非常快乐。好景不长,很快他们的行迹就被沙威发现了。沙威老早就听说,这个屋子里住着个吃年金的老人,带着个小女孩,同时他又收到来自巴黎郊区一家客店的报告,告诉他有个小女孩被一个中年人带走了。他把这些情况汇总起来,就觉得十分可疑,虽然他也看过报告,说这个苦役犯已经死了,可他更相信这个苦役犯的生存能力,可以说,他总是抱着一种很警惕的态度,总觉得他会在什么地方冒出来,他老是在那儿等着,他甚至在老屋里租了个相邻的房间来监视冉阿让。有一天他终于要采取行动了,但冉阿让也非常警觉,好几次,他觉得街上有一个乞丐长得非常像沙威,所以当他知道邻屋住进了新房客的时候,他毫不迟疑地带了珂赛特就走,立刻就听到身后有脚步声,当他被追到一个死胡同、无路可走的时候,不得已翻墙进了一家修道院。于是他开始了他的第四个修行的阶段。

首先要解决的问题是如何在修道院安身。很巧的是,修道院里的园丁,正是当年被他从马车底下救出的割风老爹,他可以请这个园丁帮助他在修道院里找一个职位。可问题是:他去谋职,应该是从门里走进去,而他已经翻墙进去了,总不能再翻墙出来,墙外边也许还等着沙威。所以,他要进去,就必须先出来。在这个非常严格的苦修的地方,只有一个男人就是割风老爹,他的膝盖上绑了铃铛,听见铃铛声响,修女就要避开,在修女院里的寄宿制修女学校,倘有家长来探望,也不能拥抱,更不能亲吻,在这里必须守规矩,不能做一点顺从你的人性的事情。很冒险地进入了这个防守严密的苦修院,可怎么出去呢?孩子好办,放在背篓里就出去了,可冉阿让这么大的一个人,真是个难题!

结果他们也找到了办法。在这里有很多终身苦修的修女,她们都希望死后能埋在石板的底下,和这个修道院永远在一起。可这是政府不允许、教会也不允许的事情,不过修女们还是经常悄悄地把尸体埋到石板底下。这天,修道院又死了个修女,上层的修女们就在商量:这个修女从小在这里,非常的虔诚、非常的严守!我们能不能完成她的心愿就把她葬在这里呢?然而,政府已经送进来一口棺材,一定要把修女运出去埋了。于是,破天荒的,割风老爹被叫去商量:"我们要你去埋一口空棺材,你一定要保守秘密!"而后,冉阿让说:"那我躺到这口棺材里去。"棺材顺理成章地运出去了,埋到地下,可是不巧,和割风老爹很好的掘墓工人不在,换了新工人。这个新掘墓工不喜欢喝酒,很严肃,特别的负责,一定要把这个棺材埋好他才肯离开。割风老爹想尽了一切办法才调开了他,然后开棺放出冉阿让,把他领进修道院合理合法地生活了。

我觉得修道院情节的重要就在于它的环境,小说中说到这么一句话:修道院就是把米里哀神甫的功业继续完成。冉阿让一生经历了两个囚禁人的地方:一个是苦役场,一个是修道院。他把这两个地方作了对比:一个是囚禁男人的地方,一个是囚禁女人的地方;一个地方是人真的犯了罪,一个地方人是没有罪的;两个地方都是赎罪的,一边是为自己赎罪的,一边是为所有人赎罪的;一边的人充满了怨毒,而另外一边的人却心甘情愿。因此他对这些身体软弱但精神强大的女人产生了很强烈的敬意,小说中出现有这样的场景:冉阿让在修女祈祷的厅堂外边,跪下来对着她们祈祷。雨果的小说中常常会有这样的戏剧性的动作,在托尔斯泰的作品中不太会有,托尔斯泰笔下的环境都是极其现实的,所以人物便不会有夸张的行为,但雨果可以。

第五个阶段我命名为"珂赛特"。这时候时间已经到了1831年、1832年,他们已经在了巴黎,这个阶段可以说是故事的高潮。

这时珂赛特已经成了非常依赖冉阿让的"女儿",冉阿让也离不开珂赛特,珂赛特使他体会到温柔、慈悲的感情,他会觉得自己活着还有价值,这几乎是上帝给他的赐福了!

可这时上天又开始对他进行新的考验了。珂赛特长成美丽的少女,情窦初开,爱上了马吕斯。

马吕斯这个人物很有趣!他是跟着保皇党的爷爷长大的,自小出入保皇党遗老遗少的沙龙。但他的父亲是革命党,就是当年德纳第从尸堆里面拖出来的那个人,是拿破仑的部下,并且是立了战功的。因此在他的思想里面就经历有一个激烈的动荡,他有着保皇党外公的思想,而当他知道他的父亲很爱他的时候,又一下子变成了革命党。他与外公决裂,离开了家,自己艰苦地生活,甚至拒绝了外公给他的一点点周济。这时候,他碰到了一帮大学生,和他们在一起,听他们说话,他又觉得自己不对了,这些大学生既不是保皇党也不是革命党,他们只崇尚自由,他们脑子里就是一个法兰西,不是皇帝的,也不是拿破仑的,而是人民大众的,所以他又有了新的思想。当他经历这些思想变化的时候,他遇到了珂赛特,这时爱情压倒了一切!他觉得爱情对于他来说是最真实的,所以马吕斯走向街垒战的时候,并不是受到思想的推动,只是爱情上的失意,而爱情,则是燃自于青春。我以为这也是对法国大革命精神的一种描摹。

那段时间他已经和珂赛特很要好,他们总是在那个花园里幽会。他们幽会的花园是普吕梅街花园,是冉阿让将珂赛特从修女院带出时居住的地方,冉阿让认为他无权决定珂赛特的生活,她应该享受俗世的人生,然后由自己作抉择。普吕梅街花园原来是一个大法官金屋藏娇的地方,所以地理位置很隐秘幽闭,房子和花园的装饰则非常的矫情雕琢,有维纳斯的石像、葡萄架、摇椅、秋千,雨果的话,就是"恰恰符合法官的艳遇"。可是在一百年后,这个花园已经荒废了,杂草丛生,没有人修复也没有人愿意入住,但雨果说反而是繁生蔓延的野花野藤把原来的这种矫情给掩盖了,大自然的生命力是那么的旺盛,"打乱人为的狗苟蝇营",这个花园就从"偷情"的格调上升为纯情了。

我觉得这一段写得非常好!雨果非常耐心地为两个恋人搭建了一个优美舞台。

他们在这里幽会时碰到了很多危险,其中有一次是德蒙第从监狱里被黑帮救出来,跟踪冉阿让到普吕梅街花园,准备对冉阿让进行敲诈。但是他的二女儿爱波妮非常地爱马吕斯,虽然看到马吕斯与珂赛特幽会非常痛苦,可她却因爱马吕斯而不能让珂赛特受伤害，所以挺身而出阻难了黑帮的行为，并且警示冉阿让，让他防范。于是冉阿让决定带着珂赛特离开法国，在此时此刻，马吕斯决定回到外公家，向外公请求允许娶珂赛特，但受到了骄傲的老人的嘲弄，失意的马吕斯于是走向了巷战。

冉阿让如何来对待珂赛特和马吕斯的幸福呢？这是个重大的考验，上天给他的赐福，此时又要收回去了。他光身来到这个世界，最后他还要光身离开，他要把他在这个世界上唯一的获得献出去，而他最后非常成功地完成了这一个人生的答卷：他把珂赛特完好地送出去了。

这么多年里，由于精打细算，他存下来的60万法郎只用掉2万法郎，加上利息共有58万4千法郎，珂赛特就有了丰厚的陪嫁；他还为珂赛特制造了一个身世，把珂赛特算作割风老爹的女儿，当时他入修女院做杂役，就是以割风老爹兄弟的身份，所以，割风老爹的姓早已做了珂赛特的姓。这样做是因为他觉得自己不"干净"，他不能用他苦役犯的身份玷污了珂赛特。珂赛特结婚那天，为了不在他们的结婚证书上签名，他把自己的手砍伤，而把签名的神圣机会转交给了马吕斯的外公，一个老贵族。他完美地把珂赛特交给了她的爱人，而自己则一无所有、慢慢地衰老下去。

这中间还有一些情节值得关注！在珂赛特新婚第二天一早，冉阿让就跑到马吕斯家里，向他坦陈自己的身世，马吕斯的态度是，希望冉阿让与珂赛特断绝往来，并且逐步实施疏离他们的计划。然后，终于有一天，马吕斯发现了救他性命的恩人就是冉阿让，这时他才带着珂赛特上门对冉阿让表示感激,并且要把他接回去,当然,一切已经晚了,冉阿让马上就要去世了。可是,冉阿让终于以他的真身显现于世人面前,并且获得尊敬。

冉阿让终于以冉阿让的真身显现世人面前,善行于人世,一无所有地来,一无所有地去,这便是那五个阶段之后的结果!

我还要强调一个场景,就是珂赛特结婚那天正好是狂欢节的最后一日,当她的婚车从街上驶过,街上有很多很多的人,他们非常的欢乐。而冉阿让坐在婚车上,一只手上绑着绑带,神情非常的严峻!我觉得很感动,我觉得冉阿让就像一尊神降临人间。雨果总是把大众处理成一种欢乐的歌舞场面,让他的神孤独地行走,就像《巴黎圣母院》中,卡西莫多被众人选为丑王,抬举着游行。就在这么一个具有形而上含义的场景里,雨果依然没有放弃情节上的具体需要:在一个"假面车队"里面坐着德纳第,他由于是非法越狱,不敢贸然出入公共场所,只能在狂欢节里,戴了假面来到光天化日之下。他认出了冉阿让,然后去向马吕斯告密,无意中倒反而说出了冉阿让救马吕斯的真情。

这些看似漫不经心的环节其实是扣得很牢很牢的!雨果给我的感觉是他非常的潇洒!像这么一种大的场面,我们往往连场面都来不及细细描绘,而他却还能把情节放进去发展,同时表现得很有趣!

在这个结果里面,还有一个场景,冉阿让快要死了,马吕斯带着珂赛特来了,说:"我们接你回去,我们是一家人,我们不能分开!"但是他已经快要死了。在这最后的时刻,冉阿让告诉珂赛特:"你的母亲的名字叫芳汀,她为了你吃了很多的苦!你是那么的幸福!她是那么的不幸!"每个人包括珂赛特都是这个悲惨世界的种子,都要种植下去,然后生长、开花。冉阿让以他的真身完成了他的修炼,他也要让珂赛特获有她的真身,完成她的修炼,这个责任谁也代替不了,谁也避免不了!芳汀就是珂赛特的真身。别看你现在多么的幸福,可是我要告诉你,你的母亲是多么的苦!他要把这个修行的任务交下去,继续悲惨世界里的修行。

以上是我对这部小说阅读的一个结果。

讲于 2002 年 12 月 15 日

整理于 2003 年 3 月 21 日

圣女娜塔莎——讲述《战争与和平》

《战争与和平》是一部巨作,篇幅特别长,有那么多的人物,因人名都是从俄语翻译过来的,特别冗长,有教名,有父名,有家族的名字,再加上自己的名字。要把这些人名搞清楚就很不容易了。所以当我决定讲述这部作品的时候,主要考虑的就是怎样把事情变得简明。我尽可能讲得简明。

我觉得,事实上也不是那么复杂的。这部小说在我看来——当然我不能说我的解释一定切合托尔斯泰的原意——我以为事实上只是写了两个人,一个是安德烈,一个是彼尔。我觉得只是写了这两个人的思想历程和人生道路,这两个人的人生道路和思想历程,又主要是为了解决一个问题,这个问题是什么呢?很简单,也很复杂,就是怎么样才是幸福。在全世界各地的民间传说中,我们的主人公经历了很多的艰难和困苦,最后一句话往往是:从此他们过着幸福的生活。那么什么是幸福呢?这是困惑每个人的问题。安德烈和彼尔也是要回答这个问题,他们从不同的途径来解答什么才是真正的幸福。为什么托尔斯泰选择这两个人来回答这个问题?先来看看他们是谁。他们两个人都是贵族，对他们来说，衣食早已不成问题了，他们不必自己动手挣衣食，全部人生都可用来清谈、冥想、玄思，过着精神的生活。资产阶级其实是很劳碌的，他们过着物质生活，而贵族是闲适的，只要他们愿意，就可以很奢侈地讨论精神价值。所以我想托尔斯泰之所以让他们两个人来承担回答这个问题，是因为他们两个人的身份是贵族。

他们这两个人为什么在这个时候发生问题，迫切于解决这个问题？还有他们经历了什么样的阶段，最后是不是回答了自己的问题？这就是我分析的主要内容。首先说为什么是在这个时候，让安德烈和彼尔在《战争与和平》所描写的这个时候面临问题和挑战。我们刚刚已经说过了，他们的身份是贵族的身份，让这两个贵族青年在这个时候发生这个问题，这当然是有原因的，那就是贵族阶级的没落，这个阶层开始走下坡路。我不知道大家是不是看过这本书，我在分析的过程中将会叙述一些情节。

贵族阶层的没落在小说里有几个方面的表现，第一个最主要的表现就是拿破仑战争，这也是整部小说贯彻首尾的情节线索。拿破仑向奥地利发起战争，俄罗斯作为奥地利的同盟国参战，还有波兰。拿破仑出身自破落贵族家庭，这个破落户揭竿而起，向皇权挑战，要征服欧洲。小说一开始的场景，就是在彼得堡一个著名沙龙的晚会，人们谈时尚，谈绯闻，也谈拿破仑。他们用非常鄙夷的话语议论拿破仑，在这些轻薄的谈论中其实潜藏着一个严肃的恐惧，用在座的一位法国子爵的话来说，拿破仑一旦上台——"法国社会,我当然是指上流社会,将会被阴谋、暴力、放逐和死刑完全葬送掉。"

再一个方面,道德伦理岌岌可危,也就是礼崩乐坏,小说中四处可见贵族子弟堕落的细节。比较有代表性的就是海伦,关于他们一家,社交场上都有着十分不堪的传言,私通甚至乱伦。她后来做了彼尔的妻子,为彼尔带来痛苦和羞耻,而彼尔本人就是一个大贵族的私生子。整个贵族社会的糜烂、腐败也证明这个阶层在丧失活力。

第三,贵族的家庭——从某一方面来说和你我他的生活其实也很相像,那就是柴米油盐七件事。此时,贵族家庭很普遍的,财政出现赤字,经济都很紧张。比如说娜塔莎,这位女主角家的财政问题已经很严重了。当然他们的生活不是我们常人所想象的衣食住行,不说别的,只说他们家里养的门客,就可以看出开销之巨大。即便是在手头拮据的情况下,家中的太太还要慷慨地施舍贫穷的朋友;儿子依然需要大笔的赌资,为了在赌场挣得荣誉;娜塔莎的姐姐到了婚嫁年龄,更要有陪嫁,她的小军官未婚夫向未来的岳父坦言,如果没有适当的嫁妆,我是不能娶你女儿的。我想,他的家庭也等着这一笔嫁妆派用处呢!最后他们只能把家族财政的转机寄托于长子的婚姻,于是,儿子就不能娶他心爱的穷姑娘。还比如,海伦的家庭,四处也都是漏洞,所以她的父亲华西里公爵把眼睛瞄准了继承到一大笔遗产的彼尔,终于得到这一位贵婿。

第四,我们可以从安德烈家的生活里看到,这一个颇有渊源的大贵族，虽然依然拥有着财富，可是却过着一种沉闷的生活。最明显的是人口单薄，大宅子里就住着寥寥主仆几人。退出政治舞台的老公爵心情失落，性格乖戾，以折磨女儿为乐趣，而女儿眼看着要成为老姑娘。安德烈娶了妻子，可是看起来不过是将无味的生活再延续下去。生活似乎只是因循着自然的法则在颓圮下来。就是在这个时候，人们开始怀疑，究竟有没有所谓的幸福，要是有，又什么才是。这些贵族子弟都受过很好的教育，养尊处优会产生纨绔，也会孕育思想精英，托尔斯泰便派遣他们去接受精神的危机，继而探索什么是幸福。关于这种怀疑的产生，我想说一个题外的故事。这个题外的故事来自印度本生，本生就是寓言故事，这一则叫作"怀疑本生"。故事说有一个菩萨，转生到了乡下，再继续苦行，住在喜马拉雅山上，有一天他忽然看见前面的莲花池里有一朵非常美丽的莲花，别的莲花都谢了，只有这一朵盛开着。他非常好奇，就跑到莲花池里摘下这朵莲花，却发现原来是一个非常漂亮的女孩。慢慢地，女孩长到16岁，她的美貌已经名扬四海。这时候，就有一个国王前来求爱。苦行者说你可以娶这个女孩子，但是有一个条件，你必须猜出她的名字。于是，国王就开始不停地猜，不仅自己猜，还让他的王公大臣一起猜，猜了一年也没有猜出来。国王很丧气，想放弃离开了，女孩说你不要走你再猜，你知道吗，在某一个地方，有一种藤蔓，名字叫"希望"，一千年才结果子，有一群醉仙，为了喝果子的琼浆，一千年中不断地来看望藤蔓。你才过了一年怎么就绝望了呢？国王留下来，又猜了一年，还是没有猜到，他又丧气了，女孩说你不要走，然后又讲了苍鹭的故事。有一天苍鹭飞到一座高山上，景色非常漂亮，它就想在这里待上一整天，但是山上没有水也没有鱼，怎么能待一天呢？就在这时，众神之王打了胜仗，很得意，发誓愿满足世上一个愿望，恰好看到了苍鹭，于是让山下的水涨到山顶，苍鹭又有水喝又有鱼吃，舒舒服服在山上停留了一天。这两个故事一个是讲漫长的等待之后的必然性，一个讲的是机遇促成的偶然性，两者都需要虔诚心。这个国王就又留下来猜了一年，很困难的考验，依然没有所获。这一回，国王真的决定走了，非常地沮丧，临别的时候唱了一首歌，他唱道："我的力量在减弱，旅行用品消耗完，怀疑生命临末日，我要立刻回家转。"他以为自己生命都要结束了，可是就是这个时候苦行者说，你猜到了，女孩的名字叫怀疑。从这个故事可以见出，怀疑并不是随时产生的，它需要许多必然和偶然的准备，而一旦怀疑成立，建设就要开始了。

现在，我要谈到真实和虚构的关系。就像方才说的，我要努力将这部作品解释得简单明了。但我还是要略微提及一下这一对关系，为了便于讲述。我曾经看到在《世界电影》杂志上，美国作家安妮·普鲁克斯，就是《断背山》的作者，谈《断背山》的创作过程。有一段话，可能我们一般人听起来没有什么感觉，但是对写作的人却很重要，她说："我和一位羊倌谈话，以便确认我所描写的二十世纪六十年代早期，可以有一对白人牧童看护牧群，这一点是符合历史事实的……"安妮·普鲁克斯为什么这么较真，为什么耗时耗力地寻求历史真实？小说不是虚构吗？有什么是不能虚构的？可是，事实的真实就是很重要，小说是创造一种假设的生活，这种假设的生活是在真实的条件下发生，派生出故事和细节，真实是虚构的源泉。《战争与和平》所启用的就是真实的历史事件，那就是战争。我是一个不喜欢战争题材的人，我看到电视、电影里面凡是有枪炮出现我立刻换台，战术和武器都太外部化，但是我非常重视战争中的人。因为战争是一个巨大的戏剧环境，在这个巨大的环境中，人会有什么样的感受和表现？这是我非常在意的。我想托尔斯泰耗费那么大的笔墨，写了这场规模巨大的战争，是为了布置一个大舞台，好让各色人等在上面表演，表演什么样的戏剧？这一出大戏也许很简单，最终还是归结到那一个问题，就是什么是幸福。

在托尔斯泰的《战争与和平》中，有一些人是历史上真有其人，是谁呢？两个人，一个是库图佐夫，他是对抗拿破仑战争的总司令，俄国战将，打过著名的战役；还有一个就是拿破仑。真实的人物出现在这里的时候，对于写作人来说存在一个悖论：一方面觉得心里很踏实，我的虚构有一个靠得住的背景，靠得住的人和事，我的虚构就可能因循合理的逻辑，不会出大错；另一方面呢？问题也来了，我能不能自由地表达他们？这就是问题。如今我们看《战争与和平》，我们离托尔斯泰已经那么远了，离开那一场战争也很远了，我们却可以相信那一切都是真实的，带着这样一个信任度阅读，犹如身临其境。我还是要提这个问题，为什么我们要有一个真实的背景？回答可能是这个世界上最强大的创造者是大自然，大自然的创造是没有什么道理可讲，没有什么好商量的，它就是这么创造了。在这创造背后一定有它的理由，只是不能为人类所知。大自然的力量体现在物质上是开天辟地、山岭川江，人文方面的是什么呢？我认为就是历史。我们这些写作者都是小人物，不敢像托尔斯泰将那么宏大的造物作为故事的背景，我们必须谨慎地对待我们的能力。而托尔斯泰就敢，这就是大手笔，是虚构中的造物。就这样，这两个人出现了，由于时空的隔离，我们无从认识库图佐夫，也无从认识拿破仑，当然关于他们的图片和记载有很多，但那都是概念的，我们要尊重他们的真实性，而在小说里我以为相对来说是有自由的。这是从写作者立场特别注意的一个关系，我特别强调的是这两个真实的人物，如何与虚构的人物发生关系。也就是说，对于安德烈和彼尔，这两个历史人物有着什么样的意义？他们的故事是怎样从这两个人物身上发生和繁衍的？在分别谈安德烈和彼尔之前，我先把这两个人做一个对比。为什么不是让其中的一个人去完成思想任务，而是要用两个人完成，因为他们有不同的性格，不同的价值观，不同的经历，然后走上不同的道路，最后相辅相成地完成答案。

安德烈是一个什么样的人，彼尔又是一个什么样的人呢？我曾经听一位研究基因的科学院院士向我描绘世界，他说的很好，他说有两个世界，一个是知道的世界，我们可以感受、求证、传达；还有一个世界往往是被忽略掉的，就是信的世界，那里的一切是可以相信却无法证明的，但是它一定是存在着。当我想把安德烈和彼尔做对比的时候，我觉得安德烈就是一个知道的世界，安德烈什么都知道，小说一开始，他方才出场，你就会看出安德烈是一个非常聪明的人，他看得清贵族阶层内部所有弊病，因此他认识到沙皇体制是需要改良的体制，但他并不是共和主义者，他认为贵族的存在可以保持荣誉的概念，荣誉其实是一种精神的价值，视荣誉甚于生命，安德烈就是一位荣誉的信奉者，他知道自己要什么。彼尔却什么都不知道，他是对现实生活严重缺乏常识的人，但是他信，他总是觉得这个世界上某个地方有一种什么力量，驱使或者是暗示着什么，但是他又不很清楚，这种茫然的信念使他怀着一种莫名的快乐。他出场的时候，你会发现他很快乐，胖乎乎，又高又大，对人友善，毫无成见。赤子之心，就是指他那样的人。我觉得他还像美国电影里的金刚。安德烈的世界一切都是确定的，包括他的出身、他家族的谱系都非常清楚，他是大贵族保尔康斯基的独子，继承了他父亲的爵号，所以就是年轻的公爵。他在应该结婚的时候结婚了，在应该生孩子的时候生了孩子。他知道贵族的责任是什么，为了要维护荣誉，所以他要和拿破仑作战，虽然他受到拿破仑魅力的吸引，但是他决不会因此而将拿破仑当作朋友。彼尔是什么都不确定都很可疑的人，包括他的出身。我觉得托尔斯泰对彼尔寄予的希望更大一些，怎么说呢？我觉得似乎在宗教历史或者民间传说都有一个共同之处，凡是伟大的人，天地要给他大使命的人，他的出身都是很暧昧的，比如孙悟空，他是石头里蹦出来的，耶稣是生在马槽里，甚至他的母亲都没有受孕，释迦牟尼虽然出身清白，可他却抛弃了家庭，成为流浪者，这个彼尔也是有出身的问题的。他是莫斯科一位大公爵的私生子，这个大公爵有无数的私生子，几乎遍布全世界，但是他只认彼尔这一个，其他的他都不认，人家也无从认他，只有这个彼尔另当别论。是因为对他的母亲有特殊的情感，还是对这个孩子有特殊的期望，不知道，总之他对彼尔负起了当父亲的责任。他把这个孩子送到法国去受教育，法国是一个有着自由民主思想的国度，所以当彼尔在法国长大成人，再回到俄罗斯，走进社交圈里，就成了一个怪物。他的行为举止不合规矩，不通世故人情，更要命的是他崇拜拿破仑，而且是毫无遮掩地、公然为他说话，人们只是看他父亲的面子才容忍他的。而他父亲在去世之前，专门向沙皇申请让他成为继承人，如此，他非但有了合法身份，有了爵位，还有了丰厚的财产，原本对他不屑的人们经过一时间愤愤不平，立刻转而巴结他了。因此他的人生充满着不确定因素，非婚生，在法国受教育，再回到俄国，突然之间成为富人，在非理性的遭际中改变着命运。所以，安德烈是一个理性的人，他对事物拥有理性的判断，而彼尔是感性的，他沉迷于感官，他喜欢吃好吃的，喜欢喝酒，他喜欢女人的肉体，喜欢有趣的游戏，被神秘的事物吸引。所以一方面他干下了很多的荒唐事，另一方面，他也有着对玄思的爱好——他很奇怪安德烈缺乏"哲学幻想"，这就是安德烈，他渴望知道世界是什么样的，但是不相信世界能是什么样的。就因为此，安德烈很有行动的能力，当他决定做一件事情的时候，他会做得很成功。比如，他们在同一时期对自己的庄园进行改革，安德烈——实施了他的计划,而彼尔使得事情比改革之前更糟糕。彼尔是没有实际能力的人,他生活在冥想里。

现在,我们来看看这两个虚构人物和两个真实人物是怎样的关系。我将他们组成两对关系,安德烈和库图佐夫,彼尔和拿破仑。就像前面说过的,库图佐夫和拿破仑这两个历史真实人物的出现,是为开拓虚构世界的空间,库图佐夫担负起了安德烈的命运转折的重任。先谈一谈库图佐夫。贾平凹有一部长篇散文,叫作《老西安》,文中谈到杨虎城,他说杨虎城是"渭北的一名刀客",这就是坊间对历史人物的描绘。我以为小说中的历史人物,其实都有着坊间传闻的色彩。库图佐夫在托尔斯泰笔下也是这样。他第一次出场,是检阅步兵团。早早的,一团人就在准备他的到来,列队,操练,整顿军容军纪,刚刚收拾整齐,又觉得应该穿上大衣,更有行军作战的面貌,于是从背包里翻出大衣穿上,却发现有一个人的大衣不是同一款式,很是忙乱了一阵。可是库图佐夫到场之后,对这些良苦用心没有任何注意,看了也像没看见。他脸上的表情很倦怠,很慵懒,完全是应付差事一般。士兵的方阵,整齐的军服,都不能使他兴奋,恰恰是那个没有穿统一军服的人,让他提起些劲头,因为认出这是参加过对土耳其的著名战役的战友。还有就是对一名犯错降级的军官流露出些兴趣,这个人所犯的错是在彼得堡干了件荒唐事,不知从哪里弄来一头狗熊,把狗熊和警察局长绑在一起扔到河里。作为一个军人,他似乎缺少对战争的热情。大会战之前,这是决定胜负的多国部队的会战,战前会上,库图佐夫一直在打瞌睡，会议结束的时候才醒过来，说，好，打吧。他心里却知道，这场战争的结果一定是输，可是他无法让人们改变主意，那就打吧。他有一种什么特质呢？他懂得有一种东西比人的算计和意志更加强大，就是事物发展的必然规律。我不知道大家有没有看过电影《印度之行》，当那一对英国的婆媳随印度医生去旅行，在神秘的山洞里年轻的媳妇行为失常，印度医生被告上法庭，引发了政治性动乱。山洞里到底发生了什么，医生到底对年轻的女性做了什么，他究竟为什么要与这些英国人如此亲近？有一个重要的证人，就是英国婆婆，因为她们婆媳感情很好，有同样的正义感，和医生相处融洽，发生事故的时候，她就在山洞的附近。这位夫人很挣扎，她不知道应该不应该作证，又要作证什么？是证明医生的品行没有问题，还是证明媳妇的精神很健全？无论证明什么，最终都会伤及她所友爱的人。故事里有一个长老，他的哲学是一种不作为的哲学，就是说事情要发生总是会发生的，行动并不会起什么作用。最后在开庭之前的晚上，夫人离开了印度，放弃了证人的责任。火车离站行驶在山岩下面，她忽然看见长老贴山壁而站，举手向她致意，表示对她的行为赞同和尊敬。我觉得库图佐夫就有点像东方的哲人。他为安德烈的故事做出什么贡献呢？安德烈做了他的副官，因此有可能涉足决策阶层，继而进入战争的核心。安德烈刚到库图佐夫那里报到的时候很积极，对这场战争充满热情，他觉得这是挽回皇权荣誉的伟大事业，当然在内心深处是期待以战争来激励日常生活中的颓唐。可是战事进行很不顺利，奥国的军队受到极大打击，败退下来，俄军倒是胜了一小仗。虽然战果平平，牺牲了一个奥地利将军，俘获很一般，可无论如何是一个胜仗，安德烈表现很勇敢，受了轻伤。库图佐夫派安德烈去往奥国宫廷送捷报，得胜和受伤都使他激动，可是兴致勃勃的他却发现奥地利人的态度很冷淡，沮丧地来到俄国大使馆，他的朋友在那里做外交官。这一位俄国外交官开导他说，你想奥地利怎么会高兴？我们失败，而你们胜了；你们胜了又怎么样呢？我们失去了一个军官。安德烈这才发现这场战争并不关乎荣誉，只是关乎各国之间权力和利益的平衡。安德烈心情郁闷下来，战争的高尚性退让给邦交关系，这关系是一个名利场。更使他感到很奇怪的，他的外交官朋友几乎把彼得堡的沙龙整个儿地搬到了战争的前方，同样的喝酒、纵欲、谈女人，糜烂和腐化在这里照样上演，他寄予战争的拯救的希望开始崩塌。紧接着，他在又一场战役中又一次负伤，这一次伤势很重，重到军队给家属发出了阵亡通知。肉体的痛苦对安德烈产生一个提醒——我刚刚说了安德烈不重视感官，他不像彼尔那样单纯，服从于本能。但是受伤向他提醒了感官的存在，这种存在是以疼痛体现的，他突然发现这个世界上有一种感觉是疼痛，这比什么样的占领和光荣都更强大，更有覆盖性。当他九死一生回到家中，他的妻子正处在难产，见了一面就死了。在安德烈的世界里，一切都井然有序，逻辑严密，都是可以推论的，此时，他突然发现了不对头，事情变得不讲道理，莫名其妙。他的太太临终的时候，脸上的神情好像在责怪着谁：我没有对任何人做错什么，你们为什么这样对我。

这个"你们"是指她的丈夫？还是指老天、命运？由此，安德烈体验到了无可控制的力量，他的唯物主义思想得到了一个嬗变的机会，开始向着彼尔所说的"哲学想象"进发，这个嬗变是以抑郁症为表现的。他对战争不关心了，对政治也不关心了，保皇党、革命党都不干他的事了，他一心就在养育他的儿子。当他在庄园里平凡度日的时候，和彼尔相遇过一次，这也正是彼尔经历着思想上的蜕变的时刻，但与安德烈相反，是处在激动兴奋的状态，他的昂扬情绪也感染了安德烈。这个时期里，安德烈还有一次邂逅，就是遇见娜塔莎。这个娜塔莎是托尔斯泰寄予重托的女性，她和彼尔在此时出场都是不让安德烈消沉，他还没有走到终点，还要再受历练。他迅速地爱上娜塔莎，然后和娜塔莎订了婚，他对生活产生了一种新的希望，怎么说呢？爱情，确实有着幸福的表象，他觉得他知道什么是幸福了。就这样，安德烈的抑郁症不治而愈，重新对战争、对政治有了兴趣，他重新出山了。这时候，政治也呈现出新面貌。因为拿破仑战争影响，俄国开始自省体制和制度，正兴起改革，安德烈写了关于军队和军事的改革意见，递交军事条令委员会。可结果依然是失望，彼得堡照旧充满着庸俗的琐事，改革派和保守派互相争夺他，双方都是出于自身的利益考虑，他所寄热望的改革派发起者其实是在玩弄权术。更要命的是，娜塔莎背叛了他。在此重创之下，他又一次参战。前一次参战，他是意气风发的青年，想在战争中获得荣耀，来疗治私人生活的平庸。这一次实际上一切都在走下坡路，他的私人生活失败了，而对战争的热情早已消退，真不知道是拿什么救什么。这一次战争中他又受了重伤,这一回是真的没救了,医护队护送他回后方,正遇上莫斯科大撤退,于是汇入大撤退的车队,这支车队恰就是娜塔莎家的车队。在战地医院,他曾遇见他的情敌,就是这个人诱惑了娜塔莎,使他蒙受羞辱,他本是要和他决斗的。但是他在伤病所里面看到的人是什么样的状况呢?这人已经锯掉了一条腿,然后慢慢地死去。在伤痛和死亡跟前,他的名誉和受辱忽然变得渺小,爱情和仇恨也变得不重要。他和娜塔莎的不期而遇自然令他欣喜,但是没有引起太大的注意力,因为他面临了更大的问题,就是死亡。死亡是一个需要"哲学想象"才能够处理的问题,对注重实际的安德烈是极大的挑战。

当安德烈第一次上战场的时候,方才说过,他进入到决策的上层,看见的是厌倦和疲惫,而在前线,他遇见一个炮兵连连长,他军阶很低,对这场战争也没有全局性的了解,简而言之,他就是炮灰。但是很奇怪,他却在战争中体验到快乐。这快乐不是从战争本身中生出来的,而是从具体的劳动中得来,怎么样瞄准目标,如何发挥大炮的威力,让炮弹在对方的阵地中开花,这个人的声音总是很快乐的。有一回,这个快乐的声音在说死亡,这是安德烈第一次听到关于死亡的议论,在一个平民小军官的嘴里。他的意思,人们之所以畏惧死亡,是因为谁也没有经历过,要是能知道死了以后的情景,就没有人害怕了。我觉得这是一个伏笔,炮兵连长随口说出来的话,将要由安德烈来亲身经验。安德烈现在要去经历死亡了,这是托尔斯泰给他的大任务。在他将踏入死亡的神秘国度时,他有什么样的体验呢？所有的人和事，爱也罢，恨也罢，亲也罢，疏也罢，所有的存在都融为总和。就像彼尔的世界，一个抽象的世界，所有的具体性，都在这个总和当中模糊了差异。所谓具体性，只不过是这个总和，随机分配到每一个人的世界里去。而在最终的时刻，又都汇总来了。其实，我想，这个境界连作者都不了解，他用思索，也就是"哲学想象"进行描摹，他将描摹的图景，送给笔下的人物安德烈。死亡这一个最大的虚无，终于由安德烈走了进去。

接着来看彼尔这个人，如同库图佐夫和安德烈，拿破仑和彼尔也是一对。前面说过，拿破仑最早出场在大家的口传中。上层社会的沙龙里，贵族，尤其是贵夫人，谈到他的时候，心情很奇怪，夸张的厌恶和恐惧，并从中享受着某种刺激的快感。他的力量和野心，迷惑着人们。彼尔这样的自由思想分子，又是来自巴黎，自然是崇拜拿破仑。而即便是保守党立场的安德烈，对他也是心存敬意，觉得这是一个很了不起的人物，并且暗地里渴望可以成为拿破仑这样的人，比如高举着军旗冲进敌阵，到鼠疫医院和病人握手。有一幅图画几乎骇世惊俗，库图佐夫下令撤退，放弃莫斯科，居民纷纷离开，只留下五分之一的人口，拿破仑独自一人骑马走在一个空城，你想一下都可以想到是如何的壮丽。莫斯科——拿破仑称之为"亚洲的城市"，他心想终于见到了这个名城，就像一个小孩子，终于得到了梦寐以求的玩具，可这是一个大玩具，而且没有人和他玩，得意之余未免感到失落。这就是拿破仑，破落户出身的新皇帝，骄傲，粗野，却活力充沛，充满希望。

彼尔是拿破仑公然的崇拜者，他在彼得堡的沙龙里大肆宣扬拿破仑的观点，使别人对他侧目而视，他完全是一个异类。可是上层社会很快接受了这个异类，因为他得到了那么巨大的一笔遗产，立刻成为社交界的宠儿，而彼尔艰辛的思想历程也就从这里开始了。当彼尔摇身一变为有钱的爵爷，很多人，尤其是家中有待嫁女儿的，都想抓住他，但是最后还是被美人海伦捕获了。说起来，这就像是一个阴谋，一切都由海伦的父亲华西里公爵策划，他首先制造一种氛围，让社交界以为彼尔准备向海伦求婚，同时呢，也让彼尔沉醉在海伦的诱惑中。前面说过，彼尔是一个肉欲很强的人，又在巴黎的香艳风气里熏陶过。事情进行得很顺利，很快发展到要紧关头，却出现了"瓶颈"，彼尔一直不开口向海伦求婚，原因是他这个不谙世俗的人，完全不知道到这一步应该做什么。还因为，这是最重要的，那就是彼尔心里从来没有和海伦结婚的念头。这可把海伦一家都急坏了，所有的求婚的环境都制造好了，彼尔却什么也不说。最后还是由华西里公爵开口，他是这样开口的：感谢上帝，我非常非常高兴，上帝保佑你们！就这么稀里糊涂地，让这个暧昧的局面成为事实。彼尔的心情是非常复杂的，他也激动，和那么美丽的人在一起，应当是幸福，但是他又觉得不安，因为其实他并不了解海伦，意识到自己进入了一种危险。事情很快就证明了他的担忧，笨拙的彼尔从来没有被海伦放在眼里过，以她的肤浅远不能认识彼尔的价值，她依然过着交际花的生活，让彼尔蒙羞。彼尔提出跟海伦的情人决斗。彼尔一生都没有碰过枪，可又巧又不巧，偏偏是他一枪中的。他也不懂如何躲避子弹，结果子弹就是没中他。这场胜出的决斗并没有让他洗刷羞辱，反让他非常地懊丧，一个人，尽管是他的敌人，伤在了他的枪下。他不明白生活怎么变得那么糟糕，莫名其妙地有了妻子，莫名其妙地妻子背叛他，再又莫名其妙地和妻子的情人决斗，一切都很低下，使他讨厌。他离开他的华宅，离开莫斯科，并不知道去什么地方，就想离开这些远远的。马车在夜间停在一个驿站——我觉得驿站这个地方是特别会发生故事的地方，南来北往的人在这里换马，歇息，于是，素昧平生的人不期而遇，脱离生活常规的离奇的邂逅就发生了。在驿站休息的时候，彼尔遇到了一个人，一位共济会的长老，共济会是一个秘密宗教组织，教义很复杂，且不论共济会是怎么回事，总之彼尔遇见了这个共济会的长老。长老的形象有一种苦行的色彩，衣着极其朴素，清瘦而且衰弱，可是眼睛明亮，态度温和，我觉得很像甘地。托尔斯泰似乎内心趋向着东方哲学，西方哲学的推论方法推不下去了，就会把希望寄托于东方神秘主义，比如库图佐夫的思想方式，还比如安德烈临终前的状态，都有着东方哲学想象。长老认识彼尔，因为彼尔是著名的大贵族，又在莫斯科掀起这么一场大绯闻，长老显见得和彼尔不是一个阶层，却有着非常睿智的气质，也吸引了彼尔，两个人就开始聊天，自然就谈起共济会的理想。这理想是什么呢？关于智慧。长老说最高的智慧是解释世界的创造和人在其中地位的科学。这一切是怎么样显示的？又是如何才可能解释清楚呢？那就必须进化自己，也就是完善自己。这又像东方哲学了，所以我说长老像甘地。长老说你的生活很杂乱,那么多的过剩的物质,那么乱七八糟的人际关系,那么荒唐的行径,你必须清理自己的生活。而共济会是可帮助你做到这些的,这样彼尔参加了共济会,一时间,他觉得好像在一片茫然中找到了方向。共济会繁多的仪式约束了彼尔放纵的行为,捐款的制度也满足了他的奉献精神,那个他冥冥中感觉到的无形力量此时有了形状,就是共济会。这一阶段中,彼尔精神振奋,在安德烈消沉的日子里,有一次遇见彼尔,就是这个时候,彼尔在某种程度上激起了安德烈的生活热情。彼尔进入共济会好比安德烈进入战争,很快,失望就来临了。他发现共济会组织的阴暗面,他并不怀疑长老,甚至更加怀念长老,只是发现长老的理想被世俗化以后堕落腐败了。当他发表他对共济会的理解的时候,被共济会成员视为异端,最终被驱逐出教会。他再次消沉下来,回到了和海伦的婚姻生活当中。和安德烈一样,这是一次抑郁症的发作。在思想历练的途中,他们总是要患抑郁症,抑郁症其实是嬗变的前兆。精神跋涉的旅程是相当漫长的,什么是幸福的答案,还很遥远,可他正在接近它。

这时候发生了一件大事情,和彼尔并不直接有关,而是关系到安德烈,但是却对彼尔的生活起到推动作用,那就是娜塔莎背叛了安德烈。安德烈和娜塔莎订婚,娜塔莎的家庭很高兴,没有陪嫁的女儿有了一个很好的归宿,更重要的是,娜塔莎和安德烈互相爱慕,这真是一个幸福的婚姻。然而,安德烈的父亲老公爵坚决不同意,出于什么理由呢?也许只是老年人的怪癖。一个曾经辉煌过的人走在人生的末梢上，难免是失意的心情，对什么都不满意。当安德烈跟父亲说要娶娜塔莎的时候，老人提出一个不合情理的条件，就是一年以后才能结婚，而且要儿子去外国养病，将这一对热烈的未婚夫妇隔离开来。其间娜塔莎曾经由父亲领着上门拜见，但是受到了冷遇。很不幸的，海伦的哥哥，就是那个传说和自己妹妹不干不净的纠葛，在此时出现，他诱拐了娜塔莎。娜塔莎所以受诱惑，实在与爱情无关，有负气的成分，也有补偿的成分，更因为娜塔莎是那种反叛的女孩，就像安娜·卡列尼娜，是可以不顾社会戒律弃下家庭跟渥伦斯基同居，又毅然跳下火车铁轨赴死。这次荒唐的行为及时被发现和制止，可她和安德烈的婚事也玩完了，同时，严重地伤了安德烈的心。彼尔极其愤怒，不仅是为了朋友，还是——怎么说，他甚至比安德烈更爱娜塔莎，他们的订婚，他是又高兴又难过，但他自认为安德烈比他强许多，他既配不上娜塔莎，也配不上安德烈这个朋友，他非常谦卑地爱着他们，所以他还非常地心疼，心疼娜塔莎。在他眼里，海伦一家都是污浊的人，不可救药，他不幸蹈入泥潭，是自作自受，为什么还要污染那么纯洁而无辜的娜塔莎？他的生活又一次揭开肮脏的面目，比上一次海伦的背叛更加不堪。于是，痛下决心，和海伦决裂了，他把很多财产留给海伦，脱离了这个家庭。就是这时候，法军和俄军在莫斯科近郊激战，库图佐夫大胆作出大撤退的战略，拿破仑即将占领莫斯科。

拿破仑这个历史人物就要进入虚构人物彼尔的情节了，这两个人物的关系开始呈现，人性的戏剧，即将在历史的时空场景中上演。这是《战争与和平》中最令我感动的情节，如同《复活》中，聂赫留多夫走在西伯利亚流放队伍中，是一个华彩章节，我觉得他们都有点儿像东方王子释迦牟尼修行。彼尔一个人走在莫斯科，撤退的车队人流从他身边过去，其中也有娜塔莎家的车队，从车窗里看见他，不知道他从哪里来，又要到哪里去。事实上，他是从前线归来，他也想参战来着，可是他怎么能打仗呢？他连枪都不会开，决斗的那一枪是他生平中打过的唯一一枪，还闯了祸。他在那里只有碍事，虽然碍了事，可人们也不讨厌他，因为看出他没有恶意，而且很和善，我说过，他就像"金刚"。他只是在旁观战，目睹了炮击、枪杀、受伤和死亡，也亲身经历了恐惧和绝望。就在此时，他所感觉到的那一股无形的力量又一次实现为具体的目标，就是刺杀拿破仑，他对拿破仑的崇拜转变成仇恨，因为是这个人一手造成了残酷的战争。他不认识拿破仑，拿破仑更不认识他，而他决心刺杀拿破仑。他走回莫斯科，来到长老的寓所，长老已经去世，留下一所空房子，他在长老的书房里度过整整两天足不出户的日子，我将它称为静修的两天，这静修又有一个现实的名称，那就是酝酿刺杀拿破仑。他梳理了自己的思想和情感，回顾历史上曾经有过的刺杀拿破仑以及后果，还反复构思刺杀时要对拿破仑说的话，最后决定说的是："好吧，把我抓去处决吧！"令人感到有意思的是，这时候彼尔变成了一个英雄主义者，就好像安德烈后来变成一个玄思者，这两个思想者就这样交会着跋涉，走着现实和虚无的之字形路途。可是，在遇见拿破仑之前，一个法国军官预先撞上他的枪口。

这个法国军官，英俊高大，生性风流，听见彼尔说一口法语，认定他是法国人，无论彼尔如何强调他是一个真正的俄国人，都不能说服他，他将彼尔当作朋友。彼尔呢，所有对法国军队的仇恨、对抗的决心，都在这个具体的活生生的人面前瓦解了。不一会儿，他们就在一起喝着酒，谈起了爱情的话题。彼尔很好奇地听法国人谈他的风流轶事，他所得意的爱情，很奇怪地有一种极不自然的性质，充满着享乐主义。比如他同时爱上一对母女，结果是母亲牺牲自己，将爱情让给女儿。这样近乎乱伦的关系因为法国人的浅薄而变得有些天真，多少抵消了不道德感。法国人说过了他的故事，就也想听听彼尔的，彼尔便开口说起了他的爱情，对谁的爱情？对娜塔莎。似乎就在这一时刻，他开始正视自己的感情，原来心里一直埋藏着一个人，之所以他没有发现自己爱她，实在是因为太爱了，爱到敬畏的地步。在这场奇怪的夜谈之后，莫斯科大火燃起来了，四处都在燃烧，彼尔从火场中救出了一个小女孩，他就抱着这个小女孩在火光冲天的莫斯科里走着。这一幅场景多么动人！然后他被法国人当作纵火犯，最糟的是从他身上搜出一把刀，他准备刺杀拿破仑的刀，事实上他已经将拿破仑忘了。就这样，法国军队逮捕了彼尔，成为战俘。这时候彼尔穿着破衬衫，一条士兵的裤子，农民的外衣和帽子，没有鞋子。可他却很宁静，长老所说的过剩的物质全弃下了，生活变得极其单纯。在俘房营里，彼尔认识了一个人，叫普拉东。就和安德烈所认识的那个炮兵连长一样，他也有一种快乐的特质。被溃败的法军押送着撤离莫斯科的途中，他经常讲一个故事，故事说两个商人投宿在同一家客栈，第二天早上发现那一个有钱的商人死了，而在没有钱的商人枕头下搜到一把带血的刀，顺理成章就成了凶手，被判苦役。这个贫穷的商人没有怨言，接受命运，驯顺地服刑，人们问他为什么不抗辩？他说我为自己赎罪，也为别人赎罪，在上帝面前我们都是有罪的。在此，我们又发现一个总量，罪与罚的总量，就好比安德烈临终前觉悟到的爱和恨的总量。这一个总量是天意，又由上天来分配在具体的人身上，这便是命运。我以为这是一个非常重要的发现，在个别的局部的命运后面的全体性。

　　托尔斯泰让这两个人分别履行思想的职责，什么是幸福？安德烈在死亡中找寻，而给彼尔安排的是在活着里寻找。我们知道，安德烈安详满足地死去了，那么，彼尔是如何活着呢？他的妻子海伦死了，因为荒淫过度。海伦死了，彼尔可以再结婚——由于宗教的戒律，他们不可以离婚，于是，彼尔和娜塔莎结婚了，如同民间故事里说的，从此他们过着幸福的生活。他们的幸福生活其实是非常日常的，经营农庄，养育孩子，和谐的夫妻之道，不受穷，但也绝不过奢。在这里我看到了托尔斯泰对幸福的一种理解，在《复活》里面也出现过，当聂赫留多夫跟随苦役犯走过西伯利亚的流放路途，最后去拜见西伯利亚要塞司令，在司令家中，他看到了一种和谐的生活，司令一家都是性情和善的人，他的女儿请他上楼去看看刚生下的一对小儿女，看着婴儿酣甜的睡态，他非常感动。经过受苦，他发现人道的生活就是这样简朴却不受罪，问心无愧，生活最好的境界就是这样的。所以他让彼尔和娜塔莎结婚，生儿育女，养家糊口。但显然托尔斯泰还不满足，他还有更宏大的理想，关乎全人类的，所以他还给了彼尔一个任务，什么任务呢？时常地，彼尔会出远门，去彼得堡，娜塔莎以为是处理一些田庄上契约方面的事务，可彼尔的神情却显得很神秘，似乎和政治有关系，隐约地，好像是在和十二月党人接触。

现在，我要说到娜塔莎了。我让娜塔莎成为我讲述中的女主角。这么说也不过分，因为娜塔莎确实在安德烈和彼尔的思想变革中起到关键性作用。我不知道出于怎样的理由，托尔斯泰总是在女性身上赋予神圣的使命。在托尔斯泰笔下，女性通常不是理性，而是非常感性，我们在安娜·卡列尼娜身上可以看到一种热情的、生机勃勃的形象。当她和渥伦斯基在车站邂逅，他们擦肩而过，并没有写安娜如何貌美，而是强调渥伦斯基情不自禁地回头再看她一眼。不只是渥伦斯基携带着情欲的眼睛，即便是像列文，具有着思想者的严肃面貌，都被安娜所吸引，他觉得安娜有着一种特殊的生气。最后，安娜卧轨自杀，给渥伦斯基的名誉带来损害，他的母亲说什么？她说，她有那么多的热情，对谁有好处。这句话实在太对了，《安娜·卡列尼娜》写的就是热情，当然在这里，热情的结果是毁灭，而娜塔莎就不同了，她的热情具有建设的力量。已经说过，娜塔莎是一个特别快乐的人，她可以在任何事物中汲取快乐，无论是自然还是人，都是她快乐的源泉，抑郁症时期的安德烈，就是被她的快乐唤起了对生活的兴趣，又在彼尔混乱纷沓的思想中，呈现出单纯朴素的情感，由此引导他走向生活的本义。有一件事情我经常在问自己，企图寻找答案，什么问题呢？就是为什么要让娜塔莎犯错误。和安娜·卡列尼娜不同，安娜和渥伦斯基的爱情是有严肃的社会意义的，而娜塔莎则是一次真正的错误，好在托尔斯泰把她推到悬崖边上，又及时拉住了。可是，为什么要让她有这个污点呢？我想，大概是因为托尔斯泰让她也成为一名罪人，再得到救赎，这才有资格拯救两个思想家。可能这解释太肤浅了，但也无妨用来稍稍回答一下。流行歌手苏芮的《牵手》中，有两句歌词：因为路过你的路，因为苦过你的苦。让娜塔莎在我们共同的罪愆里面也承担有一点罪，然后再拯救她，就好像一次冶炼。当安德烈遇见她的时候，她一派天然，纯真无邪，而在彼尔的爱情里，她已经是个小罪人了，但这并没有贬抑她的价值，反而使彼尔更加尊敬她。我想这不是指彼尔的宽容有更多的爱，而是要说，娜塔莎的纯洁里已经有了理性。她不单纯是个小女孩子，无来由地快乐，而是一个经历过生活的女性，就好像在马槽里生下基督的圣母玛利亚，是受过孕的处女。还有《复活》，对聂赫留多夫的救赎，是由玛丝洛娃这个堕落女子来实现的。这些戴罪的女性，就像折断翅膀的天使误入了人间。

讲于 2008、2009 年

整理于 2009 年 10 月 26 日

第二辑

《生逢1966》[1]讲稿

顾名思义,小说写1966年,是"文化大革命"发轫的一年。这一场大革命,在此小说中,不是发生在政治中心北京,也不是边远的内地农村,比如《芙蓉镇》,而是在上海,在上海的市中心区。这里居住着这城市最普遍的人群——市民阶层。于是,这些寻常的人生都将受到革命的考验,而革命,在这市井社会里,则演化成世俗剧。

我先来描绘《生逢1966》里面的市井社会——

一、空间的性质。具体在小说中,便是石库门弄堂的形状。上海著名的旅游点"新天地",利用的就是石库门的外形,作为上海民居建筑的标志。但事实上,当它被当作观光用途的时候,它的文化内容就已抽空了,这内容就是生活状态。石库门弄堂的生活状态,小说归纳为两点:杂和挤。

"杂"是指各种成分混淆于此,比如像陈宝栋这样的小工商业

---

[1] 《生逢1966》,长篇小说,作者上海人,名胡廷楣,上海文艺出版社2005年出版。

者，勤俭创业，开一爿作坊式的小五金厂，虽然是有产者，但只是小康之富。小说中写红卫兵抄家过后，陈宝栋一怒之下，决定看穿想开，奢侈也不过是汗淋淋的身子不擦不洗直接穿一件一百二十支新汗衫；早起不吃泡饭，而是到扬州点心店来一客"单档"和四个笋肉包。又比如余国桢这样地下党出身的"老革命"。上海的地下党多是在上海本地的居民中发展形成，这些本土的革命者多是小市民阶层。余国桢也是，他原是一名教员，1949年以后，在一所中学任校长。他对共产主义理想无论在理论还是在实践上都谈不上有什么见解，他的忠诚更多是出于自律严明的人格，行动上则是有些事务主义的，所以到了激变的时代，他便无所适从。还比如蔡小妹这样的赤贫，城市无产阶级，一家三口住一间七平方的亭子间。她的父亲是一名洗染工人，无业的母亲揽下了弄堂里倒马桶的活儿，她有个叔叔，参加抗美援朝志愿军，牺牲在朝鲜长津湖。在文化革命开初，红卫兵流行戎装，蔡小妹腰里系的是一根军用帆布带，是叔叔的遗物。这个用物很好，北京红卫兵，佩戴的是正规军的带铜扣的牛皮带，以此可见出，上海市中心区学校红卫兵的平民性质。再比如蓓蓓和她的外婆，由居住香港的父母汇款抚养；比如陈宝栋的二房东，似有着洋务背景，作风西式，靠祖产过活，其子李庄，则是新中国文艺团体的艺术家；比如瞿家伯伯，一个病理学教授，旧日国民党军队的医官，却很侥幸地没有参加国民党，于是尚存生计等等。上海市井何等的混杂，是由于历史短促，不是凭借长时间的演进形成，而是突发性的机遇所致，也是有一些民主的意思吧。

这是"杂","挤"就要谈到石库门弄堂的建筑结构了。只要举一个例子，就是小说中写到，房屋大修，住前后排的人家，便可以从脚手架上走来走去，穿堂入户的，陈宝栋之子陈瑞平和蓓蓓，就是这么样开始他们的故事。顺便说一句，空间的建构往往关系到情节的发生，它是剧情所依赖发生的舞台，可为情节制造机会。在这种逼仄的结构里，人们比邻而居，鸡犬之声相闻，没有隐私可言。再举一个例子，余国祯的患精神病的儿子余子建，住在蓓蓓楼下，楼上些微动静都可清晰入耳，于是演出了"捉奸"的闹剧。我应当指出，这一笔写得不够好，这个精神病状态的格调不高，事情如此败露也嫌生硬，但它在说明事实上还是有意义的。意义在，这样的居住结构造成的生活状况，生活是公开的，它为这场革命提供了人身攻击的条件。

二、市井社会时间的性质。从小说中我们可以看到，石库门弄堂里的人，与乡土间有着亲密的联系，他们大多在乡下有着近亲。比如，陈宝栋家和萧山，萧山是他们的原籍，至今那里还生活着兄长一家，其实也是陈瑞平的生身父母。就这样，抱养儿子是从老家乡下抱养，女佣也是从老家乡下带出来。再比如，蓓蓓和黄渡。蓓蓓的身世略要传奇些，是上海解放前夕，解放军攻下郊县时候，黄渡乡下的草堆里的一个弃婴，据推测大约是国民党军官眷属遗下的，然后被人拾起来收养。起名为"蓓蓓"，沪语和"陪陪"谐音，是为陪伴而养大。先是陪黄渡的外婆，等养父母去了香港，便到上海"陪"她的祖母，也就是"好婆"。所以，上海市民其实离开乡村不久,城市生活的历史很短暂,这也是方才说的"杂"的原因,而它造成的还不止是阶层混杂。在小说中,我们可看到,陈瑞平的萧山爹娘是如何教养他的,也看到蓓蓓黄渡的外婆是如何教养她的。地处富饶的江南,这些乡土观念很难说是质朴的,但它们有着简单实用的道德性,其实也成为上海市民价值观的成分之一种,因时间短促,并不足以积养,只够快速地融会变通。于是,我们就进行到了上海市井社会的第三种性质——

三、市井社会的精神状态。这是一个较为复杂的情形,难以描绘,我们还是遵从小说的资料。比如,1960年的饥馑时期,陈瑞平的母亲从萧山乡下带了两只鸡回上海,她是如何处理这两只鸡的?她将鸡杀了,烹制成虾油鸡,然后分送给四下邻里。母亲的说法是,家家都在挨饿,这么鲜美的好东西,是瞒不住耳目的,会引起妒心。结果又是怎样?足有一星期的时间,人们向母亲道谢,然后再有一星期,人们心怀不平地称颂他们家的富有——上海市井对贫富差异特别敏感,文化大革命在上海的舞台上往往会演成一出贫富间的仇嫉戏剧。他们不像政治中心北京的居民,有一种臣子之心,换一个说法,即政治的关怀。上海的市民,是现实的人心。当陈宝栋自杀之后,弄堂里的人家对此表现出格外的关切,他们意识到陈家出了大事,内心不由得兴奋起来。但这不能简单地解释为幸灾乐祸,而只是一种肤浅,甚至于儿童气的心理。因为一旦知道真相,他们也乐于表示同情,但必须要获得知情权,也是一种平权主义。所以,当母亲将内情告诉蓓蓓的好婆,好婆立即伸出援手,照料了这个不幸的家庭。上海的市井就是这样的小善小德，没有体解人心的深度，是平庸的心肠。相对于此，上海的市井也有着小恶，也许并不是出于破坏的故意，但事实上，却可造成极大的损伤。这在后面我会具体讲到。

这就是《生逢1966》中所描绘的市井社会的基本面目。文化革命这一场大变故落在这个世界里，人们将遭遇什么，将如何对待，最终又如何结局？我想，在《生逢1966》里，大约可有这样几种命运——

一是存身之道。就是以生存计，多少带有苟且，但最大限度地不损失道德。可推两个人物作代表：穆亦可和董品章。穆亦可是陈瑞平的同学，他的出身很可玩味。小说中写他在学生登记表家庭成分一栏填的是"城市贫民"，可是家里却住一套中产阶级式的公寓房屋。祖父，一个扬州老头，总穿一件对襟盘纽的中式衣服，养一只也是说扬州话的八哥，抽着水烟袋。母亲则化浓妆，穿旗袍，抽的是香烟。这两个人物看起来十分戏剧化，但不知是哪一出戏，按书本上教条地规划的社会分析法，不知道该将他们往哪个阶级里归。当陈宝栋告诉儿子陈瑞平，穆亦可的祖父是青红帮，陈瑞平更加困惑，因那老头也不符合概念中的青红帮的形象。在这样家庭中长大的穆亦可，就有一种本领，能够机敏地应对各种局面，左右逢源，这其实暗合了城市中"黑社会"那种善于变通的路数。当有一天，穆亦可从学校回家，远远看见家中挤满了抄家的人群，他转身走进街边的旧货商店，将胯下的自行车卖了五十元钱，因他知道，一旦走入家中,他的自行车再不会属于他。在那个年代,自行车可算是一桩财富了。

董品章是陈宝栋的徒弟,也是干儿子,陈宝栋于他,可说是有知遇之恩。公私合营以后,董品章迅速成长为工厂的干部,到了文化大革命,他的处境便十分微妙了。一方面,他是纯粹的工人出身,革命的主流,他理应站在他的阶级阵营里,与陈宝栋对峙;但另一方面,陈宝栋是他的恩师,他怎么处理这对立的关系呢?我们看见,董品章无论是对陈宝栋,还是对陈宝栋的儿子陈瑞平,说话间都点水不漏,没有一点放弃立场的嫌疑。陈宝栋从他那里领受了一番冠冕堂皇的教导,彻底灭了指望,跑去自杀,只能怪他一是软弱,二是听不懂话,因董品章已在话里教他如何对待革命的残酷性,他到底不是董品章那样圆通的人。然而,我们也还是应该承认,董品章在自身安全的保证下,也竭尽全力照顾了他们一家。有一个场面写得很好,就是陈瑞平的母亲,也就是董品章的师娘并干妈病危之际,董品章经常来医院探视,并不说话,只是坐在床边,而母亲似乎也为了避免说话的麻烦,闭眼装睡。当他母亲去世后,董品章和陈瑞平一同去殡葬场领骨灰的一幕也很好。办完事,他带陈瑞平去吃饭,点了两个豆腐菜,算作是一顿豆腐饭吧!小说中这么写道:"两个男人在一起吃饭,就像是死了父母的两个孤独的兄弟。"于是,董品章在保存自身的前提下,也保存了感情。我们可以相信他立场的坚定性,也相信他感情的诚意,但是,他肯定不是为信仰牺牲一切的烈士,也不是以私人感受为重的温情主义者,或者说人性论者。他是谙熟生存之道，晓得这社会是政治的，又是人际的，两种关系都要维持，对外要能立足，对内则要平衡心理。这种人物在安平世道里会和顺度过，而到了文化大革命，政治生活和私人生活如此冲突的当口，人格就面临了重大挑战，他们的存身术也受到挑战，会有精彩的表现。

第二类的命运是沉沦。

余国桢的儿子余子建是一种。他是文化革命前的天之骄子，父母亲都是老革命，本人又有很好的天资，不仅学习好，政治上也很进步，是很少数的学生党员。由于这些先天后天的优势，他得以考入留学苏联的名额，去到列宁格勒一所航空工业学院。他的出场挺有戏剧性，他留学回家，正遇上北京红卫兵到上海中学发动一场蛮横的运动。这个来自共产主义实践的诞生地、十月革命家乡苏联的青年，应该是有机会更深刻地来进行认识。可惜以后的情节发展并没有利用这个特殊的条件，而是比较一般化地让他经历了同行间倾轧引起的政治陷害，然后精神分裂，变成了一个带有强烈性欲色彩的迫害狂，其实是错过了一个思想者的命运想象。

表现比较恰如其分的是陈宝栋，他这个小资产者，靠了勤俭和苦作，摇摇晃晃挣得一份小小的产业，在公私合营中虽然归了国家，可是换得的身份地位满足了他的价值感。他在旧政权下谈不上有什么得意，对新政权则有几分出自内心的喜欢。他其实是一个简朴的人，遵循着单纯的道德，单纯地相信一个管理工业的中层干部——夏副区长，在他，就是政府的代表，对他所作的允诺。所以，当红卫兵不期然地上门抄家批斗之后，他首先是回溯了自己的生平，也就是自己是如何成为"资本家"的，结论是并没有做亏心事；其次，就是去找夏副区长。他没找到夏副区长的人，先看见了夏副区长的大字报，以及他本人的认罪书，认罪书中将他对陈宝栋的怀柔当作一件罪行来检讨。于是，陈宝栋彻底陷入迷茫，他最后还去找了董品章，希望从他那里得到一点解释，这带着点垂死挣扎的意思。就像方才说的，他听不懂董品章的话，于是感到了幻灭，自杀。这是一个认死理的人，他不会宏观地看世事，只是握住一些具体的是非。他的幻灭也不是什么理想的幻灭，而是像俗话说的，别不过弯来了，他的小道理理不顺了。于是，便去死了，多少带一些负气。和这个大时代负气，终也是不明智。

相比之下，他的妻子，陈瑞平的母亲邵玉清，就要比他清醒。倒不是说她懂政治，她甚至比她男人陈宝栋更不懂，她也不企图去弄懂，但她自有一套判断的标准。不是从意识形态，而是从生活实际出发。陈宝栋死后，她为保护儿子，立刻声明儿子不是他们亲生，是从萧山乡下过继，不惜透露这一个重大的秘密，冒着失去儿子的风险。儿子与她划清界限，她伤心也伤心，讥诮也讥诮，但基本抱认可的态度，因她知道这是儿子立足于世的出路。她感觉到自己有肝脏的病，悄悄去饭店吃猪蹄，证实自己是不是忌荤腥——这一幕是有些惨烈，是一个人孤独地挣扎着活下去的画面——可她最终还是有病，并且是绝症。就在临死前，她还为自己的儿子尽了最后一件义务，就是为他选择未来的妻子，她将藏匿起来的两块金条放在了蔡小妹的口袋里。虽然并无济于局面,可她该做的都做了。她最后是以自然死亡为结局,但这死亡中多少有些人为的用心。一个女人一夜之间死了男人,又一夜之间,受儿子背叛,她是个以相夫教子为人生的人,还有什么理由可继续活下去?比较陈宝栋,她所遭受的是更为具体的丧失,她一直在鼎力挽救,可惜生命力太羸弱,还是沉沦了。

这些人物都缺乏深刻的理性,余子建有这条件,可作者错过了,因此他们得不到救赎。而他们又都是生性不圆通的人,所以也不能像前一类人那样屈抑地活。"沉沦"两个字甚至对于他们都太悲壮了,他们就像幽暗的火熄灭了,泯灭了生命。

第三类的命运,我以为是《生逢1966》的主线,我命名为"追求",这是降落在一批年轻人身上的命运。

在如此暧昧的时代里追求上进和幸福,大约是只有年轻人才会蹈入的陷阱。他们的人生才开头,自然是抱了希望和幻想。时代不是由他们选择的,生逢什么就是什么,可不论是什么,总归是他们的时代,他们总是喜欢的。像《生逢1966》里的,市井社会中的年轻人,是被环境拘泥于局部,无法俯瞰全局,这就是他们的眼界,也是他们的胸怀。他们没有那种超凡脱俗的力量去质疑时代,只有服从和跟随。

蔡小妹是其中最单纯的一个,因她和这时代最合拍,这时代就是以她所在阶层的名义所安排。这个时代给予的正面性,又恰是符合了她向善的本性,比如诚实的概念,劳动的概念,利他的概念,以至到了极端的 1966 年,还有牺牲的概念。这些概念其实都缺少内容,无论思想的还是体验的。但年轻人的世界总是空洞的,就总需要概念来充数,蔡小妹且又凭了良好的天性去理解,但她终于有一些更质朴的本能从时代的概念中遗漏出来。当她带领北京红卫兵去陈瑞平家抄家时,她悄悄将陈瑞平的书保存起来;当她的情感倾向于陈瑞平的时候,她也没有违背,而是率真地与陈瑞平亲近;在这个被唾弃的家庭需要帮助时,她援手帮助。而这时代其实也渐渐从狂飙式的革命中弃下了她那个阶层,另有目的地直取而去,这也成就了她的单纯,她免入歧途,可依本性正直生活。她的单纯不幸在一桩事情误了她,那就是与陈瑞平的爱情,这就要说到蓓蓓这个人了。

蓓蓓恰好与蔡小妹相反,她天然就与这时代不相符。她的出身十分复杂;面容姣好与工农政权的素朴观念背离;她的心思又很细密纠缠,这也不是新社会的明朗气质。但她不也是这个时代的人吗?她不也积极地接受这时代的概念吗?她也有权利加入这时代的主流。但她不能像蔡小妹那样自然而然,她必须要接受格外的考验。她报名去边疆建设兵团,果然就批准了她一个,是这时代宽大地接纳她,但另一方面呢,每一个理性的成年人都知道,那是自毁前程,这就是这时代的虚假性。正面的概念底下,是与生活不相符的实质。蓓蓓很快退下阵来,从新疆回到上海,变成一个没有身份的人,这使她甚至比不去新疆还更落后。幸好她不是有信仰的人,受的欺骗就不算严重。她认命地回到社会边缘,并且找到了慰藉的方法，那就是和陈瑞平的爱情。于是，蔡小妹的单纯遭遇对手。

我不想多说陈瑞平对这两个女性的感情状态，我觉得小说对此所写不够信服。这两个女性，包括陈瑞平，着墨很重，但形象却并不鲜明，不如那几位成人，有更生动的表情。但我很感动最终的结局，我觉得是带有青春祭奠的意思。在陈瑞平最虚弱的时候，蓓蓓也正逢危机——为生存计，她决定去香港，与一个素不相识的男人结婚。他们互相作为慰藉，开始了一段绝望的爱情。这段恋情已不能单纯以感情解释，它肯定不那么纯真，它其实是他们无限缺失的青春的补偿，又预示着破损的人生开始，几乎带有亡命的性质。他们是将蔡小妹的感情践踏掉了，可是他们不也同样将自己的践踏掉了？陈瑞平再不能和蔡小妹好了，他们原本有着完整无缺的感情。蓓蓓呢，她自己不是说："你是我的第一个"，她把她的"第一个"赠送给永不聚首的人，陈瑞平还有什么话讲！他们这段亡命的爱情，也是在同样的亡命的情景下进行，就是一个简单的问题，没有地方亲热。他们走到哪里，哪里都有监视的窥密的眼睛。到最后，终于败露，蓓蓓去了香港，陈瑞平一个人蛰伏在家中三天。我想这三天他是在进行一场"殉"，殉他，还有蓓蓓，再有蔡小妹的青春爱恋。这是全书的高潮部分，也是目的地，1966年的一个伤疤。三天之后，陈瑞平终于走出家门，走进弄堂，一群孩子跟着他，整齐地唱起了淫秽的童谣，这是一个精神迫害的合唱，来自无人教唆，却与生俱来的庸俗人格，促狭地将隐蔽的私人空间揭开，嘲弄个够。这就是我前边讲述的市井社会的精神状态之一，与小善相对而存的小恶，一些劣习而已，但也具有毁灭性的效果。小说中体育教师黄于强因一桩荒唐的公案受监禁，他爬上高楼，对着底下街市上熙攘的人群表白的一幕，很有象征意义，使我想起很多年以后的现在，某一个城市里，一个绝望的青年爬在高楼顶上，犹豫着要不要跳下，在围观人群的浪潮般的讥诮中，终于纵身一跃。这种恶意甚至称不上是恶，只是一种浅薄，但因其量之大，所以足够吞没弱者。"文化大革命"这一政治运动，落实在上海的市井人生中，便具体为道德教养的日常事故，演绎成俗世哀史，离革命的本意甚远。

2006 年 1 月 20 日整理于上海

《五妹妹的女儿房》[①]讲稿

小说写的是五妹妹的奋斗史,她是一个普通的没有遗产的市民,她的奋斗目标亦只是在她生活的城市里立足,生存,繁衍后代。

我们先来看五妹妹是怎样失去她的遗产的——

失去第一份遗产,是在革命中。五妹妹及姐姐们都是在1949年以后出生,祖父罗老先生本是一名有产者,他以自杀的方式,向新兴的工农政权投了诚。小说里是这样写:"在花苑的藤架上套了一个环,把自己和自己住了大半辈子的花园洋房一道客客气气地还给劳动人民。"这也是他的有远见,不拖累儿子,使儿子可以一身轻松地进入新社会。儿子,也就是五妹妹的父亲,二十岁参加革命,抗美援朝时,以一等运输兵资格,参加志愿军,回国后,留北京为首长开车。他的妻子,因不习惯北方水土,带了孩子回到上海,过着夫妻两地分居、一年一度聚首的生活。直到1960年,父亲复员回到上海,在市建筑队工作。组织上按照一个复员的驾驶兵

[①] 《五妹妹的女儿房》,中篇小说,作者上海人,名周宛润,小说刊发于《小说月报·原创版》2005年第2期。

的标准,为他们一家分配了一大一小两间住房,一家人终于得以安居。

祖父的老房子,位于上海西区静安寺附近的愚园路上,小说中说:"当上海发展为远东第一城,1908年上海的第一条有轨电车就通到静安寺,从此沪西这一带成为上海富商贵人云集的高档住宅区。"由此看来,祖父是上海近现代发展中的资产阶级,可算作市民里的中坚,但在第三代降生时,已经失去了这地位。现在他们的家移到上海城东南面的老城厢,老城厢是这城市最具本土性的区域,它是上海建城后最早的市民居住区,曾经有过相当程度的人文与经济的繁荣景象,但在开埠后,外国资本基本是绕老城区而去,所以从某种程度来说,它是走上颓势,衰落了。从罗家居住的环境也可以看出这个区域的陈旧破败——居处所在弄堂叫"药局弄",地面是卵石路,上海话叫"台硌路",也有写成"弹硌路"。房屋的格式为石库门,黑漆铁门内是一个极浅的天井,客堂间也很浅,为公用部位,楼梯下黑暗的三角间里装一只抽水马桶,为厕所。三楼朝南的一大间,加上楼梯转角处一小间,俗称"亭子间"的,就是罗家的住房,在那间朝南房间里,还套有一个小小的盥洗室,大约是当年房东为提高租金,在旧房的基础上,添加的新设施。此时,房东姓李的一家,则住在三楼的朝南厢房和朝东的过街楼。这样的格式,在石库门房子里,也算作老旧的一种。小说中特别写到,推出窗,就可看见四周簇拥着大片的屋顶,覆盖着红、黑或灰的屋瓦,表明着稠密的居住人口。

虽然从这城市的中产阶层跌落到较为底层的市井,但未出生的五妹妹还有着一个完整的家,有父母可依恃。不幸的是,正当五妹妹出生前夕,父亲在一个雾天,出了车祸,死了。母亲被这突然的打击震得失了魂,连哭都不会了。就在此时,老城厢里密集的邻里关系发挥出拯救的作用,昔日的房东,现在的邻居李家伯伯照脸给她一个大巴掌,把她打醒——现在,我就要说,市井社会是一个不让人沉沦的地方,它有一种绵软的互相牵制的力量,里面包含着同情,也包含着互相干预,甚至互相侵扰,它是以一种近期目标来解除人的虚无感,就像李家伯伯听说新寡的女人魂不守舍时说的:"这哪儿成!五个孩子怎么办!"说完就去打耳光了。当然,在它不让人沉沦的同时,它也不让人升华。——五妹妹就是在一场大悲恸中落了地,母亲到一年之后,方才想起替她报户口。这里有一个细节含着些寓意,就是五妹妹上面的四个姐姐,按着班辈以花木起名为红梅、红兰、红竹、红菊,到了五妹妹,"梅兰竹菊"四君子都用完了,父亲又不在了,母亲大恸道:"我哪里晓得梅兰竹菊后面还有啥呀!"慌忙中,五妹妹就叫了"罗五妹",于是,五妹妹在没了父亲之后,连这么点名义上的传承都中断了。这是五妹妹失去的第二份遗产。

第三份遗产是五妹妹的婚房。五妹妹一落地,便是这城市的底层市民,几乎是赤贫。母亲在里弄的工场间做工,这是城市工业中最低级最落后的生产单位,厂房散设在民房中,以手工或简单的机器加工附件为主,所以成员多是家庭妇女和城市闲散人口,集体核算经济，收入便相当低廉。母亲就以这一份微薄的工资抚养五个女儿。接着，"文化大革命"开始，大女儿、二女儿相继离家插队落户，再然后，"文化大革命"结束，三姐考上大学，搬去学校住，家中只剩下母亲和四姐、五妹妹。五妹妹是母亲最怜惜的孩子，因是遗腹女，又因是父亲所期望是个儿子的孩子，所以，母亲自她出生就立愿这个女儿是要留在身边，母亲说："我就把你当儿子，你要在家里结婚，生孩子，那个时候，妈就高高兴兴地睡到亭子间里去！"这个允诺也是五妹妹仅剩的遗产了。有了妈这句话，她便可放心，将来她是有一间婚房的。小说里这样写："每天吃过晚饭，她就端了一把竹椅坐在天井里望着天，甜蜜地想：和谁结婚生小孩呢？"在上海这个人口密集的城市，尤其是上世纪七十年代、八十年代，住房是最紧缺的。可是，五妹妹还没等到结婚的年龄，她的婚房就落空了。这就要提到四姐姐红菊。红菊中学时代就恋爱了，对象正是隔壁李家伯伯的儿子李军，两个小儿女偷尝禁果，结果怀了孕，只能匆忙嫁出，问题是两家谁出婚房。在上海市井对做不做上门女婿没有成见，出让一间婚房却是大事，两家都意在让对方出房，僵持着，到底女孩子家拖不起，母亲只得临时改变计划，将唯一的一间像样的房间给了红菊。于是，五妹妹的婚房住进了四姐姐一对新人，她只能和母亲一起蜷缩在小亭子间里，而很快，连这么一点立锥之地她也要失去了。

第四份失去的遗产——这就要稍微回溯一点情节，她五岁的时候，曾经不经意撞开李家的门，不想李军正站在澡盆里洗澡。在居住密集的旧式住房里,这种事情是经常发生的,但这一回情形有所不同。五妹妹方长成,李军则已是发育中的少年,不由得,五妹妹情窦初开,从此,五妹妹想着"和谁结婚生小孩"的那个"谁",就是李军了。现在,李军突然要结婚生孩子,却不是和她,而是和四姐姐,五妹妹当然是受伤的,而且心生怨怼。不久,就发生了摩擦,在如此恶劣的情绪之下,冲突不断升级,最后演化成一场事故,红菊流产了,李军小夫妇俩与五妹妹结下深仇大恨。五妹妹不敢住在家中,只得住到同学吴桂芳家里。就此,五妹妹失去了她的全部遗产,彻底成了个一无所有的人,她怎么办呢?只有白手起家,就这样,五妹妹走上了她的奋斗的人生。

五妹妹的奋斗人生,目标总体是房子,这一目标几乎贯穿了她半辈子的奋斗,我将它分为前后两个阶段,前阶段可称从无到有——

还是要回溯一下情节——以此可看见当我们安排一项变故的时候,要及早着手准备,反过来说,我们设计一项情节时,也要从长计议,看对将来的发展有无益处。现在我们就来考察吴桂芳这个人,就是五妹妹寄居的这户人家,她们对五妹妹今后的生活有着决定性的作用。吴桂芳的母亲是菜场里卖肉的,家境富裕,在这个阶层里,所谓富裕不过是吴桂芳有一间从天井搭出来的披屋作闺房,她可经常吃猪油渣。但她的母亲却也是一个粗疏笨拙的女人,将日子过得很混乱。吴桂芳周身上下很邋遢,也承继了母亲愚顽的秉性。精灵乖觉的五妹妹之所以与吴桂芳做上朋友,一是有猪油渣吃，同时，卖肉的女职工也是五妹妹的母亲需要巴结的，那时候肉制品都是配给，部位品质分量的高低全凭操刀人的感情趋向；二也是缺乏心机的吴桂芳宜于相处。凡思路细密的人大约都需要一个简单的人做伴，再加上像五妹妹这样，聪敏是聪敏，可没有父亲，家道单薄，内心亦有一种软弱和自卑，吴桂芳的呆笨粗糙在某一方面是可平衡她的心理的。于是，这时候，五妹妹就住在了吴桂芳家中。然而，寄居的日子却将这种平衡关系颠覆了，这主要体现在吴桂芳的母亲的态度上，她变成了五妹妹的房东。尽管极力地压缩自己，不在她家吃饭却还交搭伙费，尽少在她家出现宁可在街上闲逛，却还是要领受她的闲言碎语。吴桂芳是纯朴的，她真心地欢迎五妹妹来住，可她的智能又实在不能给予五妹妹安慰。况且，这一家粗鲁的生活也让五妹妹度日如年，这样，她就不得已而为自己考虑存身之处了。在她那个阶层，以她所受的教育，她能够想象，也可能实现的出路，就是一个男人。这应该是个什么样的男人，她心里是模糊的，只有一点很清楚，那就是他必须有房子。

于是，五妹妹开始了相亲的道路，她所见的第一个人家中有三进宅院，听起来颇可观，事实上呢？那是郊区乡下，农人的住舍，可不是三进宅院！这是房子。人呢？初次见面，倒也说不上来什么，只有一个小小的细节，对方长辈按习俗端出两碗水潽鸡蛋款待来客，那人呼噜呼噜吃完自己的一碗，等五妹妹他们出门，回过头看见他已经开始埋头吃她的那一碗。这个细节当然说明不了什么，可却是令人扫兴的。这也就是小说的细节了，微妙。这是第一个人。第二个人叫阿三，是王革生的工友，王革生是谁？王革生是吴桂芳的男朋友。和阿三的见面，是在王革生的家中，这是一个极富意味的细节，带有预兆的性质。这时候，五妹妹还没看到阿三的房子，先看到了阿三这个人，初步印象还是不错的，瘦高个儿，白净脸，形状甚至有几分斯文。这个阿三邀请五妹妹去他的宿舍，开门见山介绍自己，说他目前虽然没房子，但像他这样的大龄青年，一打结婚申请，立即分房。五妹妹对他的爽快也很欣赏，可阿三却鲁莽地动起手来，于是，四姐姐的教训立刻唤醒了她。她想到她要是弄大了肚子，"姆妈也没有房子给我啦！"经过这两次相亲之后，五妹妹懂了，房子要有，人也要有。这是生活给她的教育。说到这里，我就要提到，人物的性格在故事中的作用，它决定事情是这样发展，而不是那样发展，事情是这种性质，而不是那种性质。五妹妹是这样一种人，她是能够在生活中受教育，这就是进取心。现在，事情往哪里发展呢？如同我方才说过的，情节的发生其实预先已在着手准备，所以，我们再要回溯一下，关于王革生这个人。

吴桂芳的这个男朋友，可称得上一段马路奇缘。王革生的自行车撞倒了吴桂芳，被吴桂芳母亲赖上，先是索赔医药费，后就是索要这个人了。王革生对这门硬赖上身的亲事感到很无奈，可他是一个轻浮没有责任感的青年，对女性也没有任何认识，只是觉得吴桂芳太肥，但也正是她的肥硕开蒙了他——"他第一次觉得他需要一个女人了。"当有一天，他在马路上遇见五妹妹，邀请五妹妹坐在他自行车后架上，他忽然冒出一句话："五妹妹，你比吴桂芳轻多了。"这句话很好，一个懵懂的青年受到异性真正的吸引，而且能够作比较了。但王革生依然不是那种有主动性格的人，他甚至连自觉性也没有，事情要有转机还是得靠有主见的五妹妹。就在王革生与吴桂芳闹别扭的当口，五妹妹机敏而果断地插进一脚。五妹妹这么做似有些太厉害了，可是，王革生与吴桂芳不是很不般配吗？吴桂芳一点认不清形势，处境本来就不安全了，还要任性，这就怨不得五妹妹了。五妹妹处境艰难，她必须抓住机会，而且，她也一定会为自己的行为负责到底。

现在，五妹妹人有了，房子也有了。在她与阿三相亲的时候，就已见识过王革生的房子了，那是在棚户区一条名叫"篾竹街"的弄堂里。棚户区是上世纪初失业的农民来到上海，充实中国早期工业的产业大军，所仓促建起的居住区。最初可能只是一些简陋的窝棚，然后再用水泥板修建。小说中这样描绘："一走进那些弄堂里只看见凌乱低矮的住房成片，千家万户的样子，像是一条大河延伸开来无数条的支流。"而王革生的家，就在一片平房上耸立起一座二层小楼。这是早逝的父母留给他们兄弟的产业。当时，五妹妹就很受震动，小说中写："五妹妹四处的瞧着，眼睛都发绿了。"不料想，她成了这小楼的一半的女主人。五妹妹的生活终于有了一些积累，"从无到有"的阶段是完成了，可我还不打算结束这个阶段，房子是有了，在这所房子里，五妹妹，还有王革生将在其中创造什么样的生活？他们的精神将如何成长？这也是我器重这篇小说的原因之一。那就是，小市民在追求他们的物质目标的时候，还在发展精神，这就是我们不可小视这些小人物的地方。

有一个情节特别令我感动，那就是五妹妹怀孕害喜，情绪恶劣，她没有食欲，偏偏王革生很献殷勤地送上一碗猪油渣，是他亲手所做，也知道这是五妹妹的最爱。他真是开始成熟了，懂得照顾人了，可惜照顾得不是地方。五妹妹顺手将猪油渣打翻，冲突就这么激烈起来，眼看着事态要恶化，千钧一发之际，小说这么写——"他们对看了一会儿，忽然异口同声地向对方道歉：'对不起！'"这就是理性，使事态、生活不再下滑。接下来还有，五妹妹忽然肃穆地沉默下来，王革生一直注视着老婆，小说中写："他非常紧张，他完全地琢磨不透女人"——王革生从女人身上在受教育，也因为这是五妹妹，而不是吴桂芳，是他在意的女人，有着不容忽视的性格，所以他必得集中注意力，学习了解她们。当他俯身在妻子小腹，感受到胎儿的活动，他大惊亦大喜，而五妹妹则想起了当初对待四姐和李军的刻薄，感到羞愧难当。这一对轻浮又自私的男女，终于要为人父母了。

没有遗产的五妹妹，此时有了房子——当然，房子比药局弄又下了一格台阶，这也是人生，就是在妥协中进取——有了房子，有了丈夫，又有了孩子，人生有了基本的富足，就要向下一阶段进取，那就是"更上一层楼"——

要说房子的目标在前一阶段，仅是栖身之所，后一阶段则是相当宏伟的,那就是为女儿们砌一座"皇宫"。双胞胎女儿,一个姓父亲的姓,叫王安妮;一个姓母亲的姓,叫罗安妮。两个都叫安妮,来自五妹妹唯一知道的英国王室成员"安妮公主",也是一个市民所能想象的最高尚生活。双胞胎女儿渐渐长大,这座与兄嫂一家合住的小楼就显然不够了。说是小楼,其实不过是直统的上下各一间,再合用一个灶间兼饭厅。且不说父母与女儿同居一室的不便,只起居方面也十分窘迫,两张大床占去了房间大部分面积,小孩子只能在床上写作业。于是,他们又开始为住房奋斗。如何奋斗?向单位争取分房。

　　时间已经到了八十年代后期,国企还未改制,还掌有一部分福利性质的房屋。商品房方才起步,但普通工薪阶层何以企及?所以,企业里分房小组是人人都要巴结的。五妹妹单位的分房小组组长姓葛,人称葛主任,她必要和葛主任通曲款,怎么个通法?葛主任是个原则性很强的人,几乎找不到一处软肋。经多方打听,五妹妹终于得到一个重要信息,那就是葛主任的儿子需要一套原装的进口家电,而五妹妹的三姐留学在美国。说到三姐红竹去美国的一幕,也很有意趣。红竹去美国,母亲卖掉了她的结婚戒指,这是她的有产者娘家留给她的最后一件东西,也应计算在五妹妹失去的遗产里面。邻居,也是亲家公李家伯伯帮着去中国银行兑了外汇,再从自家的私房钱里拿了些,凑足一千美金。吴桂芳的母亲,竟也不计五妹妹抢了她家女婿的前嫌,很纯朴地送来一只火腿……在上海的市井中,美国是一个既近又远的地方,好莱坞电影,二次大战后的美国货，到改革开放时候的美国梦传说，都在向人们刻画着一个时髦的国度。可它又是那么不可企及的遥远，在他们身边，倘若不是出了个红竹，大约再不可能有谁真的去到那里。现在，红竹要去了，这无疑是将这国度拉近，变得可以想象的了。好，现在，五妹妹要和红竹联系了。这一段写得令人感慨。为了抢时间，因为葛主任的儿子两个月后就要结婚，这套家电必须及时登场，所以她必须和红竹通电话。全家一并出动，往电信局去打国际长途。母亲向女儿再三强调一分钟十块钱的昂贵话费，以致王安妮吓得出不了声，白白花去十块钱，而无论是王安妮还是罗安妮都再不肯上场了，只得王革生上。总算电话通了，又说上了话，对方却是白天，红竹出门打工去了。要和现代化接上轨是多么不容易啊！结果是，进口家电买到了，葛主任也帮忙了，可事情还是黄了，理由很简单，僧多粥少，五妹妹家又不是最困难的。

接下来，五妹妹的奋斗变得越来越茫然，住房走向市场化，高楼起来了，几乎将蓦竹弄埋起来，但怎么有他们的份儿！他们眼看着国企改制，关停并转，两人都先后下岗，连日常生计都成了问题，谈何买房呢！可五妹妹不，她就是有这心气。这个细节很动人，就是在此黯淡时刻，五妹妹捧回一大撂时尚家居杂志，全家一起看杂志，按着图片上的画面憧憬未来的生活，而一旦算起来，买房的日子遥遥无期。此时，王革生说了一句："别算了，努力挣钱就是了。"生活的挫伤使这个男人变得实际，当然，多少也有些颓唐。可是，理性依然制约着他们，不让下滑。两人合计开了一间小汽配店，做生意有想不到的无穷麻烦，小说写："夫妻俩几乎天天吵架，吵完了再说对不起。""对不起"这三个字几乎就是他们理性的象征了，事态千钧一发的时候，就靠它来挽回。他们都是这城市里卑微的市民，他们的奋斗也是微如草芥，蚂蚁搬家式的，不可不谓艰苦卓绝。就在他们一步一挪地向买房接近时，幸运终于降临在他们身上，那就是他们的棚户区开始改造，要动迁入新房子了。表面看这是一个意料之外的机会，但从整体宏观着眼，却也正是这城市最广大普遍的阶层付出牺牲与奋斗之下，推进了生活。新房子在浦东，当年五妹妹第一次相亲所去到的地方，如今，村落与农田已为大桥、地铁、高楼住宅、工业区代替。五妹妹登上高楼，眺望新上海，无限感慨。从愚园路到药局弄，再到蒇竹弄，又到这里——浦东——昔日的乡村，五妹妹离开城市的中心越来越远，可五妹妹终于有了梦寐以求的房子，这就是城市的扩展。中等阶层在扩大，上层的跌落下来，下层的挣上去，在逐渐庞大的中层群落里，实现着平等的观念，这就是市民阶层的含义。

  小说最后的一段，意味深长，五妹妹替两个安妮去区教育局办转学手续，虽然赶在了下班之前，可机关里已是曲终人散的景象，职员们都去洗澡，五妹妹只能坐在走廊里等。她坐在走廊的深处，远远看见走廊外面地上的光，这一个空间设置得真好，就像一条时间隧道。五妹妹忽然一警醒，觉着这地方似曾相识，等办好手续出来方才想起，那是她祖父的老宅子，她在父亲的一张照片上看见过。她不由得回过头，借口找一件遗忘的东西，在门房老头的监视下她顺原路匆匆走了一个来回,什么也没有看见,便走了出来。这就是我们和我们从未接触过的历史的关系,再辉煌,也是过去,属于我们的是握在手里的现在,这也是上海城市强悍坚韧的市民心。

2006 年 1 月 29 日整理于上海

《城市生活》[①] 讲稿

小说写的是物欲和幸福感如何赛跑，好比道高一尺，魔高一丈。所谓物欲，自然不是指衣食饱暖，那就是质朴的人生了，切合着基本的需要，生发出基本的满足感。而物欲则是超出实际用途，是一些剩余需要。这部分需要，多少是由社会生活决定意义，所以它往往不能为个体控制，是受到周遭价值标准的左右。人其实是相当弱小的，他们身不由己地被驱使，全力以赴为追逐社会公认的价值付出劳动。而在这经济发展为主流的时日里面，人对物质的要求被无限地刺激扩张，于是，如同《城市生活》中说的："收入的增长总是落在物质增长的后头。"一切无法量入为出，最终是将尊严、感情、自信都倾囊而出，以至精神陷于赤贫。

小说里的人物，杜立诚和宋玉兰夫妇，是如何一步步走入不可控制的局面？这里就要谈到量的积累，事情在一个回合上是一个量级，在两个、三个，甚至四个、五个回合上，量级就不同了，这也

[①] 《城市生活》，中篇小说，作者上海人，名李肇正，生于1954年，卒于2003年。刊于《人民文学》1998年第6期。

就是量变到质变的意思。杜立诚和宋玉兰所经历的过程，就是由许多个回合组成，事情方才陷入严重的绝境。他们每一个奋斗的回合同时也是一个从幸福到不幸福的周期，周期和周期则是呈水涨船高的趋势。

杜立诚和宋玉兰是一对上海知识青年，上山下乡高潮时，也就是"文化大革命"中，下放在江西农村，后来，两人又上调到江西的中学里任教，杜立诚是英语教师，宋玉兰是数学教师。他们每年回上海探望父母时，顺便也探望已经回上海的同学。这些同学处境都不怎么样，住房狭小，可是他们依然很羡慕，从大都市上海到内地农业省份，即便是省会，心里也总是落寞的。然而事情不期然地有了转机，先是八十年代末，上海落实知青子女政策，凡年满十六岁可回上海。接着，九十年代初，上海向全国招聘教师，英语和数学老师都是紧缺的，夫妇二人双双中试回家——

他们回到上海，也是和他们那些先期回沪的同学们一样，和父母挤住一起，只占一间小小的偏屋，还是由妹妹一家搬走让出的，可他们直觉得像在做梦："生活是多么幸福呀！"但幸福感很快被生活的不方便压抑了。房子实在太小，八平方米里住两代三口，又是老旧的结构，没有卫生设备，还要用马桶——这第一个周期尚可算是自然，处于人对生活基本的需要，幸福和不幸福的相对性也是合乎情理的。于是，开始了第二个奋斗的回合。

这是一段好日子，他们的生活处于节节上升的状态，回来第二年，上海政府就决意解决居住困难户，教育部门尤为当先，立即动手实施政策。杜立诚的住房情况正是骑线,骑在困难户标准的线上。他家住房面积倘若算进杜立诚的妹妹及外甥,由七口人分配,人均居住就在特困标准的四平方米以下。但要是将杜立诚的妹妹与外甥算作妹妹婆家的人口,那么杜立诚家的人均居住便超出了四平方。在这一点上,杜立诚说了个小小的谎,说妹妹是在娘家结的婚,分房小组也采取了通融的态度,不予细究,于是,杜立诚和宋玉兰分到了一室一厅的住房,只须交付一笔小小的集资款。在这个当口,人物开始呈现性格,以及人生观了。宋玉兰对交付的这笔款项十分不满,她立即计算出这笔钱相当于一个进口大彩电,或者一千斤优质猪肉,再或者八千斤香粳米,这种换算法,使价值变得具体可感,损失也令人更痛心了。杜立诚则不然,他用弄堂里一户人家比照自己,五口人住十二平方,厂里亏损,根本谈不上分房。但上海男人多是惧内的,我想一是女性经济独立,二也是男人有怜香惜玉之心。所以,一方面是宋玉兰的意志在这个家庭里占强势地位,主导事情的演进;另一方面是杜立诚以理性的目光看和悲悯事态的发展,这样,就有了同情和批判。这个故事不单纯叙述一个事实,而是有了情感与思想的内容,成为小说。话再说回去,无论如何,当夫妇俩在新房子凭窗一看,窗外正是著名的锦江乐园,热气腾腾的景象,不由激动难抑。宋玉兰当场立志要缩衣减食豪华装修,并且就在回家的路上实行紧缩的政策,不上两元一人的空调车,一人省下一元钱。当宋玉兰豪情满怀走进办公室,她的自豪感却很快受挫了。同事中间有个年轻的姚老师,丈夫是一家贸易公司的副经理,经济上很有实力,她一针见血地指出,一室一厅还是太小,"你儿子又要睡沙发了"。在此同时,杜立诚的富足感也在受到挑战,同事们纷纷告诉他有关装修的知识,地板有柚木企口的,地板漆则要德国水晶漆,刷墙要用日本乳胶漆,瓷砖有西班牙的,日本"大金"牌空调,美国"月兔"牌热水器,等等。同事们说:"你以为新房子是好住的?只怕要抽了你的筋,剥了你的皮。"面对形势的逼迫,杜立诚想的是,还不如不分房子呢!宋玉兰正相反,用小说中的话说:"她要尽其所能地创造出一份属于她的华美。"

装修列入日程,首先是预算,预算决定了装修的等级、格局。宋玉兰的计划是两万元。两万元如何来,一是节流,二是开源。节流就是省。宋玉兰为了省下一程车资,每日以步代车,别人自然无话可说。开源则是家教,俗话叫"开圆桌面",就是学生围圆桌一圈授课的意思。为了收学生的人数和课时费的多少,夫妇俩进行了好几轮争执与谈判。先是杜立诚不肯将别的老师家教的学生拉过来,宋玉兰认为现在就是竞争社会,不必谦谦让之。其次为杜立诚的课时费是一小时二十元,这就不仅是宋玉兰要反对,同行们都说话了,说杜立诚犯了行规,要大家的好看。杜立诚相当孤立。但他其实是个固执的人,一旦决定,决不改变。这一种性格,也使他日后与宋玉兰的冲突,推向越演越烈的程度。第三是先收钱后上课,还是先上课后收钱的问题。这一回宋玉兰不与杜立诚啰唆,而是"越俎代庖",代他收钱。此时,杜立诚说了一句表面平常、内里却有些凄楚的话,他说:"阿兰,你盯着讨钞票,学生会看不起我的。"宋玉兰的回答相当强悍,她说:"他们不交钞票才是看不起你呢!"这是对尊严不同的理解。前者似乎比较接近尊严的道德本义,后者却显然更有力量,体现了物质的粗鄙的本质。再接着是课程的概念,杜立诚每次授课是以达不达到目标论,宋玉兰则严格以时间计,两小时必结束,下一场开始。就在这些争执以及争执对感情的消耗中,他们在未装修的新房里安置两张圆桌面、十六只小圆凳,开始了家教。果然迅速生效,提前半年实现了二万元装修费用的目标。这里还有个细节也挺有趣,那就是宋玉兰收益自然要胜出杜立诚,可杜立诚的诚心敬业却换来了家长们的感激之心,这感激之心倘若只是口头表达就不会打动宋玉兰,但他们的感激却落实在现实的功效上。一个家长帮着买到便宜的地板,另一个家长买到的是价格低于市价的瓷砖,第三个是中外合资的乳胶漆,再一个是脱排油烟机,如此这般。宋玉兰高兴是高兴了,但却从又一个角度证明她的"等价交换"的理论。好,不管怎么,他们总算攒足了预算的款项。就在这个心满意足的时刻,姚老师又来挫败他们了。她问宋玉兰装修是什么尺寸,宋玉兰撑足劲吹上去一倍:"不过三四万。"姚老师就笑了,说:"三四万是普通型装修,叫作过日子,七八万是豪华型装修,这才叫享受生活。"于是,宋玉兰一下从幸福的峰顶掉落谷底——第三个周期结束。

第四个周期里,装修正式拉开帷幕。找准了装修队,就要和装修队讲价,宋玉兰要杜立诚一同去,杜立诚不肯,宋玉兰不由"哀哀地叫道","哀哀"两个字用得很好,接下来的一句话可真是哀绝的,她说:"这些事情应该由你们男人出头,我是女人呀!"这个凶悍的女人,面对外面的世界时,依然是软弱的。说到底,是个弱者,为世事所左右,因没有独立的自觉。整个讲价的过程,杜立诚都像在受侮辱。就像方才说的,有了杜立诚的价值观在,整个事情才有了旁观者的眼睛,就不会任其精神下滑,滑到当事人蒙昧的水平,而是有了警醒的声音。由于杜立诚的调和折中,装修费没有讲到宋玉兰预期的四千五百元,而是四千八百元,于是,她便认定损失了三百元。这假想的损失宋玉兰是一定要找补回来的,怎么找补?向老人要。她的父母因女儿分了新房,送过来一千元礼金,宋玉兰就要公婆也出一份,公婆只能在可怜的积蓄中硬挤出五百元。找补损失的又一个方法是盘剥装修队,增加他们的工作量,也不按约定俗成的规矩,递些香烟招待一两顿饭。也是由杜立诚的眼睛,看见民工们表现出"贫穷的慷慨",他们反过来向杜老师敬烟,吃饭时也会邀请一声:"杜老师,一起吃点便饭好吗?"这种时候,杜立诚就感到羞愧难当,因他是没有请客吃饭的自由的,他口袋里的每一分钱,都被宋玉兰看得牢牢的,连掏出五十元给母亲装假牙都被记在账上,日后要找补回来的,他就像是没有财产权的奴隶。而宋玉兰,她掌握有财产权,可她似乎也没有自由,她的财产实际上是由更强大的权力支配,她也像是奴隶,物质世界的奴隶,倒是赤贫的劳动者不受物质诱惑,于是有随意支配自己所得的自由。装修在无数的口角和伤害中进行,事到中途,夫妇俩感情已濒临破裂。一个年节就在这不悦的气氛中过去。过年以后,民工迟迟不来上工——这一个细节令人百感交集,民工不来上工,以索讨红包要挟,"宋玉兰在百废待兴的新房子里团团转"。此时夫妇已互相生恨,几乎形同路人,但看见宋玉兰的焦虑无奈,杜立诚不由心生怜惜,这就是夫妻了,再怎么都存恻隐之心。他安慰宋玉兰,不怕的,还有三分之一的工钱未付出呢!宋玉兰此刻的态度,作者用了"感激"两个字,甚是可怜。夫妻间有一瞬的同心同德,可即刻便过去,在给不给红包的问题上又吵开了。在这个物欲横流的世道里,你不能指望普通人具有抵抗力,他们身不由己,只能随波逐流。宋玉兰撑不住时,也说出了这么一句颓唐的话:"还是回到江西去过穷日子,心里倒平静。"经过千般辛苦、万种委屈,房子终于装修好了,在杜立诚和宋玉兰眼中,就好比"琼楼玉宇",宋玉兰由衷地赞道:"多么美好的家!"

  这美好的感觉不久又遭到打击了,那就是参观了姚老师的家。姚老师义务献血,同事们凑份子买了些补品,一同去看望。小说中写:"走到姚老师家门口,宋玉兰的自信和自豪就猛烈地被动摇了。"因为那是一扇华丽的雕花大门;接着,"走进客厅,宋玉兰更是觉得自己渺小和灰暗",地面一铺三十平米西班牙大理石;再接着,是主卧室里的丹麦进口家具,儿童房的连体家具,书房则书香四溢。宋玉兰怎么办?再开始一个回合艰苦奋斗——

  这一回合的奋斗目标是如何充实新房,迎接姚老师在内的同事们前来祝贺新居大功告成,具体的项目有装电话、买空调、大彩电。家教重新开张,宋玉兰又接了几所补习学校的教职,再就是向老人开口。这一回,连她娘家都露出为难之色了。毕竟是自己的亲生父母,宋玉兰不能像对公婆那么硬起心肠,于是,这一个借钱的场面便十分凄婉。父亲一口答应,说是"女儿四十多岁了,好不容易分到新房子,一生一世就这么一次"。母亲掉了眼泪,说这是爹爹的"血汗铜钿",宋玉兰的话是:"以前没有房子时做梦都想新房子,现在有了新房子,却好像又背了一座大山到身上",事情就是这样逼到了夹角里,没有退路,亦没有转身之地。人都是盲目的,又是驯从的,而社会潮流的力量,却是如此蛮横不讲理,将人席卷而去。如此凄楚苍凉从娘家借来了五千元钱,宋玉兰自然心里不平衡,还要从公婆身上找补。她是这样一个弱小者,无法对抗社会力量,只能盘剥欺凌身边的、至亲的人。她当了公婆与杜立诚吵,出言都是粗暴和裸露的。内容无非指责丈夫的无能、公婆的悭吝。公婆只得又付出二千元钱,话说得更可怜:"怪爹娘没本事,让你在阿兰跟前抬不起头来。"等这几件现代化装配到位,宋玉兰又发现了新的问题,那就是缺少和电器般配的家具。这就像一则中国寓言,一个路人拾到一条华丽的腰带,为配腰带买了新衣服、新鞋、新帽子,结果卖地又卖房。现在,宋玉兰气都没喘一口,又要向家具进军了。在家具城里的一幕很好,小说这样写:"宋玉兰沉溺于家具的森严包围中,透不出气来,伸手去抚摸那些光亮可鉴气度非凡的佳构精品,却有冰凉顺着指尖滑入心灵。"这几乎就是对物质世界的画像:森严,冰冷,漠然却不可抵挡,其实包含着一种暴力,而人就是不自觉。这里还有一个小小的细节,就是宋玉兰流连在家具城时，忽有一销售员称了她一声"小姐"，宋玉兰没想到竟是在称自己，从镜子里照出来的自己，是个黄脸婆。人已经被压榨成什么形容了？最后，经过痛苦的盘算，下决心以贷款的方式买下一套中外合资的橡木家具和一套猪皮沙发。家具沙发送进新房，安排到位，送家具的工人都惊叹："新房子真漂亮"，宋玉兰站在房间当中，也产生了"非凡的感觉"。可这一回，宋玉兰的幸福感非常短促，稍纵即逝，不待姚老师来到，只一想起姚老师，她已经意兴全无。随姚老师上门而来的种种挑剔，不过是将宋玉兰的遗憾具象化了——猪皮沙发毛孔大，皮面粗，中外合资的家具有色差，水曲柳的地板纹路太夸张，宋玉兰感到"竹篮打水一场空"的悲哀。

接下来的一轮奋斗实际上是茫然的，几乎看不见希望的曙光，宋玉兰的目标太过辉煌了，那就是三室一厅，像姚老师那样的三室一厅。理想是远大的，现实是什么呢？现实是安置新房的欠债还未偿还。就是说，前一期奋斗还未善后，下一期就已开始了，而无论理想和现实都具体为一个"钱"字。宋玉兰对钱的狂热已到了病态的程度。她把自己和丈夫的钱袋都管得极严，侮辱性地称杜立诚孝敬父母为"走私"，她越过杜立诚向他免收学费的贫困生索要费用，就这样，她盘剥了各自的父母，又盘剥丈夫的感情和尊严，也盘剥了自己的——杜立诚忍无可忍，他的耿介的性格最终起来反抗了，他提出了离婚。当新房子方才装修好，两个人躺在光滑如镜的地板上，身心沉浸在幸福之中，宋玉兰就说出一句扫兴的话："以后你要离婚，不要来和我抢新房子。"这就像预言一样，现在，她果然独自拥有新房子,而失去婚姻了。小说最后的部分是写他们的分手,两人都无限的寂寞,关于宋玉兰的情形尤为感慨,小说写道:"宋玉兰孤独地住在新房子里,并没有姚老师所说的'太狭小了,东西都堆积到一起,太压抑了'的感觉。"相反,新房子显得空旷极了。方才那则中国寓言我还没说结尾,结尾是,那拾到新腰带的人不仅卖房卖地,还将新衣、新鞋、新帽悉数卖尽,最后还卖掉了新腰带。杜立诚和宋玉兰去离婚的一幕写得令人动容,两人都形容憔悴,小说写:"他们各自觉得对方可怜,又心存着怨恨。"在这个力大无比的物质世界里,就是这样一回合接一回合地碾压着盲目的人,好像巨人碾压虫蚁。作者给这物质世界的命名就是"城市生活"。

2006 年 2 月 3 日整理于上海

《租个男友回家过年》[1] 讲稿

小说写的是一个灰姑娘式的故事,却有着完全不同的结局,这大约就是故事的现代性,让我们从头讲起。

我先要来着重描绘故事里的几个空间,因这些空间都富于象喻性,在某种程度上,规定了故事的性质。首先重要的是地铁——

地铁具有的最鲜明特征就是现代化,机车在大上海的心脏穿梭,风驰电掣地将人群送往东南西北,听起来十分神奇,用主人公"我"——也就是叶子——的父亲的话,就是地下铁就像童话,叶子是童话里的公主。但"公主"叶子,一个地下铁的驾驶员怎么说呢?她说:"它是一只硕大无朋的老鼠,一年四季,没有休息日,没有节假日,成日成夜地在大上海的地洞里忙乎着。"如她这样身临其境,才能体会这是一个极其封闭的空间,小说这样写道:"前方只能看到两根平行钢轨,眼睛'横扫'距离不足十米。"地面上的大街小巷,离他们十分遥远。每趟列车运送乘客两千多人次,高

---

[1] 《租个男友回家过年》,中篇小说,作者上海人,名王季明,刊于《百花洲》2005年第4期。

峰的时候，地铁里人山人海，小说用了一个词，"水银泻地"，人就像"水银泻地"渗到地下铁来，可是与他们又有何相干？都是陌路人。所以，他们其实是相当孤独的，一个人在地底深处，地下铁的铁壳子里，空调机永远"嗡嗡"运作，所以也没有四季的变化。主人公，叶子，自称她是一个洞里的雌老鼠，没人做伴的雌老鼠。就是这样，地下铁从全局看是人类传奇，但到个体细部，却是沉闷的现实。《租个男友回家过年》，就是从这种性质出发讲述的故事，它已经预示了这个现代童话不可能演绎古典的童话结局，它表面的浪漫里面是现实的芯子。

再有一个空间是地下铁司机公寓，相对于地下铁的坚硬的质地，它是柔软并且轻盈的。司机公寓地处一个叫作梅陇的地方。因为种植梅花而得名。这也是一个很好的空间，是叶子的闺阁。要知道，在地下铁行驶的钢筋水泥的壳子里，有一颗灵敏的温柔的姑娘的心，你说这颗心有多么寂寞？小说中写，司机公寓的窗外，满垄满垄的梅花盛开，叶子一个人伫立窗前，对着满视野的香雪海，万分怅然。

第三个空间则带有童话的性质了，那就是黄河边，叶子的山西老家。我说它有童话的性质，是因为它的古老空气在现代化的上海背景之下，显得那么不真实，像梦幻，不是绮靡的梦幻，而是苍凉原始，比如黄河，黄河对岸的太行山，山间传来的信天游，牵着母羊卖羊奶的小姑娘，再有，人们在当婚当嫁的年龄里就结亲生子，不会像叶子这样，二十四岁还孤家寡人一个，这也合乎人的自然本性。

这现代灰姑娘的故事,便是在这三个空间组成的舞台上演出了。

故事说起来很简单,就是叶子,一个上海知识青年的女儿,根据上海知青子女的政策,十六岁后落户上海,就读上海地下铁职业学校,毕业后做了一名地下铁司机,父母特别期望女儿找到个合心意的男朋友,早日成家。因为叶子已到了婚嫁的年龄,在山西黄河边的小城,这年龄都早做母亲了。更因为,叶子的母亲,当年的上海知青,嫁给了叶子的父亲,一个山西农民,只得扎根当地,母亲期望女儿成家,将来可以叶落归根,重回上海。所以,叶子的恋爱婚姻,就不只是她个人的事情,而是要向父辈的传统生活方式负责,同时也承担了母亲的人生归宿,是具有社会义务的性质。要说她自己,难道不想有个男朋友吗?上班是孤独的,一个人在城市的地洞里活动。下班回来,也是一个人,面对着清寂的梅花,就这样,度过一年又一年的韶光年华。她工作出色,连续三年评为先进,她却情愿用这三年先进换一个男朋友。可叶子她长相平常,才华也平常,又是个外乡人,在这城市没什么社会关系,连上海话也说不像。虽然人就像"水银泻地"样渗入地铁,可都是萍水相逢,擦肩而过,谁晓得你的他是人群中的哪一个呢?这就是大城市坚硬的质地,生活像洪流一样,个体和细节掩埋其中。小说中,叶子埋怨父母:"爸妈都以为在上海找个男朋友十分简单,好像在我们小城,只要是女人,找个男人并不成问题。"这就是大有大的难处。每逢过年回家,叶子有没有男朋友的问题就临到面前,变得特别的急迫。因为又要与父母见面,也因为又过去了一年。于是,这一年,叶子就决定租一个男朋友回家,让父母暂且放下这颗心。

租个男友的念头,其实有着微妙的心理,它是一种假想,又是一场实验。现实中没有男朋友,那么,就虚拟一个,来一场虚拟的恋爱。虽然是虚拟的,一旦在现实中演绎起来,总会有什么结果吧!找谁去租呢?叶子找了她的同学王念。王念是叶子地下铁技校的同学,毕业后分在不同的线路工作,三年后重又遭遇,是王念和女朋友闹别扭,躲进叶子的驾驶室里。这一个偶然的出现,给叶子平静却又单调的生活带来了一点活跃的气息,它似乎含有一点变数的暗示,似乎,生活中终于要发生些什么了。小说中写叶子和王念摆脱了王念的女朋友,走出驾驶室——"就见车厢两旁、顶上的所有灯光,犹如火树银花扑面而来",所有的抑郁一扫而去。在这个地下十五米深处的地洞里,第一次身边走着一个人,这其实可说是"租借男友"的实验的序幕。当叶子找王念租个男友的时候,心理上也是微妙的。表面的理由是请王念租男友,事实上,则是叶子向王念邀请了约会。在她约王念见面的电话里,王念表示了对叶子的好感,他一下子说出三条叶子浑然不觉的优点:功课好,普通话好,卡拉OK好。于是,本来黯淡无光的灰姑娘就走到了亮处的舞台中心。似乎是有什么事情要往下发展了。他们在茶室里见了面,拟定了一份租借合同,规定了权利、义务以及纪律。

说到这里,我就想起了一篇日本小说,发表在上海译文出版社《外国文艺》杂志2000年第2期,题目叫《YO-YO》,作者名山田咏美。故事很简单，就是说一个单身女性在酒吧里结识了一个酒保，就向他买春，两人在酒店开了房间，事后，女人向酒保付了一叠钱。第二次，在酒店开房间，则是酒保向她买春，付给她同样一叠钱，但是比上次少了一张。第三次，是她付钱，再少一张。第四次，是他付，又少一张，下一次，继续少一张，一次一次交替，直到一张不剩，于是，结束。这就是交易的真谛，不能动感情，等到交易的成分全部被感情代替，就赶紧打住。这也可应用到游戏里去，规则是同样的，不能动感情，动感情就是败者，也是违规。合约上为此专门制定第八条："乙方和甲方相处时，不得有任何肢体上的接触。"

好，现在，叶子就等王念领来租借的男友。这等待的心情很叫人玄想，有点像进洞房等着新女婿揭红盖头，虽然是模拟的恋爱，但从头至尾走一遍，一个环节不少，也是个全过程。王念呢，迟迟不把租借来的男友带给她，使悬念越来越深。一直拖延到最后一刻，叶子上了火车，在车厢门口等着，每见到一个单身男性，就想，是不是他？一直等到火车启动，失望地回到自己的铺上，却看见坐着的王念，王念对她说："我就是你租来的男友。"这实在令人惊喜，却也在情理之中。不幸的灰姑娘不总是要交好运？王子上天入地地寻觅，寻的不就是那个最不可能的人？大过年的，王念抛下家人，抛下女朋友，充当叶子的男朋友，来到西北黄河边，不正像是一个王子？叶子当然是要生出期望的。就像前边说的，黄河边的小城是一个童话性质的空间，这样，他们就一起走入了童话。

方进家门，便上来一伙家人乡邻，接着是一群小娃前后拥着，再又跳出一个鲜艳的女孩,表妹叶灵,然后爆竹声响起。这有些令我想起《聊斋》里的那类故事,一个书生夜间迷路,眼前忽耸起一座大宅院,张灯结彩,弄管拨弦,男女老少前来欢迎,就像久盼之宾客。一夜笙歌,尽欢别去,待日后寻来,却再无踪迹,只剩下芳草萋萋。话说回来,两位上海客人迎进屋,满目喜庆,面前是一餐盛宴。宴上的情形十分有趣,人们热衷于向他们打听上海,在内省的人们,地下铁空中轨道交通车也是一个童话。这个童话是由现代化标明的,比如法国阿尔斯通列车、德国庞巴迪列车。叶子也是童话的一部分,叶子工作后第一次返乡,就带给她母亲整整一万元钱,给爸爸带来啄木鸟牌的西装,给妈妈带的是紫澜门牌上装、正宗品牌化妆品,这一回,又带来了上海男朋友王念。王念身上穿着西伯利亚皮货店的皮夹克,懂礼貌,有见识。于是,表妹叶灵也动念请叶子帮她找一个上海男朋友。叶子唯有苦笑。就好比,王念在这山西小城里处处受感动,事实上,叶子知道,在这西北黄土风情之下,是黄河断流,生计困顿。两个童话之间,叶子是唯一的知情人。她其实是两个童话里的主角,又是看客。她的任务很繁重,她一方面是带领王念参观黄河童话,另一方面,又必须与王念携手演绎上海童话。

　　这个虚拟爱情的游戏完全是仿真进行,两人不免假戏真做,不由自主地进入角色。他们俩在黄河边唱信天游这一幕,是这场戏剧的高潮,写得够煽情。先是苍茫的风景,再是贫穷的小女孩牵着母山羊,好像落难的天使,然后情歌登场。至此,爱情剧的所有段落都齐了。叶子在此情此景之下,很难免地会向往奇迹发生,事实上,她一直企图亲手缔造一个奇迹,她也一直苦心经营着一个奇迹。她找王念租借男友,王念自己来了,与她的家人相处和谐,而且,看起来他也是喜欢叶子的,有什么理由不相信奇迹呢?

我曾经看过一个关于黑手党的美国电影,说的是一个姑娘邂逅一个意大利青年,青年英俊富有,而且多情。两人双双堕入情网,谈婚论嫁。青年知道姑娘喜欢桃色,于是装饰了一所桃色的新房,宛如梦境。青年的家是一个大家族,人口众多,这是意大利人的传统生活方式,没什么可疑的,问题不在这里。令人不安的是这一家人如同惊弓之鸟,一有风吹草动,立刻弃下所有家产搬迁到另一个地方。姑娘感觉她走入了一种危险的命运,终于发现这是一个黑手党家族,此时,妯娌俩有一场对话。嫂嫂告诉她自己差不多同样的经历,然后说:"我以为我是辛德瑞拉呢!"这句话很有意思——我以为我是辛德瑞拉呢!事实上,不要指望生活中会发生童话。

即便是但愿长梦不愿醒,叶子还是常常窥破她的童话的漏洞。除夕夜里,激烈的鞭炮声中,王念却呼呼大睡,明显是假睡,一边在被窝里打手机。打给谁,叶子猜是与他吵了嘴的女朋友。这其实是违规了。因合同第四条规定,在租用期间,不得与女友以各种方式联络。但叶子没有揭穿他,大约也是怕面对现实,可现实还是一步一步逼近了。公司领导来电话,告诉说王念的女朋友大年初一就找到公司,堵着门向他们要人。王念的态度也渐渐鲜明,他们到黄河边植树的时候,王念说:"叶子,以后每年回家,要代我向这些树苗问好。"叶灵当场驳斥了他:"过年还不一起回家!"两人都没作声,其实都看见了这场游戏的尾声。终于,在被叶子母亲逼进洞房的这一夜,王念告之了实情,也告知了来山西以后的感受。他说一上来他就没有去租什么男友,准备好了自己跟叶子跑一趟的,因为实在对女朋友心生厌烦,听起来,这女孩就属于现代都市一族,物质主义,追随时尚,任性,用王念的话就是"作天作地",王念确实被折磨苦了。可是,当他上了火车,立刻就自责起来,他来这么一手,不也是很任性吗?随后又接到女朋友铺天盖地的短信息,又热烈又谦卑;再接着,他偷偷和家里打电话,听母亲说女朋友哭得昏天黑地;最后,得知她竟然勇敢到跑去公司大闹,就很难无动于衷了。就这样,王念充当叶子"男友",只是与女朋友赌气,结果是什么?是在这场游戏中考验了双方的爱情,而且,双方都因此成长了。他们在黄河边贫瘠的土地种树,本是哄骗叶子的母亲,举行新型的订婚仪式,但王念的态度特别虔诚,细心地操作每一项,挖坑,培土,植树苗,浇水;在离开山西的前夜,王念发现叶子的母亲连夜为他们磨香油,他不禁泪流满面,说道:"这种游戏玩不得。"这个轻浮的青年,在这场游戏中受到了教育,变得严肃起来。他的女朋友,也再三保证:"我会改的,我会改的。"叶子从游戏中得到什么呢?得到的教育是,必须尊重现实。现实是,游戏就是游戏,决不会演变成现实。现在,游戏结束了,一个游戏的残局,得靠她慢慢去收拾。这就是现代生活的理性,人在认识现实的过程中,将幻觉梦想,一点一点除去,除净为止。人类成熟了,于是,童话流失。美国电影《漂亮女人》,那女人真的成了辛德瑞拉,美梦成真,富有又英俊的男人立在敞篷汽车里,手捧玫瑰花,停在她的嘈杂后街,然后攀上铁梯,迎向她,就在电影的结尾,山壁上显出一行大字——这是好莱坞。于是,这又成了一出戏中戏。

其实事情从一开始,就暗示,叶子是处在王念的爱情生活之外,她就是一个旁观者。王念与她的邂逅就是在与女朋友闹气的当口,然后,事情顺流直下,而她始终在岸边走。现在我们可以来看看叶子这个人物了。

前面已经说过,叶子是上海知识青年的子女,母亲是上海人,嫁在当地,心心愿愿想回上海,就好像揳入一个钉子,发展了个根据地,为日后打回上海作接应。虽然有知青子女回上海的政策,但实施起来还需要许多具体的条件,比如上海的亲属能否接受。在叶子,上海的亲人只有舅舅一家,总是有些疏远了,叶子很客观地说:"舅舅、舅妈能接纳我回上海读书,已经十分不错了。"看起来,叶子很少麻烦他们。他们呢,也无法缓解叶子在这个城市里的孤寂感。就这样,叶子是做了上海人,但她其实又是一个异乡人,她不会说上海话,没有社交圈,没有男朋友,她只能为自己租个男友做一场梦,梦醒之后,是更真实的现实,用叶子的话说,就是"生活是铁实铁实的"。这就像地下铁,你是在城市的心脏穿行,携着如潮如涌的人,可他们与你擦肩而过。所以,叶子的故事在地下铁发生,是再恰当不过,这空间的一砖一瓦都是为这故事安置。

2006 年 2 月 8 日整理于上海

第三辑

小说与电影

我要讲的是小说与电影的区别,以阿加莎·克里斯蒂的小说以及改编的电影《尼罗河上的惨案》为例。

曾经听华裔美籍痕迹专家李昌钰博士的讲座,他说,他只负责犯罪的痕迹,以此为推断,而不问动机,动机是其他人的事情。小说却是讲动机的,痕迹在小说中很难体现,因文字语言缺乏直观的功能,只能间接地传达。我们从小说说起,我所用来分析使用的是贵州人民出版社1998年翻译出版的版本。

小说第八章——总共三十一章,就是大约四分之一篇幅的时候,游览尼罗河的全体客人上了船——那艘卡纳克号游轮,第一餐晚饭,大家都坐定了,阿勒顿太太拿起餐桌上的旅客名单,逐一认识旅伴。其实是一次点名,好让故事里的人物鱼贯亮相,在以后的时间里,他们都将承担各自的任务。如果我们还记得,《红楼梦》里也有过几次重要的点名。第一次是在第二回,"贾夫人仙逝扬州城,冷子兴演说荣国府",林黛玉的老师贾雨村遇到旧相识、做古董生意的冷子兴,告诉一件奇事,就是衔玉而生的贾宝玉,顺便将贾氏的家谱叙一遍，宁荣二府的轮廓面目基本呈现了。第五回"游幻境指迷十二钗，饮仙醪曲演红楼梦"，我也看作是一次意味深长的点名，以隐喻的方式，在现实的情节之中画出一个形而上的故事，故事中的主要人物在此被依次推出帷幕。另有无数次的家宴、结社、迎送，其实都反复地亮相人物、罗列关系，将大家族里复杂的伦理排序梳理清楚。回到《尼罗河上的惨案》，阿勒顿太太点名——阿勒顿太太，在电影里完全不存在，可是在小说，却是个重要人物，以后将会特别提到。就让我们从点名者这一桌开始，来认识船上的旅客们。

因是餐厅里的名单，自然是以餐桌为单位。阿勒顿太太这一桌，是阿勒顿太太和她的儿子蒂姆，赫赫有名的大侦探波洛，受阿勒顿太太邀请同桌，却让蒂姆很不高兴，后来这一桌还加入了中途上船的雷斯上校。

第二桌，色情小说家奥特伯恩夫人和女儿罗莎莉，再加上杰基——这里的人物我们都从电影上认识了，她们担纲着重要情节。

第三桌，都是些散客：贝纳斯医生，在电影里是一名庸医，也具有着犯罪动机；社会主义者弗格森先生，电影里也有；考古学家里克蒂先生，还有神秘的范索普先生，后两位在电影中都销声匿迹。

第四桌，是最吸引人眼球的，处在舞台灯光的中心，那就是幸福的蜜月中人多伊尔夫妇，新娘林内特和新郎西蒙，加上时刻盯着他们的安德鲁大叔——林内特家在美国的财产受托人。电影中他们都到齐了。

第五桌，范·斯凯勒小姐，这位有偷窃癖的老小姐，带着她的女伴鲍尔斯小姐，第三位是老小姐的穷表妹，年轻姑娘科妮莉亚，也是在电影中消弭的一个人。

就这样，当事人基本到场了。接下来，我们再逐一审查他们的出身来历，事件的动机就埋藏在这里，这也是小说的专长，它能交代与描述不在场的情节。这一回，我们换一个顺序，按照事件中人物的重要程度进行。

首先是林内特·里奇韦，"里奇韦"是林内特小姐的娘家姓。林内特的母亲是个百万富翁的独生女，而她的父亲善于投机事业，使财富无限增值。父母双亡，年轻、美丽而又单身的林内特是唯一继承人，也因此成为众目瞻望的极品婚姻选择，社交界都认可温德尔沙姆勋爵是最有希望的候选人。温德尔沙姆勋爵在电影里不复存在，但在这里我们不得不多说几句。这是一位有爵号的贵族，家世源远流长，那一座查尔顿庄园便是明证。从伊丽莎白时代，温德尔沙姆家族就拥有了它，尽管如今一径凋敝下去，可规模、身份、名誉尚在，倘若有了林内特的钱，就可以重兴辉煌。林内特，令人感到幸运的，是个"最有钱的英国姑娘"，虽然她的财产是在美国暴发，如同坊间议论她从哪里得来的钱，是说："听说是从美国搞来的"，可是她却是纯正的英国血统，这一点相当重要。在英国社会的眼睛里，美国是富，却总有那么一点不名誉。讨厌的安德鲁大叔，就是美国华尔街的金融动物；范·斯凯勒小姐，那么有钱却还垂涎别人的珠宝，也是美国人，在小说里时时可见人们对美国的讥诮。那么林内特对勋爵怎么看呢？当然，她没有感受到特别的激情，可是她也许并不相信有这种激情存在，所以她保持着一贯的清醒头脑，敏锐地发现这桩婚姻涉及庄园的问题。一个家庭只需要一座庄园，那么查尔顿庄园无疑是首选，它有漫长的历史、著名的身世，再有，她嫁入夫家，顺理成章，就是查尔顿庄园的女主人。事情看起来不错，可是恰巧她刚买下一座庄园，从沃德爵士手里，老沃德痴迷赛马，输尽家产，只能将庄园出售去抵他的赌债。沃德庄园没有查尔顿庄园宏伟和著名，也许凋敝得更厉害，但林内特对它却有一番雄心，她要重建它。计划是修游泳池、意大利的庭院、华丽的舞厅，听起来很现代，带有暴发户风格的一座豪宅。修建沃德庄园还会使镇上的人增添就业机会，振兴地方经济，这也合乎林内特的好胜心，就像她用大大超过实际价值的钱买下它，使沃德爵士深感受侮辱，问题是他真需要这笔钱。这就涉及林内特的性格了。

这样好运气、占遍天下优势的人，很难想象她还会有其他性格。女友乔安娜——注意，这也是消失在电影中的人物，乔安娜的话是，"要什么就有什么的林内特·里奇韦"；波洛说的是，"你是向来不大需要去容忍不顺心的事的"；杰基，林内特的闺密，后来成了情敌，说，"她从来不节制自己"……可是这个什么都有的人，独缺一件东西，那就是恋爱的激情。即便卑贱如女佣玛丽，都在体验着，而在杰基和西蒙，这激情更是光芒四射，使她感到严重的缺失,于是,毫不犹豫,一伸手便夺过来。我以为小说中有一句话,精确地概括了林内特的性格。当油轮停泊在阿布辛拜勒寺院的景点,游客们上岸观光,石雕的神像有一股强大的震撼力。在这威严神圣的石像下,林内特昂然仰起着脸,小说写道:"这是一张代表新文明的脸孔,聪明,好奇,不为历史的遗迹所动心。"这不是很像美国小说《飘》里的郝思嘉吗?可说为新生资产阶级的画像。

第二个重要人物非杰基莫属。查阅她的前史就可知道,不仅在情节与林内特处于对峙关系,在出身与命运上也是两相对立。她的父亲是法国伯爵,是那类酋长时代的贵族,就像梅里美小说《高龙巴》里的源远流长的古老家族,动不动就决斗。母亲是美国人,却是南卡罗来纳的人,那是一个保守的地区,居住着旧日的贵族家庭,从小时起,外祖父就教她打枪。杰基向波洛介绍她的美国祖辈:"他是属于旧时代的那种爱用枪来解决问题的人——尤其是在有关荣誉的时候。"总之,父系和母系都带有蛮荒性质的气血遗传,难免缺乏理性,往往会损害生活,那就是,父亲抛家弃口,跟一个女人跑了,母亲呢,在华尔街的投机事业中将钱输光,余下一个身无分文的女儿。这个女孩,如今恋爱上了。早在人物出发埃及去度那个悲惨的假日之前,伦敦的"大嫂餐厅"里,波洛看见一对年轻男女,显然是在热恋中,那女孩子的神情让波洛担心:"她爱得太深,这个小姑娘,这可不安全。"并不是先知,而是经验。"爱得太深",其实是需要特殊的能量,能够感染波洛这样世故很深的人,足以见得能量的程度。在英国人保守的眼界里,几乎是野人一般,没有经过文明驯化的情感,阿加莎·克里斯蒂为这桩谋杀案的凶手所设计的前史用心非常周到。勿用说,"大嫂餐厅"里的姑娘是杰基,小伙子则是西蒙。

西蒙·多伊尔,他参加进林内特与杰基之间,将两人关系推成三角。西蒙是个什么样的人呢?英国德文郡的乡下人,财主家的没有继承权的小儿子,只得自谋生路,在伦敦商业区某家事务所里做文员,用今天的话说,就是一名白领。对那个时代的贵族来说,进入城市找饭吃实是落魄得可以,比如《约翰·克里斯朵夫》里安多纳德一家,从法国南方来到巴黎,境况相当凄惨。詹姆斯·乔伊斯一整本《都柏林人》,就是描绘小市民的灰暗人生。多伊尔家族称得上"名门",林内特要嫁的人终也不能太离谱了,却是衰落了,这时节,英国有多少破落的世家啊!可再不济,西蒙也是在空气清新的乡间长大,养成健壮的体格,一生中没得过一次病,同时,头脑也很简单,像个长不大的孩子。来到伦敦,用杰基的话就是,"闷热的事务所"替老板打工,结果还被裁员,成了一个无业者。一方面,伦敦的生活令人沮丧;另一方面,伦敦不失时机地培育出另一样东西,消费的欲望,还是用最了解他的杰基的话说:"他喜欢花钱买的一切东西",因此,"他的确想林内特的钱"!

这三个人的关系构成事件的主要情节,动机其实简单明了,难题是如何行动。在此,电影发挥了优势,那就是它的直观性。西蒙佯装吃了杰基的子弹,然后打发现场人走空,摸到杰基扔给他的枪,奔去自己舱房,射毙林内特,再跑回客厅,自己打自己一枪，把枪扔进尼罗河。这一串动作，由每一个嫌疑人假设性地演绎一遍——电影改编者事先已经将船上的人物全部设定为与林内特有夙怨，每个人都撇不清，于是，每个人被虚拟着来一遍杀人实施过程。就在这一次次重复中，船舱的位置，住宿和住宿之间的关系，空间，时间，行动路线，越来越清晰。"痕迹"显现出来：桌腿上的枪眼，遗失后又出现的披肩，指甲油瓶子里的醋酸味，死者床头那个血写的字母……就等着一个聪明的头脑贯穿起来，揭出谜底。这些排查工作在小说里，则是满含讽意地成为雷斯上校罗列出来的几张纸，他的辛苦劳作没有得到波洛的重视，而是轻轻地推还给了他。这也是全书中最乏味的段落，除了理解为是又一次点名，一个军人的点名当然不会有贵族夫人点名的格调。小说显然在交代行为动作方面处于下风，它只能在另一些地方展现身手。让我们来看看几个消失在电影里的人物。

阿勒顿太太，就是点名的那个夫人。阿勒顿是英国贵族，虽然没有爵号，只是公爵的表亲——这是从科妮莉亚眼睛里发现的。科妮莉亚就是富有却爱好偷窃的老小姐的年轻表妹，虽然她是在家道破落中长成，但对上层社会自有常识。除去是公爵的表系，阿勒顿在贵族世家中颇有些交谊，沃德庄园的旧主人，老沃德就十分景仰阿勒顿太太的魅力。阿勒顿家原是有丰厚的产业，但因经营不力，或者说是经纪人的陷阱使其萎缩，这个经纪人不是别人，正是林内特的父亲。这一位在电影中消失踪迹的夫人，在小说中却占了相当的篇幅，尽管她并没有涉入故事的中心事件——谋杀案，那么，她被分配给予什么样的内容呢？

这个阿勒顿太太，可说是一船人中，唯一能和波洛对话的人物，不仅在智慧，还在德性，这两人旗鼓相当。她与波洛前后有过三次谈话。第一次是在尼罗河旅程开始之前，游客们已经从四面八方汇集到河岸上的旅馆，彼此有了点头之交。波洛散步遇见正写生的阿勒顿太太，两人自然搭起话来，谈的是对旅伴们的印象。这个多少带有八卦色彩的话题在他们两人，却进行得十分有趣。波洛是个著名的大侦探，而女性又总是对犯罪好奇，于是便做了一个游戏，用阿勒顿太太的话说："我要给这家旅馆中的每一个人都想出一个与之相称的犯罪动机。"历数一遍，不得不承认每一桩犯罪都有它的合理性，但是，波洛说："这些人忘记了，主宰生死是仁慈的上帝的事情。"可是，阿勒顿太太回答："尽管如此，上帝还是要挑选自己的工具。"波洛则指出这种想法的危险性。最后，阿勒顿太太俏皮地总结了这场关于犯罪的务虚活动，她说："这次谈话之后，我将怀疑是否还能留下什么人活着！"除了她，还有谁能把话说得如此优雅而风趣？

第二次谈话发生在谋杀案初露端倪，参观神庙时，岩壁上突然坠落巨石，险些砸中林内特和西蒙这一对新人。事后，波洛专门向阿勒顿太太请教"fey"这个苏格兰单词，书中注释为"有死亡预兆的；临死时的狂乱状态"。就在下船观光之前，阿勒顿太太曾说过林内特反常地兴致勃勃，这正合乎波洛的预感。区别是阿勒顿太太是出于不自觉，波洛呢，早已经搜集了许多征兆，得出判断，但还需要向阿勒顿太太的本能求证。如波洛这样经历过太多犯罪案的大侦探，大约已有一种职业性的感觉麻木，就好像一个大厨师尝过无数美味而味蕾迟钝，食欲不振。长期在推理的严格性里思索使波洛过于尊重事实，但他懂得，这一行也是需要灵感的，阿勒顿太太就是一个有灵感的女人。

第三次谈话在我看来意味无穷，那就是谋杀案发生，波洛着手侦破，与船上每一个人交谈。轮到阿勒顿太太，波洛指出她与林内特之间也是有过节的，林内特的父亲是阿勒顿家财产的代理人，结果呢？财产不断缩水，她们的日子显然很拮据。这个情节在电影中被转移到老小姐的女伴兼护士鲍尔斯小姐身上，然后就将阿勒顿太太打发得干干净净。鲍尔斯小姐恶狠狠的脸上，满是愤懑和仇怨，对林内特相当粗暴。可是阿勒顿太太面对波洛的摊牌，态度十分从容，她说："你要知道，如今不管在哪里投资，能得到的股息要比过去少了。"她将家道衰微看作大势所趋，充分认识到这是一个阶级和财富重新调整的时代，因而能够对变故保持镇静，风度良好。儿子蒂姆却不像母亲那样豁达，他以寻求刺激反抗社会来平衡失意的心情，那就是参与珠宝盗窃团体，下线是他的表妹，也是林内特的女友，前面提到过的乔安娜，他们使本来已经够混乱的珍珠失窃变得更加混乱。电影中，这桩混淆视听的案子连同作案人一并被剔除出去，事情变得单纯许多。蒂姆还留下一点遗痕，那就是与色情小说家的女儿结成连理，这个情节出让给社会主义者弗格森了。

科妮莉亚小姐也很值得一提。前面说过，她是范·斯凯勒小姐的穷表妹。斯凯勒小姐我们应该很熟悉，就是那个偷林内特珍珠项链的老小姐，带着女伴鲍尔斯小姐，两人互相怨恨，又互相依存，很古怪的一对。在小说里则是三人行，多出来的那一个，就是科妮莉亚·罗布森。罗布森是美国康涅狄格州贝尔弗尔德的有渊源的家族，美国也不尽是暴发户，它还是有着一些老户人家的，只是抵不住时代变迁。罗布森家也已经贫困潦倒，只得投奔到纽约的富表亲家，寄人篱下。事实上，罗布森家也是被林内特的父亲给弄惨了的，电影中鲍尔斯小姐的身世，也有科妮莉亚的一份。当有人向波洛揭露这一点波洛再向其证实的时候，她的回答是："我恼火过——只是一会儿工夫。你要知道，爸爸大概是由于不得志而死的，因为他的事业失败了。"毕竟还年轻，又生在家道没落之后，没能够受良好的教育，只能在面向市民的希腊艺术讲座和文艺复兴讲座上享用一点"文化生活"——这是弗格森对美国艺术普及教育的说法，美国不时要被英国人拎出来说道说道——所以，科妮莉亚不能像阿勒顿太太那样从全局看问题，她只是从个人命运上认识变故：有人得志，有人不得志，由一个巨大不为人知的意志决定，只有服从。就像她看着神像油然而生的崇敬心情："看到它们会使人感到自己多么渺小，就像一个小虫。"于是，她心理平衡，如贝纳斯博士说的："没有饥饿感"——贝纳斯博士在电影中被描绘成心怀恶意，与林内特也有着私仇。电影里，没有一个人不与林内特结怨，都具有谋杀的动机，模拟试验又证明每个人都有条件作案。而在小说中，人物并不都与谋杀案有牵连。这位德国医生，在奥地利负有盛名，诊所都开到捷克斯洛伐克去了，虽然性格枯乏了些，却合乎科学之道，对于科妮莉亚这样的穷姑娘，无疑是一门可靠的婚姻，而灰姑娘这样的好运气，又总是为"没有饥饿感"的姑娘准备的，在全盘下滑的旧家世中，可算作一点补偿吧！

小说中，弗格森先生也迷上了科妮莉亚小姐，吸引他的也是"没有饥饿感"这一点吗？可是科妮莉亚却拒绝了他，为什么？因为他"不严肃"。"不严肃"的弗格森其实是一位爵爷，却以社会主义者的面目出场。阿勒顿太太点名时，对他作出这么一句评语——"我感到弗格森先生一定是我们的反对资本主义的盟友。"这句话很妙，资本主义有两个反对者，贵族阶级和无产阶级，而阿勒顿太太对资产阶级和无产阶级都抱了不以为然的态度。这名社会主义分子，出身英国高贵的世家，在牛津大学读书时成为一名左派，大学，尤其是名校，往往是激进政治的策源地，在他破旧邋遢的穿着之下是昂贵的内衣。他批判资本主义的极端言辞与其说出于见解，倒更像是一个被惯坏的孩子在发脾气。所以，科妮莉亚说他"不严肃"真是说得太对了。这也是小说中的灰姑娘与童话中的不同，小说中的灰姑娘颇具现实头脑，她们宁肯嫁给凭本事吃饭的成功人士，深知"王子"是不顶什么用的。多少也反映出作者对阶级异己分子的最终抛弃，克里斯蒂不赞成太离谱的人和事。电影中，弗格森与罗莎莉爱上了，母亲死于非命，罗莎莉成了孤女，而弗格森在这里也看不出有什么身世背景，两人正好配对。

第三桌散客中，还有一个范索普先生，他的真实身份是英国一家法律事务所的办事员,被派往船上监护林内特的财产不受经纪人也就是安德鲁大叔侵犯。案发之后,波洛与雷斯上校搜查房间,在范索普舱房里,发现伊顿公学的领带。加上他有行动笨拙、怕血、不喜欢监视人等等怪癖,表明他出身高贵,可不得不自食其力,为人打工。和西蒙一样,他们都不喜欢事务所的生活,但范索普能够控制情绪,到底受过伊顿公学的驯化,而西蒙,就是个野小子!一船人里,竟然揭出那么多贵族,且都落魄了。

散客中最后一位里克蒂先生,自称考古学家,事实上呢,却是个恐怖主义者,正从事一桩叛乱。雷斯上校中途登船,就是追踪他而来。这条线索在电影中也被彻底清除,即便在小说里,它也显得多余,不如蒂姆那桩珠宝盗窃团伙案有声色,珠宝案总是有一种华丽,也合乎尼罗河惨案中的财富观念。克里斯蒂一旦写到与政治有关的案子,总流露出天真,就像小孩子做间谍游戏。但作为一个老练的写作者是否另有用意,也许是将里克蒂先生当作弗格森一类的人物,都是反社会分子,可他俩互不搭界,各行其是,既缺乏思想体系,也不具备组织能力,这是保守主义阶层对革命的偏见。

现在,要谈谈著名的大侦探波洛了。波洛早就感到不安了,船上伏动着一股强烈的感情,随时可能出事。这强烈的感情是爱情,又不单纯是爱情,而是与不公平的感受联系在一起,就像杰基说林内特的话——金钱助长了魔力,这是资产阶级给爱情原始性注入的文明力量。波洛很庆幸自己不再年轻,"青春是最脆弱的时期",他上了岁数,有许多阅历,不会那么不节制感情,那么看不开。他在这些年轻人中间斡旋调停：劝说林内特放谦逊些；建议西蒙带妻子离开，独自包一条船去做蜜月旅行；告诫杰基向前看；告诉罗莎莉，那些看起来什么都有的人，其实时时都在提防着，因此严重减损了幸福感……蒂姆，弗格森，范索普，个个都有着一副不得意的表情，除了科妮莉亚，可波洛却似乎对她没什么兴趣，可能是觉得平淡了，一个总是和犯罪打交道的人，难免口重，偏好强烈的性格——这些年轻人，不幸处在阶级轮替的交接口上。过去的生活逐渐消失，新的生活还看不出有什么好，无论华尔街的金融操盘手安德鲁大叔，还是市场作家奥特伯恩夫人，都显得可厌又可怜。波洛的调停显然没起作用，该发生的都发生了，当然，作为一部推理小说，事情非发生不可。而就在侦破的过程中，波洛发现更多的潜藏着的危险因素，愤愤不平的激烈的情感比发作出来的更多、更可怕，却也在自我调节中化险为夷。所以，从某种程度说，调停还是起了作用。最后，阿勒顿家收容了罗莎莉，贝斯纳医生接受科妮莉亚，可视作阶级的和解。波洛同意阿勒顿太太的话："但是感谢上帝，人世间还是有幸福的。"阿勒顿太太就像是波洛的发言人，可惜在电影中她无处存身。

电影中的惨案要比小说中的单纯得多，也罗曼蒂克得多。爱情是主要的动机，行动构成情节的主线，人物全对具体的案情有所作为，波洛呢，就事论事，对事物的逻辑负责任，兼顾人情。旅程结束，卡纳克号游轮靠岸，电影中，波洛与雷斯上校对着那一对恋人，罗莎莉和弗格森的背影，叫了声"悠着点！"原话是 Take easy！放松别紧张，对什么"别紧张"？对爱情，虽然爱情闯下了大祸，可并不尽然如此！在小说里，波洛面对尼罗河，低声对雷斯上校说了一句法语，意思是"多么蛮荒的地方！"波洛不只是侦探，还是一个哲人，经历着生活，对广大的人世发出喟叹。由此来看，电影更针对感官的享用，而小说是要用头脑的，它所传达的信息要丰富得多，也需要有更多接受的准备。

2009 年 8 月讲于台南

整理于 2011 年元月 26 日

小说的情节

情节由两个要素构成，一是终点，即目的，就是说到达什么地方。用最传统的小说创作方法论的说法，就是"做什么"。有一位围棋九段，世界冠军芮乃伟，她写作了一本自传，从她的战略看，便是一个目的论者，最终就是要赢棋，勿论手段。作为一个目的论者，在设置目的地的同时就需决定出发地，反过来说，出发地其实也决定了目的地。

情节的又一要素是过程，就是相对"做什么"的另一方面，"怎么做"。如何从起始走向终局，于是就要设计路径。曾在电视里听足球教练徐根宝谈足球，说到中国队曾经输给日本队的一场赛事，他说，比分差得并不大，但过程——他流露出非常遗憾的表情，即使是在竞技运动中，过程也是不能忽略的，我觉得他是一个真正懂得足球的教练。

这堂课上，我将以推理小说来作分析，用于解释我对情节的看法。因为推理小说中的情节是主体性的，情节的作用在这里表现得格外纯粹，目的明确，就是破案，手段则是过程，用于检验情节的运用比较方便,可说是情节的"显学"。我选择两部推理小说作例子,一是当代美国小说家劳伦斯·布洛克的《八百万种死法》,新星出版社 2006 年版本;二是英国阿加莎·克里斯蒂的《啤酒谋杀案》,较于早期的贵州人民出版社 1998 年版本。同样是情节剧,但在目的与过程,它们都呈现出不相同的情景。

劳伦斯·布洛克生于 1938 年,1966 年出版第一本小说,《八百万种死法》则写于 1982 年,可视作成熟期的写作。等我们分析《啤酒谋杀案》的时候,会发现仅仅半个世纪的时间,推理小说已经从经典时代走入现代。《八百万种死法》里,显而易见的就是充满了现实图景,而推理的思辨性情节却在减弱,让出位置,供社会生活展开。其中的主角,侦探马修·斯卡德,也就是"我"——这一项,沿袭了古典推理小说的传统,由一个人物承担一系列故事。马修·斯卡德原本是一名警员,在一次行动中,误杀了一个过路的小女孩,这个偶然性事故刺激了他所有不良情绪,使他对生活丧失兴趣,是正义虚无主义,还是更简单,只是一种病症,抑郁症发作。于是,辞职、离婚、酗酒、滥交。他搬出家门,栖身在小旅馆里,出于最后的责任心,为小孩子提供抚养费,不得已做一名私人侦探,有一单没一单地接案子。时不时地,被送进强制戒酒病房,一旦好转出院,便安排参加教区组织的戒酒互助会,清醒一段日子,再沉入酒精,周而复始,无穷无尽。女人方面他则是生冷不忌,与当事人都可上床,一时的亢奋过去之后,却是加倍的沮丧。而在此混乱中,他有两位相对固定的女友,称得上红粉知己,一位是妓女伊莱恩，大约也是从某件案子当事人发展延续下来的关系，她会向马修介绍活儿，也会向马修介绍她们业内的行规隐情；另一位是雕刻家简，是他的酒友，戒酒病房禁止他们见面，于是，便保持着精神伴侣的关系……总之，这位马修侦探是个典型的现代人：人格分裂，心理失衡，行为放浪，表情颓废，在戒酒会上，逢到他发言，不外乎两句话，或者，我是酒鬼马修，或者，我无话可说——这就像是一种隐喻，暗示着身份认同与失语状态。

这个酒鬼恰恰居住在一个病态的城市里，就是纽约。在一个前警员、如今的私人侦探生活里，这地方无疑是充斥了犯罪。妓女、嫖客、皮条客、黑帮、劫匪、暴力，终至极端为凶杀案——手法残忍，居心卑劣，如同书名所说——八百万种死法。一个危险的世界，存在于法律的网眼之中，那里自有另一路道德原则，所谓盗亦有道，照中国人的说法，就是一个江湖，于是，也必须以另一路法规惩恶扬善。谁能承担这一个法外执法的任务，相对江湖的说法，也就是侠客的使命？莫过于一个从国家机器中隐退到社会边缘的私家侦探！既可利用制度遗留给他的资源，档案啊，人脉啊，又可免去制度内的纪律约束；他不必服从普遍性的道义，却可旁开蹊径，更大范围地主张道义。所谓道义在他也有另一番解释，也许是缺乏事实的严格性，却有一种蔓延的情感，小说中有一位爱好文学的妓女，喜欢吟诗弄月，她引用英国诗人约翰·多恩的一句诗，可用来形容这道义感——"任何人的死亡都损及于我，因我与全人类息息相关。"是因为这使命的驱动，还是注意力转移，当他投入工作的时候，他会暂时忘记酒精。这一点小小的副作用，给他的人类关怀里注入了私人性，现代主义就是这样的性格，一定要有利己心，否则便缺乏说服力。

就这样，这一名现代侦探拥有着极大量的私人资料。他的性格、遭际、命运、生活，都非常具体，相比较之下，阿加莎·克里斯蒂那个名叫波洛的比利时人就抽象得多了。阿加莎·克里斯蒂生于1891年，比劳伦斯·布洛克早出生47年；1920年出版第一本书，早于前者46年；我没查到《啤酒谋杀案》的写作时间，但是我知道在波洛系列的36本书里，这一本排在第24位，就可以视作成熟期的写作。两位作家的情形基本对应。

波洛的国籍是虚拟的，在许多场合，他受到歧视。英国人的眼睛里，一个低地国家无疑就是偏僻的乡间，也不曾有过显赫的家族，像波洛这样，在一次大战中流落到英国的难民更谈不上什么好出身。他原先也是在警局工作，这一点与马修相似，但从警生涯并没有留给他特别的记忆，既没有挫败也没有荣耀。他的个人生活非常简单，单身，没有家庭，从未发现过有感情上的瓜葛，所以也没有伴侣。在伦敦有一个事务所，秘书倒是个女性，且也单身，但却是那种严谨古板的性格，岁数已届中年，不像会有和波洛暧昧的可能……这些私人资料，散见在波洛系列的几十部小说中，一没有作详细的描述，二也没有与破案的情节有所联系。当然，我们不能就此认为波洛缺乏性格；相反，他很有性格。比如，他有强烈的善恶观，反对无视人的生命而犯下的罪行，但这并不妨碍他对杀人案抱一种热情，出于职业也好，出于天性也罢，他欢迎犯罪的挑战。这种爱好多少有些抽离道德感，成为抽象的智力游戏，可是每一场游戏结束时，他总是被惋惜的心情笼罩，为人性的黑暗感到遗憾，所以，尽管被智力的角斗魅惑，他依然保持有清醒的理性。他也有一些特别的生活的习性，喜欢鲜亮的衣着、甜食、美酒，这些小癖好，不过稍作点缀，不会影响他的人生，只有一项与思维样式有关，那就是对整齐的酷爱。这个癖好其实反映出他推理的路数，他认为一切事物都有着自身的秩序，倘有所变形，便是疑点所在，这种推理方法也是从抽象看问题。总之一句话，波洛的一切都呈现出相对孤立的状态，与具体的社会现实关系疏离。

再来看他们所经手的案件。

马修的委托人是一位名叫金的妓女，托办的事情很简单，就是希望脱离她的皮条客，钱斯。为什么不能直接向钱斯交涉，而要委托私人侦探，而且酬金丰厚？于是，事情又不像看起来那么简单。钱斯是谁？似乎这一行里都知道他的大名，却谁也不知道他在哪里，联络的线索唯有一个代接电话服务站的号码，类似如今手机的留言信箱，尽管打电话给他，回不回则由他决定。就是这么一个人，行踪诡秘，名声赫赫，妓女们提到他胆战心惊，显然，他是这一行里的大佬。这样的对手，背后是有一派势力，与其打交道，好比孤身入虎穴，相当危险。

波洛的案子要安全得多了。委托人也是一个年轻姑娘，却是完全不同的命运，她出身英国上层社会，完成高等教育，觅得如意郎君,来到波洛的事务所,是请求办理一桩十六年前的旧案。十六年前,她的母亲被控谋杀她的父亲,判处终身监禁,数年后在狱中去世。这姑娘为什么忽然想起要重新调查这案子呢?当然,她从来不相信母亲是杀人犯,但以往这问题并不迫切,而现在她面临婚姻,接着还有生儿育女,她需要确定这一点。如果母亲真的有罪,那么她的遗传便潜在着暴戾的倾向,英国人是很在意血统的纯洁性的,她将据此事实再决定要不要进入婚姻。这一桩委托具有技术上的难度,就是说十六年过去了,所有的痕迹全消失了,现场不复存在,当事人亦都去世,波洛从何着手呢?但从另一方面说,十六年时间的尘封使得案子呈孤立状态,脱离当下的现实,只是在人们的记忆中存在着,这又是单纯的。

那么,他们又是如何执行委托、开展工作的呢?作为推理小说而言,这也是情节的主体部分。还是先来将马修的棋局复盘。

马修第一要务是找钱斯。"寻找"对于文学来说,是个好动作。遁迹中隐匿着无限的可能性,寻觅又可无限地伸延可能性,于是,"寻找"这一行动就有了形而上的意义。斯皮尔伯格的电影《拯救大兵瑞恩》,行动小组在阵亡将士的名牌里翻找,迎着行军的队伍喊着瑞恩的名字,是全片中最具文学性,也最具诗意的地方。尤其对于小说这种叙述艺术,"寻找"具备时间的顺序性质,能够承载语言的绵延。当马修着手寻找钱斯的时候,阅读的情绪便激动起来,因事先知道钱斯这个人不好找,神龙见首不见尾,就想不到马修能有什么办法,而马修确实有些办法。他先往代接电话服务站打了个电话,留下姓名和旅馆电话,当然不会指望有回电,只不过报个到而已,妙是妙在下一步。他在曼哈顿那些名声暧昧的酒吧搜寻一番,最后来到黑道最集大成的卡梅朗俱乐部。以他前警员的经验,身前身后的面孔,都是操着可疑营生的人物。他去到电话亭,给他栖身的旅馆前台打电话,请招待员往卡梅朗俱乐部里打电话,找一个名叫"钱斯"的人,嘱咐说一旦钱斯应接,立即挂断,这个办法很聪敏。我想起我所经历的一件往事。我家曾经与一个大学的宿舍近邻,有一度电话总是串线,听到铃声,接起来却是别人的电话,或者正通话,忽有人插进来,当然,电话费也在激增。一天晚上,忽收到一个年轻男孩的电话,他自报了姓名、身份,原来是那所大学的学生,他告诉说,宿舍装插卡电话,没装好,结果是与我家电话共用一条线,让我们请电话局来修理。于是向电话局报修,屡屡遭拒,理由是他们从来不会让两家用户共用一条线路。无奈,只得自己解决。我找到那所大学的宿舍,找到那个男生,也找到了那台出故障的电话机,事情终于解决了,学生们向我道歉,而我很好奇的是,他们怎么知道我家的电话号码因而使用起来?他的回答使人茅塞顿开,很简单,用电话打自己的呼机,号码自然显现了,不愧为著名工科大学的学生。这是与马修同样的思路,不同只是信息化时代的技术装备更方便,马修他还要依靠人工,而人工却能提供更多的情节。话说回去,不一时,找钱斯的电话打过来了,只听有人一迭声地喊,有没有一个叫"钱斯"的人?这场面也很好,"钱斯"这名字在济济的人头上面传来传去,有一种隐喻。喊了一阵，无人应接，马修的手法没有奏效。也是在意料之中，钱斯不会那么轻易地现身，而马修也一定更有招。然而，事情不免令人失望，马修接下来的招数是找线人"男孩丹尼"。线人这东西其实是瓦解情节的，它将"寻找"的过程包办代替了。因线人生来就是一种无所不知的动物，可以用来解释任何不可解的悬念，好比超人。显然，男孩丹尼就有这本事，寻找钱斯的难题到他这里，迎刃而解，这一关隘就算过去了。不过，作为补偿，东边不亮西边亮，又有异峰突起，那就是钱斯委托马修，所要求受理的案子恰是替他洗清嫌疑，他没有杀那个要脱离他管辖的妓女金——此时，金被残忍地谋杀了，他没杀她，而是慷慨地给她自由。这个委托订单极具挑战性，是面对面较量了。

　　波洛没有线人，他也不需要，所有的线索都是公开的。案件十六年前已经作了处理，案卷详细，英国人的文牍全世界著称，随时供波洛调看。除去被害人与法庭判定的杀人犯命入黄泉，无法开口，其余在场的人全都活着，而且配合积极，也随时供波洛调配，破案的条件很现成。古典的侦探可是要比现代的有身份，不必摸爬滚打，亲历亲为，于是便保持了优雅的风度，用波洛的话说："我只要坐在椅子上想就足够了。"这样悠游的破案，于他自是省力气，但在故事的情节却有想不到的难处，事情在静态中，因匮乏正面的交手，无从展开，戏剧性受到扼制。古典的推理小说就是在这相对孤立的环境之下设置情节，推进故事。要说，波洛已经比他的前辈福尔摩斯粗鲁多了，福尔摩斯的脑细胞更加精致高贵，是在小提琴的伴奏下活动，波洛则是感官化的，美酒美食相佐。但那个时代的变化比较缓慢，他们还是在一条道上，以脑力劳动为主。他们也需要材料，只是在他们看来，材料总是在那里，一堆又一堆，跑不掉的，问题是如何将材料整理出最合理的排序。事情过去十六年，所有的材料都忠实地记录在案卷之中，波洛他还能调整出什么新排序？不过是将案卷上的过程再走一遍，重新与当事人一一谈话，仅此而已。

当钱斯正式委托马修之后，马修也进入了谈话的桥段。这可说是全书的肚腹部分，马修由此进到黑夜罩蔽下的一隅，那里上演着不堪入目的景象，是这城市的溃疡。谈话的名单是钱斯提供的，那惨死的金就由钱斯自己代替介绍身世。金出身于中部威斯康星州的芬兰移民家庭，幼年时遭到家人性侵害，中学时又受人诱惑，和同类型的命运一样，始乱终弃，最终流落在大城市，以出卖色相谋生，直到邂逅了钱斯，才算真正入行，成为职业妓女。如钱斯这样的皮条客，已是在烟花界的上层，街上拉客的流萤不在他视野内，而金，显然合他的口味，用他的话说，金的容貌举止都适合室内接客，所以就安置在了公寓里。除了金，他的性工业还有五名员工，住在各个公寓里，钱斯向马修写下她们的姓名和地址。

第一个见的名叫弗兰，自称"爱吃迷幻药的格林威治村小姐"，公寓里弥漫着大麻和性欲的气味，昏沉如梦，亦真亦幻地讲述自己的故事——这让我想起多年前去白茅岭女劳教农场采访，听那些女性讲述自己的案情，她们总是沉浸在自我想象中，很难相信有多少真实性。就这样，弗兰充满自恋地描绘这种声色生活，顺带谈了些金，在全盘的胡言乱语之中，或许有一个小小的事实，那就是金有个相对固定的嫖客，业内人称"男朋友"。接下去拜访的一位名叫唐娜，唐娜的住处明朗许多，没有弗兰公寓里那股糜烂的空气，人也不像弗兰自甘堕落；相反，有些艺术者的古典格调，总之，她不太像妓女。自然而然地，她也向马修讲述了自己的人生，和金、弗兰的开头或有些不同，结果却都是，遇见钱斯，然后被安置在公寓里。区别在于，她写诗。马修所引自英国诗人约翰·多恩那句有关正义使命的诗，就是她告诉的。虽然和弗兰很不相像，可是唐娜的讲述同样流露出强烈的自恋，沉溺在假想的自我中，很难让她转移注意力，稍稍在他人身上停留一会儿。她读她新写的诗给马修听，其中有一句，"让绿色的玻璃在她手上闪烁"，这一句诗日后将成为破案的线索，此时却还掩埋在大量不相干的琐细之中。第三次出场的是鲁比和玛丽，她俩住对街，但也没让她们成为好朋友，而是彼此猜疑。鲁比是混血儿，公寓里的装饰因而点缀着异国情调。看上去她忠于职守，对现状也称得上满意。而在对门的同行玛丽眼睛里，鲁比却又不那么简单。她生意兴隆，没有固定客人，意味着她单是散客就有足够的业务量，也可见出她不是个会动情的女人，相当职业化。很可能，她胸怀大志，像玛丽猜测的，"总有一天会回澳门或香港，去开鸦片馆"。玛丽看起来似乎是个有理性的人，对自身以外的事物比较关心，可是又像是有偷窥癖，无论怎么说，她终究向马修谈了对其他几位同行的看法，听起来都相当精准。比如说谈到金,她认为是最典型的妓女,好比鲁比是以东方文化为特色,金则是中西部的纯朴形象,但这类形象最易磨损,一旦特色消失殆尽,她便没什么本钱可吸引顾客的了,也就是说很不耐用。所以,她早晚会脱离这一行,那么就需要有男朋友。免不了的,玛丽也向马修描绘了自己,竟然,她也有与唐娜同样的爱好——文学,唐娜写诗,她写小说。所以,她是将入这一行当作体验生活,准备要创作一本关于妓女生活的书,她对马修说:"我不是妓女,我只是暂时扮演妓女的角色。"于是,她所有的叙述就都变得可疑,与弗兰差不多,弗兰是受致幻剂作用,唐娜则是文学想象。事情到此,马修收获有限,与其说是搜寻线索,倒更像是一名社会工作者,深入到黑幕背后,调查性工业的内情。现在,还剩下一个人没有谈话,就是桑妮,可就在这时候,桑妮死了。

发生另一案,于推理小说多少是无奈之举,也是常用的手法。困难设置太多,将自己逼到绝处,俗话说,自己给自己下绊子,怎么办?再死一人,其实是另开一路,制造新的条件,情节得以推动。从目的论来说,显然不是上乘,走了弯路,还可能误入歧途;于过程论,似乎又有取巧之嫌,本来应是道高一尺,魔高一丈,却不得不打住,重起一局。但下结论还为时过早,事情只在三分之二的阶段。

然而,在波洛,谈话是唯一的途径。他的案件发生时间早已过去,涉案的人就这么几个,也就是行话说的,"密室杀人案"。不像马修,在一个开放的空间,什么样的因素都可能介入,还可能派生、繁殖，生产出更多的条件。而波洛手头的资源极其有限，他只能一个挨一个地谈话。

　　幸运的是，案子在当年格外轰动，众声喧哗，十六年过去，人们还记忆犹新。将波洛的谈话归纳一下，可分为这么两大类，一类是办案人员、书记员、警监、辩护律师、原告律师……他们了解案件的外部形式。书记员对法庭情景作了最为客观的描述；警监，其时已经退休，陈述了案件的调查过程，依波洛的评价就是"你都能自圆其说"，意思是事情理顺了；辩护律师表示，他竭尽全力，但无奈被告不合作，输了官司怪不得他；原告律师的说法比较微妙，他是赢了，可是赢得过于轻松，他说："要知道，也不太好"，太没有挑战性——在法律立场上，事情就是这么简单，显而易见，除了妒忌的妻子，谁会去谋杀不忠诚的丈夫，动机成立，证据确凿，嫌犯也伏罪。但从道德人心出发，几乎众口一致，被告是个淑女，令人同情；而那一个，第三者埃尔莎，却是个荡妇，狐狸精；丈夫呢，只在他的专业——绘画上持有道德标准，他让两个女人处在对决的处境，一个是拥有美德的妻子，贞娴、优雅、高贵，可又如何抵挡得过年轻、美艳、寡廉鲜耻？只有那原告律师说了一句略有异议的看法："尽管如此，她（指妻子）却比另一个更有生气"，这是出于年轻、易感的眼睛，还未被阅历和职业病麻痹人性。三个当事人的性格渐渐现形，办案人员的性格也在起作用，多少修改着当事人的形象。波洛面对的就是一大堆性格，这是他办案的主要依据，情节也就是这样在静态中渐渐展开了戏剧性。

有一个人物虽然不是办案人员，但是也可以纳入进这一类谈话对象，他的名字叫乔纳森，他名下的法律事务所多年来一直为死者家族担任法律顾问，但因从没有接手过刑事案件，于是便把此案转包出去，作壁上观。他看出波洛的路数，说："你像是对性格有兴趣"——性格，是我们小说大有可为的地方，我们对交代动态性的情节可说是弱势，但将行动化为性格便左右逢源，处处开花。十六年前的案件，外部形态早已随波逐流，唯有人物的性格，还生动地存在着。乔纳森老头谈到这三位当事人——因他不介入办案，所以便直接进入性格，那死者克雷尔，出身于英国世家，那源远流长的血液里遗传有中世纪的骑士精神，男孩打猎骑马，女孩呢，吟诗弄月，这使得他们无法与时俱进，难免趋于没落。等到了死者艾米亚斯长大时，事情更离谱了，他做了一名职业画家。这就好比中国传统中，显贵人家可以做票友，却不能下海一样。老乔纳森的话是："艾米亚斯干什么不好，偏偏成了画家"，于是才引来了模特儿埃尔莎，一个粗鲁的现代人。她肯定是另一阶层的人，缺乏教养，百无禁忌，对艾米亚斯的爱固然强烈，实质却是肤浅的，而妻子卡罗琳则是有着深刻的情感。即便认识清醒，提到埃尔莎时，老乔纳森依然忍不住热泪盈眶，他说："年轻人令人感动"。年轻人放肆的自私的奋不顾身的爱——这是众声指责埃尔莎里的一个不谐和音，来自深谙世事人情的老家伙，俗话说，姜还是老的辣！

波洛谈话对象的第二大类是涉案人员。事情发生在亲友聚会的时候，因此，所有在场的人都与当事人有着亲切的关系，因此不难理解，一谈起往事个个情绪激动。在此，波洛不仅要面对性格，还面对感情。每个人都对当事人怀着隐秘的心情，使他们陈述事实相当主观，波洛就得用这些变了形的材料，拼出合理的真相。有一些印象是一致的，比如，这一对夫妻是冤家，他们总是吵架，而第三者，小狐狸精的插足，更给了他们吵架的理由，所以，每个人都说："他们吵得很凶"。不同只在于，有人认为是丈夫荒唐，卡罗琳是受害者；有人则认为卡罗琳天生爱吵架，"吵过以后有一种心满意足"；而家庭教师，一位终身未婚，忠诚于儿童早期教育事业的威廉斯小姐，在她最为英国传统式的理性头脑里，对这现象的看法却十分独到，她认为他们很亲密，亲密到忽略了孩子，因此，"更像是一对情人而不像夫妻"，教师不喜欢"情人"这个字眼，觉得不够规矩，亵渎了夫妇关系的正当性……无论怎么对待他们吵架这一事实，人们对事情的结果却没有怀疑，那就是卡罗琳杀了丈夫，遭遇其他女人掠夺丈夫，而丈夫一味地纵容，一个妻子还能做什么？唯一持有不同意见的是卡罗琳的妹妹沃伦。沃伦小时候受过姐姐的伤害，自此便是在一种赎罪般的献身热情中，被照料关切长大，家庭教师就是专门看管她的。十六年过去，她已经成长为一个颇有知名度的地理学家，她以科学的态度分析姐姐姐夫的吵架——"以吵架为乐"。至于卡罗琳有没有杀人，沃伦没有证据，只有感觉，那就是没有。似乎只能视作对所爱的人无条件的信赖，可是，抑或在血亲之间真的存在一种超验的互通。总之，波洛获取的就是这么一堆棘手的材料。这些人物生活在寂静的乡间，与外面的大世界保持着距离,当然,历史变迁还是影响了保守的人生,布莱克兄弟中的一个醉心研究药剂,在他眼里,玻璃试管盛着大千世界,这一种爱好带有中世纪经院的气氛,但另一个布莱克兄弟却在伦敦做了证券交易人,克雷尔家的艾米亚斯则入了手艺人的行当,画家,引进现代社会的产物埃尔莎……维多利亚时代的生活方式在逐渐颓败、崩塌,走上下坡路。这一些外来因素为事件提供了背景,但依然不足以突破封闭的环境,人和事还是呈现孤立状态,波洛只能在有限的范围内进行侦破,不像马修,全社会向他敞开着,要将多种因素纳入考虑。

就像方才说的,马修的案件里又出现新状况,排在谈话第六位的桑妮死了,本指望会有新线索出现,可是却落了个空,桑妮死于自杀。以纽约警察的经验,"妓女自杀是常事",所以,亦可算作"八百万种死法"之一种吧!这一条人命对于情节似乎是白费了,没有为打破僵局提供出路。在桑妮的遗书中,有这么一句话:"疯狂世界无路可逃。她紧紧抓住铜环,结果手指变绿",手指变绿这一意象与唐娜诗中的"绿玻璃"遥相呼应,仅此而已,事情还是在原地打转,有实际意义的线索依然只有一条,就是金有个男朋友。马修可做的都做了,这时候,他也只有像波洛那样,"坐在椅子上想",一些拼板重新进入印象,他要为它们排列出合理的秩序。古典的推理方式从一团酱似的现实细节里露出水面,金第一次出场时的貂皮外套,显然来自一双阔绰的手,而钱斯从不娇惯他的女孩子。从这件奢侈品带出皮毛商,皮毛商又带出金的男朋友,但面目模糊,链接又变得脆弱起来,事件形势却不容马修"坐在椅子上想"着做拼图游戏了,事情骤然间急促起来。先是金居住的公寓前台,一个来自哥伦比亚的小伙子失踪;接着,"男孩丹尼"带口信让马修歇手;再然后,便发生汽车追杀,好莱坞警匪片的一幕上演,还将继续演下去——第三件谋杀案发生,汽车旅馆里死了一名人妖,哥伦比亚人,死法与金相似,线索终于在向某一个目标上靠拢,只是这一个目标是半途生出的岔道。发生了这么多事,但关键性的突破还是要仰仗灵感,马修终于又坐在椅子上了,不过是在拍卖的现场,"我觉得自己好像已经拿到所有的拼版,现在只剩如何拼的问题"——可说是经典推理的余烬。绿色的玻璃终于嵌进去了,原来是哥伦比亚翡翠!结论是有了,可其中的千头万绪,乱得不能再乱,只有一个人搞得明白,就是"男孩丹尼",他是线人,一切秘密了然在心,就由他来负责解释所有的机关,马修则更高一筹,意在揭示犯罪的总体性质。

小说将近结尾的部分,有一个微妙的细节,桑妮的葬礼之后,钱斯请马修去他的秘密宅第喝咖啡。喝着咖啡,钱斯讲述了人生故事,原来成为皮条客他自有一番原委。钱斯出身中产阶级家庭,在长岛霍夫斯塔大学主修艺术史,大三时参加越战,战争中染上致幻剂,从此走向堕落……这一系列的谋杀案真的与钱斯无关,他也是社会的受害者。结局出人意料,从最初的出发地旁出去,开拓另一桩案子。而波洛受托的案子,凶手就在那几个人中间,再缩小些范围,还是那三个人:丈夫,妻子,小三,只是重新排列组合了关系。

　　相比较之下，马修这个侦探，更像是持批判现实主义的愤世嫉俗者，而波洛，却是相当职业化。还是要为他辩护一下，他并不是没有道德感，而是他的道德信条是人性最基本的原则，比如忠诚、向善、牺牲、责任心，这些都被他归于高贵的品质；相反，低贱的是私欲、贪婪、妄念。马修的道德处境要复杂得多，因是在人欲横流的俗世中，谁也不能说是清白的，连侦探自己，不也染上恶习，所以就要追究社会根源。在波洛的时代，却是单纯的，侦破的工作多半是智能的较量，体现在情节上，就是较为纯粹的逻辑关系，一环扣一环。从目的论角度说，波洛最后抓住的，就是最初决定要追踪的那个人；马修当然也完成任务，抓住了凶手，但这凶手不是那凶手，是半途生出的别径，当然，很可能他有着更远大的目标，不是着眼于一宗案子，而是要问罪这个"八百万种死法"的世界！多年前，台湾曾经发生一件绑架案，与绑匪谈判的过程中，忽发现一具女尸，媒体说，很担心是绑匪撕了票，可如果不是，那么，台湾的治安难道坏到这样的地步，随时都会发现一具尸体！相对马修的道德理想，波洛的处境却又显出复杂性，他肯定是抓到了真正的凶手，可是犯罪的更可能是那个被谋杀的画家，不是说，他只在绘画领域里持有价值观念，勿论现实生活的善恶原则。所以，波洛并不是那么从容不迫地享受推理的乐趣，也是要经历良知的煎熬。但时代不同，虽然只相距半个世纪不到，马修是和外部生活关系紧张，波洛的紧张关系是在人性内部。从过程论来看，马修的路途曲折庞杂，不断生出新的人与事，波洛的路径相对简单得多，始终是这一件事，这几个人。马修的故事需要消耗大量物质性材料，波洛用料节约，就要求材料有自生能力，就是能够扩大再生产。马修是社会派的侦探，他展现的图景生动鲜活，又与同时代的读者息息相关，引得起同情，而波洛则是隔离的，他供我们以理趣。

四十几年的时间里，推理小说从古典走到现代，现代性将每一个社会阶层都打破了隔阂，在民主的时代，侦探们似乎不可能坐在象牙塔里，运用灰色脑细胞来工作，而是要摸爬滚打，烂在一锅。社会生活为小说贡献了丰富的材料，单是材料原始的戏剧性已经足够用的了，从另一方面说，却也卸下了逻辑推进的重任，多少模糊甚至抵消虚构的严格性。逻辑推动就像齿轮一样，十分精密，具有抽象的美感，但不免过于雅致了，现实生活是如此粗糙，强悍，活力充沛，而且源源不断。就是这，可视作我们时代叙事的象征。所以举这两部小说作分析，是为体现两种不同形态的情节，如何在各自的轨道上进行，最后又抵达什么样的目的地。

讲于 2008 年 3 月 17 日

整理于 2011 年 2 月 10 日

小说的异质性

我要说的是小说和现实的不同,我称作小说的异质性。尽管小说是来自于现实,但当现实进入小说,无论量还是质,就都起了变化。首先举一段引文,引自意大利作家卡尔维诺《未来千年文学备忘录》,辽宁教育出版社2001年版本,第三章"确切"中的一节——

"我们生活在没完没了的倾盆大雨的形象之中。最强有力的传播媒介把世界转化成为形象,并且通过魔镜的奇异而杂乱的变化大大地增加这个世界的形象。然而,这些形象被剥去了内在的必要性,不能够使每一种形象成为一种形式,一种内容,不能受到注意,不能成为某种意义的来源。"

也许应该解释一下,引文中的"传播媒介"并不指今天的"媒介"的概念。生于1923年、殁于1985年的卡尔维诺的时代里,传媒还没有覆盖生活,这里的"传播媒介"我更倾向理解成广义性的概念,而不以为卡尔维诺是在批判现代传媒,他完全可能是在说另一件事,就是那些强行进入我们视觉听觉的事物其实散漫无序。译林出版社 2001 年版《卡尔维诺文集》被译为《美国讲稿》中的译文证实了我的看法，虽然它的行文不够帅——

"我们生活中的形象多如牛毛，而且它们通过乘方，通过万花筒中镜子的反光，还在无休止地增加。大部分这种形象，不论从形式上还是从意义上说，都没有存在的必要。它们不会衍生新的意义，不会引起我们注意。"

这段引文之后他又说了这么一句——

"因为我察觉到生活缺乏形式而痛感不快，就想使用我能想到的唯一的武器（才）反抗，这就是关于文学的思想。"括号里的"才"字大约是漏校，辽宁版的译文毛病不少，但还是比较"文集"版里的说法——"使我感到不安的是生活失去了形式，我想到的唯一解决办法就是文学"，辽宁版似乎更"确切"，也更有力量。关于卡尔维诺的引言已经说得太多了，总之一个意思，现实世界因为缺乏形式，无法将潜在的意义呈现出来，而文学则可能赋予现实形式，这也就是文学的任务。

接着，我要讲一件真实发生的事情。有一次，我去最高检察院旁听庭审，是一桩死刑案的终审开庭。犯事的是一个河北来沪务工的小伙子，他杀了前妻的现男友。杀人致死已成事实，纠葛却在是预谋杀人还是激情杀人，其中的区别对于量刑事关重大。公诉方主张预谋，举证他专程去往前妻住处，身上带了手套、胶带、刀等作案工具；辩护方则解释说，被告原是去求工，没遇见用工的雇主，于是弯道去看前妻。最后，按程序那年轻人作法庭陈述，他有一句话说得很有些意味，他说：假如没有发生最后的事情，那么是不是专程去、身上带不带东西就都算不上什么！也就是说，所有事先的所作所为本来是没有意义的，可是那一桩大事故将一切细节都组织了起来。我们小说要做的，就是要人为制造一个案子，足以将看似漫不经心的人和事结构成形式。当然，单就这桩案子，那年轻人所说完全可能是对的，那就是，去前妻家，带小刀手套，真的出于偶然，一旦事情发生，便成为必然，性质就这么改变了。

我将从时间、空间、人三个方面来解释现实进入小说发生的质变。换句话说，形式里的生活是如何改变形态的。

一、时　间

时间是一个极容易混淆的概念，因为小说的叙述是附在时间上面，所以，便可能掉入一个陷阱，那就是时间的自然形态。我们难免会被叙述的特定形式诱导，蹈入原始的时间长度，比如那种编年式、史诗体的长篇结构，跟随事态的时间跨度而延长篇幅。事实上，小说中的时间是另一种形态，它可能比自然时间长，容纳超乎寻常的情节和细节；它也可能比自然时间短，冗长的过程只在一瞬间里，就好比《红楼梦》太虚幻境与大观园的时间比例。先来说说超长的情形，以小说《婚礼的成员》作例，为上海三联书店2005年版。

《婚礼的成员》作者为美国作家卡森·麦卡勒斯（1917—1967）。

这部小说显然没有她的另一部著名,那就是《伤心咖啡馆之歌》。《婚礼的成员》故事要日常得多,不是像《伤心咖啡馆之歌》那样,人情古怪,呈现反态性的关系,又演绎得十分激烈。它只是写一个小女孩,处在成长期,内部与外部起着冲突,她将这不协调全怪罪在她身处的环境,因此便将希望寄托于参加哥哥的婚礼,企图随新人们一同出走,逃离生活。在小说的开头部分,有这样一句对夏天的叙述:"每到下午,世界就如同死去一般,一切停滞不动。"这"停滞不动"的午后,在小说中有过几次正面的描写,我选择第二部第二节,也就是在全书二分之一处,展现给大家,也许我们可以看到,小说中的时间是如何超自然负荷进行的。

下午两点钟,老弗兰淇,就是小说主人公,那个十二岁的女孩,老弗兰淇走进厨房,这个下午便正式拉开帷幕。此时,黑厨娘贝丽尼斯在熨衣服,六岁的小表弟约翰·亨利在吹肥皂泡玩,这三个人是厨房里的固定成员。老弗兰淇一进去,那两位就报告一件事,他们俩也要去喝喜酒。因为约翰·亨利的叔公查尔斯大叔死了,约翰·亨利要在表亲家住几天,因此被安排也去参加婚礼,贝丽尼斯则需跟着照顾小男孩。尽管老弗兰淇很不乐意被他们分享这权力,但死亡这桩不寻常的事还是暂时地占据了注意力。她回忆了死者的往事,发现死亡早已经在折磨他了,他们议论了一阵死亡,有一时静默,街上传来些动响。然后,老弗兰淇向厨房里的人讲述上午的经历——闲聊是小说中最难处理的事项之一,一方面,你不能改变它散漫的外形,就是像卡尔维诺说的:"没完没了的倾盆大雨的形象"；另一方面，你又不能真的让它毫无意义，你还是要给予它一种潜在的规定。每到这种时候，将一些人聚拢在一起，接下来便陷于困顿，那就是让他们做什么？为了早些脱出困境，往往是让他们做的少于实际上时间允许的，而卡森·麦卡勒斯的故事总是在一个有限的时空里，她总能让他们做得更多，多于实际拥有量。

现在，老弗兰淇讲述完早上遭遇的人和事，但是隐瞒了最重要的情节，与一个士兵晚上的约会，为此颇为不安，于是转换话题，讨论参加婚礼的准备工作：粉红纱裙、银色皮鞋，中间伴随着老弗兰淇能不能跟新人一起去度蜜月的拌嘴，争执到最激烈时，老弗兰淇就说下狠话："如果他们不带我，我就自杀！"话题方才停歇。老弗兰淇回了一次房间，午后时光第一个段落结束。人们所作所为，大体还不致超出两个小时的自然长度，甚至还有略微的缩减，以叙述而概括了。

四点钟开始第二个段落——"他们三个四点开始吃饭，一直吃到黄昏。"大约因为在美国南部，夏天八月的白昼特别漫长，小说中说，"饭开得很晚"，所以，就应当是午饭无疑。小说中还说："这个夏天，他们一顿饭要吃好几个回合：吃一回，歇一回。"这个夏天就此与其他夏天区别开来。从四点钟到黄昏这段时间，一边吃饭，一边又聊了些什么呢？

"他们聊起了爱情"，这是老弗兰淇有生以来第一次接触的话题，于是，这一日的午餐又和其他日子的区别开来，在"停滞不动"的夏日的下午，终于有一些特殊的事情发生了。时间在此条件下开始变形，不寻常的内容使它膨胀起来。爱情是由黑厨娘贝丽尼斯主讲，讲述爱情的奇迹，使人变得盲目，甚至，还会改变性别。可是，见多识广的她，却从未听说过，有人会爱上一个婚礼，以她的经验而言，这意味着，小女孩应该找个小情郎了！这话使老弗兰淇又想起了与她约晚上见的士兵。扯了一通，几乎要下决心坦白这桩让她自己都骇怕的秘密，可是却被一组钢琴音阶打断了，是街坊的钢琴在调音。音阶反反复复，终于结束，老弗兰淇试探着挑起话头，这一回有反响了，引起贝丽尼斯的警觉，然而，电话铃响起了。电话铃让厨房里三个人都兴奋起来，抢着去接，可惜对方又挂断了，显然是一个打错的电话，令人失望极了。为重振精神，贝丽尼斯提议看看参加婚礼的裙子，于是，就来了一段时装秀，在细节部位引发了热烈的讨论。当提到为约翰·亨利准备礼服时，约翰·亨利就又一次提到他死去的叔公，口气之欣悦几乎像是老查尔斯死得其所，他们才能参加婚礼，每个人都希望借婚礼走出这个厨房。死亡的话题再一次进入午后的闲暇，老弗兰淇回忆起总共七个她认识的故人，仿佛是在检索她的收藏，贝丽尼斯也想起她的死去的丈夫鲁迪，然后，又是爱情。他们说过太多的话，东拉西扯，不禁要生出一个问题，是什么让我们对这闲话怀了兴趣，一径地读下去？大约是一种暗示，暗示前头一定会发生什么。这种暗示像潜流在水底深处涌动，无聊的沉闷的午后时间逐渐在呈现意义。

不时有一些外来的因素出现在闲聊的过程中，钢琴调音师试着琴键，错打进来的电话，然后是收音机，又有四个俱乐部的女孩从后院穿过……这些打岔其实在暗暗规定出形式，为散漫的谈话筑起河床，又好像在为聊天划分间隔，形成节奏。五点钟了，没有像平日里的五点钟那样打着扑克，大而化之地谈论对世界的看法，而是延续被打断的话题，贝丽尼斯问老弗兰淇，方才想说什么来着？聊天渐渐趋向集中。老弗兰淇被追问着，说出来的并不是关于士兵的约会，而是一对同性恋男孩的怪异举止，眼看汇聚起来的谈话又岔开了。然而，正是在说过这不可思议的见闻之后，奇特的谈话方才真正开始，小说中这么写："那次奇特的谈话就这样，在最后一个下午差一刻六点的时候开始了。"解释一下，称它"最后一个下午"，是因为老弗兰淇以为第二天参加哥哥的婚礼，她一定能走成。事情就这么别有用心、阴差阳错地向着既定目标靠拢。所以，散漫只是表面，内里则有着紧张度，由作者控制。写作者就有这个权力，他让时间变长就变长，缩短就缩短，一切取决于他的意愿，而我们应该相信作者是经过深思熟虑的。在这冗长的处于封闭状态的午后，外来的因素刚一进来便被拒之门外，只能徒然地打着节拍，关键性的进展还是靠厨房里的人，他们很像茧里面的那个蚕，谁也帮不了他们，只有靠自己，努力挣脱出来，变成蛾子，完成嬗变。

差一刻六点的时候，戏剧终于进行到核心阶段，奇特的谈话开场。还是谈爱情，却不再是上一节那样务虚式的，而是关切到在场两个女人的经验。还是贝丽尼斯主讲，讲她与第一任丈夫鲁迪的罗曼史，从相识直到鲁迪死亡，死亡总是缠绕在爱情中间。接着鲁迪的死亡，依次是三任后续者的故事，没什么新鲜的内容，都是老生常谈，可这一回老弗兰淇正经历自己的人生：有士兵与她约会；计划趁别人的婚礼出走；还开始吸烟，贝丽尼斯竟没有反对，于是，旧故事展开了新面目。经过漫长的讲述，贝丽尼斯对这一系列的婚姻下了一个结论，她说："我所做的就是跟鲁迪的碎片结婚"。这句话颇有用意，她这个黑厨娘明察秋毫，什么也逃不过她的眼睛。老弗兰淇爱上别人的婚礼可是不祥得很，"如果你一旦爱上那类闻所未闻的东西"，一种闻所未闻的命运便决定了，也许你将永远插足在别人的婚姻里面，无论形式如何改变，实质总归是重蹈覆辙！时间就在激烈的争吵中过去，从差一刻六点到七点整。这一小时一刻钟过得可真是惊心动魄，贝丽尼斯直指要害，那里有着未知的人生隐情，好比宇宙奥秘，好比惯性的原理，还需要一些缓冲方才能够结束这个超级质量的时间段：一则没有下文的故事，调琴师的单调琴声，几句歌谣，有关裙子的意见……时间进入傍晚。

聊天继续，又起一个话头："为什么改名字是违法的"。似乎没什么由来，聊天就是这样无主题变奏，想到哪儿，说到哪儿，即便底下有一个目标，表面上也要保持着随心所欲的形态。对于这个孩子气的问题，贝丽尼斯却觉着有必要郑重回答，她认为名字是关系到个人存在意义的，"你的生活在你的名字周围日积月累"，就像命运一样，不是想摆脱就摆脱的。老弗兰淇却固执地质疑为什么"我总是我，而你总是你"，为什么不能自由选择做什么样的人，贝丽尼斯老实承认"这些事情我们无法证实"。这个话题很危险，它动摇了安身立命的根基，令人丧失自信，怀疑一切其实都是不确定的。约翰·亨利似乎感觉到摧毁的威胁,企图逃出厨房去参加街上孩子们的游戏,老弗兰淇却变得狂怒,结果被贝丽尼斯抱住,约翰·亨利因为吃醋也偎上去,黑厨娘告诫道:"我们所有人都被限定了。"这个话题与婚礼无关,已经收拾起来的闲聊再一次离析,但其实却从另一头迎头碰上,那就是想借人家的机会从自己的人生溜号,没门儿!三个人搂在一起,争执却没有停息,还在继续,最终结束在一桩突如其来的事情上,那就是,三个人一起哭了,就好像齐声歌唱一样齐声哭起来。是因为无法说服彼此而生懊恼,还是争执触及悲哀处,或者身体亲密接触产生感动?哭了一阵,这个下午方才告终。

这个自然的时间段落里,容纳了一个哲学命题,从极小的事端起头,滚雪球般越推越大,是在"王顾左右而言他"的闲聊中,终于完成任务。这三个无足轻重的人,两个孩子一个黑女人,都没有和来不及受教育,行动不能自主,意识蒙昧,却在一个午后,启开简朴的知性,走出混沌,时间的容量何等大!

然后再来看一看,小说里时间的短促。时间在叙述中,是更容易被压缩的。因为叙述总是择其重要,艺术本来的用心与功能大概就是将现实中冗长的时间,规划成有意义的形式,规划的过程中便将无用的时间淘汰过滤。举一个很典型的例子,就是当代上海作家陈村的短篇小说《一天》,他写一个张三,早上起床,出门上班,张三的工作是在流水线上做操作工,等一天工作结束,到点下班,却原来已是退休,一支锣鼓队欢送到他到家。这小说的叙事形式类似卡尔维诺《弄错了的车站》，一个人看完电影后在大雾中寻找回家的车站，结果却登上飞往孟买的飞机。一系列转变的成因被约分般约掉，直接抵达结果，前者约去的是时间，后者是空间，都是写人生的常和无常。卡尔维诺收集整理的意大利童话中有一则，说野兔在田野上欢蹦欢跳，狐狸看见了说：为什么这样高兴？野兔说：我结婚了！狐狸说：可喜可贺！野兔说：事情并非可喜可贺，我老婆是个母夜叉！狐狸说：真可怜啊！野兔说：也不是那么可怜，我老婆带来了丰厚的嫁妆，一座大房子！狐狸说：恭喜恭喜！野兔说：可是大房子被一把火烧了！狐狸说：太不幸了！野兔说：也不是那么不幸，大火把我老婆一起烧死了！这真是一则魔术般的童话，它充分制造了事情的两面性，极为节约地讲述了一个可用来折射一生命运的故事。好比围城里的人想出来，围城外的人想进去，事情最后回到原点，可是却完成了生活的经验。时间被提纯了，榨去水分，留下一个哲言。这些例子也许比较极端，并且使用了机关，可以明显看出时间在叙述中怎么样提高了效率。而我现在却要以最常态的情景来揭示小说中时间缩短的奥秘，所用来分析佐证的作品是詹姆斯·乔伊斯短篇小说集《都柏林人》中的一篇——《死者》，上海译文出版社1984年版。

这只是一个晚上，莫坎家每年一次的晚餐会。莫坎家总共有三位成员：一对未婚的老姐妹和她们哥哥的遗孤，也是单身的侄女玛丽·简。晚餐会第一位客人，其实也是半个主人，加布里埃尔，他是老姑娘们另一位姐妹的孩子，每年的晚会，他要承担很多招待的工作。来到后,他先和女仆莉莉打了个招呼,从莉莉还是个小丫头时便认识她,这会儿,已成大姑娘了,于是逗趣说哪一天可参加婚礼。莉莉的回答却出乎意料,她愤愤地说:"现在的男人都只会说废话,把你身上能骗走的东西全骗走。"似乎已有了一番阅历的样子。这句回话使加布里埃尔情绪大坏,一下子抑郁起来,这个每年举办、已举办许多年的晚会在此心境映照下,忽现出不同的景象。和《婚礼的成员》那个午后以区别于其他午后的条件一样,无论时间抻长还是收短,都是需要契机的,这个契机其实是积累到一定程度的量而产生的质变,接下来的情节只在解释这个契机。就这样,加布里埃尔的心情波动起来,首先反映在他对自己准备的讲演怀疑起来。在晚会上讲演,是他要承担的义务之一,除此还有,安抚贪杯的人,切烤鹅。这些义务他负担了许多年,许多年的晚会都和今天这一个一样,相同的客人,相同的程序,连菜肴都是相同的。就在这一年一度的聚餐中,主人与客人的头发变灰变白。方才莉莉的那句话,所以使他伤感,是否因为提醒了他这一点?一个小丫头开始步入人生并且遭受挫折,时间过去多久了啊!于是,他看什么都带了情绪,那个醉鬼弗雷狄讲故事讲得很糟,醉态也很糟;玛丽·简的钢琴演奏一味地克服困难,就像竞技运动,让人听不进去;打蜡地板的反光刺他的眼睛;墙上挂着的老姨妈的绒线绣画令人想起修女院的生活;母亲的照片则温习了他对故人的怨艾……一切都让人恹气。接下来的四对舞似乎有机会改观,因为分配给他的舞伴艾弗丝小姐是那么一个人,结果却是难堪。

艾弗丝小姐是这个夜晚的又一服催化剂，莉莉是头服，艾弗丝是二服，则加重了药量。这个夜晚就在药剂的作用下，倏忽间时光飞度，漫长的人生变成一瞬。艾弗丝小姐批评加布里埃尔在《每日快报》的专栏文章，指责他不爱国，起先还躲闪迂回着，但经不起年轻的激进派一逼再逼，不免也变得极端，多少是负气地说道："我的祖国已经让我厌烦了，厌烦了！"对抗使他激动，陡然间生出一种渴望，就是走出这间屋子，去到寒冷却清新的室外露天，可是他还要演讲呢！这个晚会还有许多程序有待一步一步进行完成，老姑娘姨妈要唱歌，由唱歌又引起唱诗班里的八卦，继而转向宗教的信仰问题。艾弗丝小姐已经不耐烦了，不等开饭就要走。加布里埃尔提议送她回家，却遭到断然拒绝，只有年轻人才会这么任性，不顾别人的感受，不怕显得"怪里怪气"。加布里埃尔忽生出非分之想，艾弗丝小姐因为他才变得别扭？这想法挺荒唐，但是却让他振作，能够比较轻松地应付这个晚上。先是切鹅；再分布丁；耐心聆听餐桌上的闲话：从皇家剧院演出扯到补血的芹菜，再到修士会的苦行……总算挨到演讲了。这篇演讲可说是为晚餐会所作的总结宣言，既谈了传统，又谈了未来；谈了爱尔兰民族，也谈了晚会的女主人。不知道与往年的演讲有何区别，但从结构的圆满与言辞顺畅，可见得讲演者功课熟练，只在中间稍稍走了一下神，因想到艾弗丝小姐走掉了。在客人们齐声歌唱中，晚餐会结束。终于到告辞的时候，凛冽的空气从门外涌进来，有一股子活跃起来，是严谨周密的准备之外，不期然的因素。比如，谈起了一匹名叫姜尼的马；不知谁在钢琴上"乱七八糟弹着玩"；就是稔熟的妻子，站在楼梯拐弯的阴影里，都有了一种陌生感；令人更觉着突然的是，有人唱起歌来，是计划之外的歌声，爱尔兰的老调子"奥格里姆的姑娘"。人们分手，各往各处去。可是，夜晚还没结束，一件更重要的事情还未发生。当加布里埃尔夫妇走到寄宿的旅店客房，妻子坦言道，这支老歌让她想起旧日的恋人，十七岁就死去了。这个夜晚最后的变质就来临了，加布里埃尔受到强烈的震撼，不是嫉妒死者与妻子的恋情，而是嫉妒死者有一种他所羡慕却做不到的命运——"顶好是正当某种热情的全盛时刻勇敢地走到那个世界去，而不要随着年华凋残，凄凉地枯萎消亡。"就在这一个晚上，多少时间的年华迅速凋残下来，就像电影里慢格快进的镜头，平均分配在日日夜夜之中的凋残，集起来一并放映于眨眼间。没有价值的时间就是这么压缩起来，而又因为价值充盈而扩张容量。

　　还是用《红楼梦》双重的时间观念来作一个总结，大荒山无稽崖青梗峰下，石头暗自悲怀，求僧道二仙带去尘世，"后来，又不知过了几世几劫"，有个空空道人经过，看见石头上所记，那就是荣宁二府的热闹故事。小说的时间可以是一瞬间成几世几劫，亦可以几世几劫成一瞬间，是由时间里的价值而定，价值是可摆脱自然的规定，重新来选择排序和进度，将散漫的现实规划成特定形式，这价值也就是卡尔维诺说的"意义"。

二、空　间

　　空间是小说勉为其难的，因为语言的传达总是曲折和间接，必须将空间转变为时间的形态，就是可叙述的方式。《红楼梦》第十七回"大观园试才题对额，荣国府归省庆元宵"，大观园落成之际，贾政带宝玉陪一帮雅客参观，每到一处景，贾政要解释一下设计的用心，然后命宝玉作题额。比如方一踏入园子，迎面一座山，贾政就说，这座山本意是为"掩景"，就是先抑后扬的意思，也是设置悬念，于是宝玉题为："曲径通幽处"；然后，一堆累石之间有水流出，众人抢着题："泻"，宝玉不同意，觉着太直白，他题的是"沁芳"；再到一处院落，有竹子和芭蕉，宝玉认为，"第一处行幸之处，必须颂圣方可"，所以题作"有凤来仪"；再有一弯青山，怀中一道泥墙，稻茎掩护，杏花盛开，宝玉发表一番"天然"的理论，题三个字"稻花香"……如此这般，空间便有效地转变成可叙述的存在：理趣，情致，格调，意境，都是叙事拿手的活计。读下来，人们未必能在视觉中显现一座园林，但这处所在的性格气质却是生动的。

　　方才说过，时间是叙述的陷阱，它们有着极为相似的外表。而空间天然地与叙述起抵触，它硬生生地矗在那里，梗阻着叙述的通道，你必须赋予它主观的形貌，才可让它进入时间的流程。就像大观园在"试才题对额"里显现的方式，它不是以直观，而是转换成一种诗意，为文字语言所表达。诗意对于叙述，是适得其所。语言擅长的是主观性的存在，任何客观的事物，一旦进入语言，就已经是主观的了，而空间尤其为客观，因此，当我们决定去描述一个空间的时候，大概提前就要想好，究竟它意味着什么。

托尔斯泰的《安娜·卡列尼娜》里面，安娜与渥伦斯基第一次见面是在车站。车站是一个相当有意味的空间，每时每刻都有列车出发和到达，于是便发生着离别和聚合，有多少故事在上演啊！其实，在生活中，它已经渐渐演变成一个可叙述的空间。安娜与渥伦斯基邂逅的车站又是怎样的景象呢？首先，是紧张和繁忙。因列车将要抵达，工人们在铁轨间穿行、奔忙，做着各种准备，接站的人渐渐多起来，接着，车进站了。托尔斯泰详细地写着这个过程，汽笛长鸣，车头迎面过来，然后是煤水车、行李车，行李车上木笼里有一条狗，吠叫着……这些细节构成一种巨大的压力，要知道，早期工业时代，蒸汽机的威力，是何等地让人振奋。雨果的《九三年》，巨剑号战舰上，一门重弹大炮挣断缆绳，作者形容它"就突然变成一头奇怪的、超自然的野兽"，炮手试图将它归位，被称作"物与人决斗"，这一幅场景，雨果用了整整两节的篇幅去描写，惊心动魄。还有狄更斯的《老古玩店》，小姑娘带着破产的爷爷出走，风雨交加，无处栖身，有一个男人收留他们过夜，那过夜的地方是一座高大的建筑，充满着铁锤的敲击，熔炉的火光，金属淬火的嗞嗞响，干活儿的人在烟与火中穿行，如同神话里的巨人，有着天下无敌的力气，还有着慈悲的善心。这一个场景很是引人遐想，当机器这样东西初始诞生的时候，人们是怀着如何敬仰的心情，和今天后工业时代完全不同。沉睡的人觉醒过来，发现自己身上蕴藏着的智慧的力量，既是惊喜，又是畏惧。那好莱坞旧电影《化身博士》，试验发明隐身的药剂，将自己变没了却变不回去的时候，真是要发疯的。话再说回去，机器时代拉开帷幕，我想，最初提供给文学艺术的是，人忽然间在自己身上看见了命运，这命运并非是单纯的天意，而是将自身行为当作条件计算进去的，你不知道你下一步将会做什么，又将如何左右你的未来。就这样，在营造了车站的气氛之后，车站上还发生了一桩事，那就是一个养路工被倒车的车轮轧死了。这个事故从情节上说是一个伏笔，预示着安娜的遭际，从车站这个空间来说，则是提供了一个重要的特征——车站这一人类文明其实具有一股蛮横的力量，它一旦脱离人手的控制谁也无奈于它，人又一次回到渺小的无常的境地。这个特征在绘画也许可以用巨大的画幅、悲剧的造型、挣扎的身体、痛苦的表情，或者仅仅是颜色叠加、线条交错等等直观的表现，在小说，则是用一个事故。这个事故真是精到，它很简单，却十分惨烈而具有隐喻性。

我还想用更多的材料来说明，空间如何在小说中变形为可供叙述的对象，还是用《婚礼的成员》作分析。前面说过，《婚礼的成员》那一个时间膨胀的下午是在厨房度过，厨房是小说中的主要空间，即人物活动的舞台，这舞台是如何搭设的呢？首先应该注意到这具舞台的背景，那就是炎热。美国南方的夏季，"六月的树有一种炫目的亮绿色"，"水泥路面仿佛在燃烧，闪亮如玻璃，最终人行道烫得让弗兰淇难以下脚"——于是,厨房便自然有一股森凉与阴暗。从小说中,我们所能找到描写厨房外观的字句很有限,说过一句:"厨房四四方方,寂静而灰暗";又说:"水池上方有一块水汽蒙蒙的镜子";壁炉上有时钟;还有,描绘了墙壁,"墙壁上约翰·亨利的胳膊够得着的地方,都被他涂满了稀奇古怪的儿童画",老弗兰淇也在上面画,但到了秋天,便全部刷白;后门廊角落里,有个四方形的猫洞,老弗兰淇的猫有一回出去再没有回来。这几乎就是全部关于厨房的交代。而这里却有一样没有特别交代却挺重要的物件,那就是桌子。他们三个人围着桌子做了许多事聊度时光:打牌,厨娘揉面做饼,两个孩子则做小人饼,吃漫长的午餐,聊天,绕着桌子追逐打架。厨房里的声音除去这几个人的动响,还来自一架收音机,播放出战争新闻、广告、轻音乐队的演奏。厨房里的气味自是不消说的了,只要嗅一嗅扑克牌就知道:"味道会是整个八月他们所吃的饭食的总和,再加上手汗的恶心味儿。"当老弗兰淇坐在通向她二楼卧室的楼梯口,面对厨房,就觉着:"厨房死气沉沉,怪异而阴郁。"但这只是她心情所致,事实上,夏日里,被炎热封锁之下,这厨房可说是有着相当活跃的生活。如此可见,这个厨房,是被动静刻画出来。这些动静看起来很自然,但是,倘若深究下去,却发现是经过选择而录用的。里面常驻的三个人,尽可以闹得天翻地覆,可怎么也闹不出这个空间,能出去的,唯有一只猫,从猫洞钻出去,再不回来了,所以就不是有互往的。外面的因素也进不来,收音机是播送了外面世界的消息,可这些消息到了厨房里，就成了单纯的声音，其中的意义在消解："收音机开了整个夏天，最终他们已经充耳不闻"，街上黑人叫卖蔬菜的声音，铁锤敲击声，钢琴调音声，一支小号吹奏蓝调——你可以视作外面世界在敲门，但不是什么也没有进来吗？连响起的电话也无声地挂上了，有邮差上门送邮包，结果是送错的，这简直是恶毒的诱惑！于是，这厨房就有了一种幽闭的意味，而小说就是要讲一个小姑娘渴望走出去的故事。由此可见，空间唯有生发含义，才能进入叙述，或者说，我们必须以叙述赋予空间含义，才能使它变形到可以在时间的方式上存在。

　　对于小说，空间其实并不像时间那么棘手，因为形态不同，不会混淆。但叙述的交代能力却另有误区，以为没有做不到的，忽视了局限性。比如，那些古典推理小说的"密室杀人案"，许多口舌都耗费在描述空间位置。当最初的悬念引起的兴奋过去后，余下来的便是兴味索然的解释，简直就恨不能变成一个结构工程师，或者大型道具魔术师，迫不得已地还需要有一张图，帮助叙述的效果。图画却又增添一桩麻烦，读图人免不了地一定会遍地搜索机关，也一定能有所收获，遮蔽一下子揭开，而叙述本来是可以重新排序事实。就像阿加莎·克里斯蒂笔下大侦探波洛的逻辑方式——拼图。哪一块先拼，哪一块后拼，又有哪一块藏着不拼，这个顺序既关系到故事的含义，又在于呈现理趣，这是语言的特权所在，它可最大限度贯彻自己的用心，它具有强烈的主观性，而空间的本性却是客观的。要在空间里实现主观性，最好的途径是赋予人的气息：性格、感情、活动、生活。我想，普鲁斯特的《追忆似水年华》，就是一个宏大的例证，他所存在的卧室、客厅、楼房、花园、贡布雷……都是被纳入记忆之中，而记忆是最贴近时间的形态、性质，是叙述的最好体裁，它非常合理地将空间转化为时间、客观转为主观，让疏离的存在充盈人性。

三、人

小说中的人与现实生活中的人是不同的，是异质的人。但人是小说的主旨，是小说安身立命之处，涉及的题目有很多，也很大，在这里我所谈形态上的人，在整个文学创作中只是很小的一个方面。

现实生活中我们也可能遇见有异质的人。比如我们城市曾经发生过一件事，一个安徽来沪打工青年，有一天携妻子到浦东游览，抬头看见经贸大厦，心情很激动，一鼓作气就爬了上去。有趣的是，在这之前，一个法国攀登专家，曾经来经贸作了数度考察，一会儿测风向，一会儿量楼距，准备攀登经贸大厦，这时候一听说那青年赤手空拳爬了上去，从此作罢，再没消息了。这个青年就有些像小说里的人，是常态之外。在生活里，这一类的人常常吸引我的注意和喜欢。有一回，在美食广场吃饭，那一间餐厅门口立着一个卡通大娃娃，形貌可爱，服务员们从它身边穿行往来，全忙得脚不沾地，其中有一个小姑娘，百忙之中却在卡通娃娃跟前站定，摸一下娃娃的头，这也是异质的人。倘若留意，我们会发现，四处都是这样的特殊性格的人,但也还是那句话,缺乏一个形式,将这些只鳞片爪组织起来,呈现出意义。现实的力量太强大了,将人的形态全规划为类型,就好像用模具脱出来的一样,那些独一份的特质有时会以疾病的方式苟存着。现代精神病学为病态人格探寻出社会生活的病因——其实,这也是赋予形式的方法一种——从此为小说写作提供一类人物形象,疾病使他们的异质性变得合理了。在此也透露出小说中的困境,那就是要处理异质与日常生活的关系。就是说,我们如何给予形式,一方面使这些怪人变得可为常理解释,另一方面却又不损失他们异质的意义。古代神话传说中充满了这样的人,是作为神来出现的,雨果《巴黎圣母院》中的艾丝梅拉达和卡西莫多,是两个化身为人的神,而雨果大约也感到力有不逮,敌不过现实规范的挑剔,因此是将故事往后拉回三百多年,小说开篇就表明了时间——"距今三百四十八年六个月又十九天",放到中世纪。而雨果终究是浪漫主义大师,他的人物都是在常态世界之外,但他也不得不为他的人物选择特殊的条件,比如,冉阿让是一个罪犯,直到最后也没有合法身份;"笑面人"在杂耍人中栖身;《九三年》中的人物史实可考,然而扭转人类文明进程的本来就不是常人,革命就是历史的异质性,我们不是喜欢称"史诗"吗?将历史人物世俗化是现代主义的潮流,再要追溯上去,其实在批判现实主义写作中浪漫主义已经荡然无存。小说随了它的写实性格不断演进,与现实生活的距离越来越近。批判现实主义作品中几乎难以找到异质的人物,比如《包法利夫人》,它像一面镜子,让世人看见自己的面目。比如巴尔扎克"人间戏剧"中的人物，我们是用"众生态"来形容。其中我倒是觉着《贝姨》里那个老贵族于洛男爵有一些异常的气息，他那么受本能支配，而随了境遇的没落，他所求欢的对象也不断降低阶层，真是潦倒得很，失身份得很。在他周围，资产阶级和无产阶级一并兴隆上升，是无比现实的景象，他的异质性却没有提供高于现实图景的想象。一旦资产阶级走上历史舞台，文学便面临挑战，批判现实主义已经是他们最大的贡献。从此，现实世界被夯得越来越结实，异质人物只能夹缝中求生存。现代主义其实是另辟蹊径，不幸的是，它们的命运常常殊途同归，还是蹈入现实的窠臼。卡夫卡的《变形记》，人都变成了甲虫，但依然是现实的处境与景象，甲虫也是常人所思、常人所想。魔幻现实主义里的人物都有异禀——我不说"异质"，而说"异禀"，这些有神奇禀赋的人，最后上演的是一出再现实不过的戏剧，拉丁美洲的现状。现实主义是强调合理性的，于是，异质性就很困难现身了。

在此，我用来证明，人物异质性还是有机会表现的，是德国当代作家徐四金的小说《夏先生的故事》，台湾小知堂文化1999年版本。

所以选这篇小说，是因为它有着一种单纯性，在情节简洁的故事中，那一位夏先生的形象就变得很鲜明。夏先生出场在一个小学生的不断精进的视野里，这孩子曾经热衷于爬树，因为爬树会给他"飞翔"的体验。大风天里，在起伏的丘陵上奔跑，有一点要飞的感觉。爬树爬到那棵老榉树的顶端，望着遥远处的落日，就真的飞起来了——"飞行的替代品"。就是在他这个年纪里，夏先生来到他们的村子，其他勿论，单说夏先生这个人。他有一个癖好，就是走路。几乎每天日出之前离家，直走到月亮升起。很难说有什么目的，或者绕湖走一遭，长度在四十公里，或者往县城走两个来回，单程十公里，加起来也有四十公里。他的衣着随季节转换，分别为黑色长大衣、红色绒线帽和酱色亚麻单衣、浅平草帽，不变的是无论光腿还是长裤，脚上都是一双大靴子，令我想到中国神话里哪吒的风火轮。夏先生还有两件不离身的东西，也像是中国神仙的法器，一把手杖和一个背包，手杖用来支撑他的步伐，背包里是雨衣和食物。就这样，小孩子在树上飞行，夏先生在地上疾走。真正与夏先生接触是在一个星期日午后，父亲带他去看赛马，回家路上遇到暴风雨，转眼间又下起冰雹，风雨过去，视野渐渐清晰，便看见疾走的夏先生。父亲再三再四邀他上车，他只作不听见，最后父亲急了，说出一句："全身都湿透了，这样您会没命的！"就是这句话惹恼了夏先生，他回答了一句话，也是小孩子所听见的夏先生唯有的一句话，他说："那就请让我静一静！"父亲分析夏先生为"空间恐惧症"，可是这名小学生，却不是这么理解的，他以为夏先生就是必须在户外走来走去，"在户外走来走去，就好比爬树可以让我感到心旷神怡一样。"在这里，病态人格就演变成一种诗意的个体形态，唯有没有受教化的小孩子才可能认识常态之外的存在。然而，这种原始能力很快就不可避免地面临了社会规范的改造，生活打磨着粗糙尖利的部位，使之变得滑顺，得以纳入大多数的人群。这打磨的过程也是受挫折的过程。这孩子看见夏先生总是在他受挫的当口，一次是失恋，他隆重地准备约会小女朋友，被推辞了，只得一个人往回走，就在这凄凉的时刻，看见了夏先生疾走的身影，"在远方，只见这个小黑点继续向前移动，快慢有序地越过地平线"。另一次是从钢琴课落败而归，心中的痛楚让他又爬上老榉树的树顶，享受眼看要坠落的危险的诱惑，安全起见，盘腿坐在树枝上，想象中浮现起自己的葬礼，悲壮而且宏伟，于是，自由落体的诱惑又来了。这时候，夏先生出现了，他的古怪行状使孩子清醒过来，意识到自己行为的荒唐——这时候，社会的训练已开始奏效，小孩子正处在半蚕半蛹时期，不禁对夏先生起了惧怕，赶紧逃回自己的生活，也意味着两个异质人分道扬镳。接下来，就已经五六年过去，孩子长成少年，他学会许多知识，钢琴课的成绩也很不错，而且他拥有了一辆自行车，可以在自行车上飞翔，爬树的癖好差不多过去了。就在此时，他最后一次看见夏先生，并且是目睹了夏先生的结局。夏先生走向湖水，在湖水中渐行渐远，直至没顶。

这个故事听起来还是有些像童话，夏先生在世人眼中还是病态，但那个小孩子，也就是叙述者的眼睛，所含有的自省神情，透露出一种信息，那就是完全可能夏先生是正常的，而我们所有人都是病人。我讲这个故事的用意在于，小说有机会在现实常态中表现异质人物，也就是这些异质性才使得小说所以是小说，而不是生活。

讲于 2004 年

整理于 2011 年 3 月 14 日

虚构——谈苏童小说

这一课讲的是苏童,题目为"虚构"。

先解释一下我对于虚构的看法。我以为虚构是偏离,甚至独立于生活常态之外而存在,它比现实生活更有可能自圆其说、自成一体,构筑为独立王国。生活难免是残缺的,或者说在有限的范围内是残缺的,它需要在较大、较长的周期内起承转合,完成结局。所以,当我们处在局部,面临的生活往往是平淡,乏味,没头没尾,而虚构却是自由和自主的,它能够重建生活的完整性。例如刘恒的中篇小说《贫嘴张大民的幸福生活》,张大民用他三寸不烂之舌,絮絮叨叨,将身处的窘境复述成一幅"幸福生活"的图景,于是勇气信心倍增,补了东墙补西墙,拉拔着千疮百孔的日子。这当然是一个辛酸的故事,写渺小人生的生存挣扎,张大民的方式就是虚构。刘恒可以说是虚构了一个虚构,这样说似乎过于着迷玩弄技巧,换一种说法,刘恒创造了一个深谙生活艺术的人物,他懂得如何使不圆满的生活圆满起来,那就是虚构。现在,就要谈虚构的方法,也是这堂课的主要任务,我将以苏童的短篇小说来描述虚构这一桩想象力的活动。苏童写作的量很大，我不得不在其中略作限定；同时我也觉得，苏童的短篇小说更为优良地体现虚构的特质。

所以认为苏童是拥有虚构能力的写作者，或者说，我以为可用苏童的小说来佐证虚构的特质，是因为苏童的小说不是一篇、两篇，十篇、二十篇，而是二百，甚至更多篇。这样的量，差不多可以证明，虚构对于这位写作者，已经成为一种常态性的活动，他在某种程度上，进入到自由自在的状态，经意或不经意，自觉或不自觉。我们可称之为天分，也可视作是一种看世界的方式，就是通常说的世界观。因此我们才能产生信赖感，信赖他所做的一切都是事出有因，是可靠的。我将分为三个部分来进行讲述，第一部分，我试图用苏童自己的小说来描述一下他的虚构活动。

我使用的第一份材料是，《沿铁路行走一公里》。这篇小说有一种隐喻性，我要说，苏童的小说都有隐喻性，他将隐喻注入日常生活的细节，使事物不仅是事物本身，而是扩张了它的内涵，我给这隐喻一个命名，叫作"谜面"，关于"谜面"与"谜底"的关系，其实是苏童无意中一直在处理的事情，也是我以此窥见他的虚构的一个眼。话再说回到《沿铁路行走一公里》，故事写一个名叫剑的男孩子，家住铁路沿线，与一公里以远扳道房老严的交往。我注意的并不是故事本身，而是其中古怪的意境，那就是沿铁路居住，时常可捡拾到过往列车弃下的废物：香烟壳子，糖果纸头，啤酒瓶，甚至一个完整的钱包。这些弃物来自陌生人的生活，是那不可知的生活的鳞爪。剑热衷在铁路沿线捡拾，然后收藏，我觉得剑是不是在等待有一日,这些弃物忽然会生出奇迹?列车事故酿成的死亡所弃下的遗物,是最令剑兴奋的,那些东西,不过是些破布条、一支钢笔、一块手绢、半包挤扁的香烟、小小的药瓶,但却带着一股暴烈的气息,引起着惊悸的快感,与铁路的彪悍气质特别相符。这些残留的遗物,被不知从哪里驶来也不知往哪里驶去的火车带到这里,完全是出于偶然,与剑邂逅——在此,我将这篇小说作为对虚构的一个描绘,那就是这些碎片从连贯的生活与人生上断裂下来,遗世独立,等待进入另一种经历。这小说真有着神奇的想象,想象重新组织生活的可能性。这些碎片,我们也许还会在苏童的其他小说里再次遭遇,那时候,它们已经改头换面,就像三生石上又续前缘。

在《稻草人》里,我们大致可窥见这些碎片重新组合的绰约轮廓。故事说三个男孩在七月棉花地里的纠葛,那个名叫荣的孩子率先发现稻草人,一根杂树棍子,顶着破草帽,奇异的是它的手,由两片金属轮代替。荣看中那两片金属轮,于是拆了稻草人,卸下齿轮。就在这时候,轩和土兄弟两个过来了,开始争夺齿轮。混战中,荣的脑袋挨了一下子,凶器是那穿了齿轮做稻草人胳膊的树棍。下一年的七月,看田的农人来到棉花地里,拾起一截树棍,棍上沾着一些类似血迹的暗红色。农人摘几片棉花叶子擦拭干净,绑上干草扎成的手臂,压上一顶新草帽,又做成一个稻草人。接下去,这新一代的稻草人又会经历什么样的遭际呢?那齿轮的来历我们不知道,但是有一件事情还没来得及交代,那就是荣来到棉花地之前,就传说那里发生过一件杀人案,留下一张旧报纸,上面也染了可疑的暗红色,是擦拭血迹的吗?就像用棉花叶擦拭树棍。树棍从旧稻草人的身上卸下,作了新稻草人的身躯,就像基因遗传似的,恰是有涉暴力的那一部分。倘若说是沿铁路线的遗留物,就是与死亡事故有关的物件,蓝布条、红塑料鞋一类的。这篇小说,我注意的依然不是它的故事,这故事过于简单了,相对来说机关却很深,就是说谜面很复杂,谜底却没什么了不得,不过是一件偶发的杀人案,起因和结束都很突兀。我关心的是那个大卸八块再重新组合的意味,其实呈现了虚构的形式。苏童就像一个身怀绝技的手艺人,得意他的巧手,忍不住要炫耀炫耀。问题是,他为什么要对虚构而不是对别的什么着迷,其中有什么原委吗?

我们大约可以在苏童的小说里得到一些含糊的回答,他的又一个短篇《我的棉花,我的家园》——虽然我也知道不能太相信小说家自己的话,虚构者其实都是说谎大王,他们完全不必为自己的谎言负责任,就是说没有证实的义务,但歪打正着,或许也会透露一点儿真相——我觉得苏童似乎对棉花有一种特别的心仪,是棉花的外形吸引他?结花时候,叶全落尽,露出褐色的杆,金属般的坚硬,就像中国画中的枯笔,收成的季节看上去并不是丰饶,反有一股荒凉,又是在炎热的七月,午后的寂寞可能和少年人的心境很相似。这一篇的题目就大剌剌地写着:"我的棉花,我的家园",这么肯定反而要叫人生疑,很可能项庄舞剑,意不在此,抑或只是临时起念,给不可说的一个说法吧!小说写逃荒的少年书来,离开淹涝的家乡，他家乡显然是以种棉花为生计，大水将棉田灌成一片水域。先是随了乡党们的马车，不巧落了趟，只能孤身前行。至于去什么地方，先也还是知道的，去找马桥镇的叔叔，可后来却又茫然了，因为看见一个濒死的人像是他的叔叔，于是就只知道要去"一个远离灾荒和穷困的地方"。然而，灾荒就像尾巴一样跟着书来，走出水灾，又入旱灾；走出旱灾，又入兵祸；走出兵乱，又进瘟疫，简直如影随形。最终有人指点他向南，南边有铁路，沿铁路走，可以去到最好的地方。在这里，我们又一次遇见了铁路，但是这一回和铁路的遭遇却不是隔岸观火，书来不像剑那样目睹死亡，而是亲身经历——他被火车撞飞了。在那撞飞的一刹那，眼睛里的景象就是水上漂浮的棉花。因此，我们就不能简单将棉花当作棉花，倘要是跟着苏童，确切称它作"我的家园"又有些过了，究竟是什么呢？似乎很难给出定义，就像莫言《透明的红萝卜》里的那红萝卜对于小黑孩子的意味，仿佛是任意地捡起来一件东西，因为从故事本身看，这东西并没有发生情节上的逻辑意义，它们都是孤立地存在。这种孤立性流露出一种虚无，也许它们单纯就是作象征用，象征虚空茫然，那里有一个偌大而又未知却引人神往的宇宙黑洞，由火车——于苏童而言，就是速度了，这速度也是孤立的，在《沿铁路行走一公里》中，不知从何来，又向何去，但就是这速度，是可将人带离现存的世界。这速度，其实就是小说家虚构的武器。

《乘滑轮车远去》里，这速度为一桩比较平凡的东西承载了，那就是滑轮车。小说中的"我"，经历了非常失意的一天，先是心爱的滑轮车被弟弟搞坏了；为了修滑轮车又目睹了猫头很不堪的隐私；然后上学迟到遭受屈辱的惩罚；再是邻座女生来例假，莫名其妙怪罪到他头上；接着又不幸目睹另一场难堪——两个大人的交媾；再接着被胁迫参加械斗；终于逃脱，且结下冤仇。这还只是上半日，下半日的遭际更窘了，隔壁疯女人跳河，奋不顾身下河去救，差点儿送了小命，还受到肉欲的诱惑，被救者的丈夫并不领情，给了一个闭门羹。入夜时分，真正的祸事发生了，不是他，而是滑轮车高手猫头，他乘着滑轮车驶向汽车轮子底下。这一天终于结束了，"我"躺在床上，听着外面街道上的静声，"我的思想在八千米高空飞行"，梦境将这抽象的情景变成画面，那就是"我的滑轮车正在一条空寂无人的大路上充满激情地呼啸远去……"这时候，速度这一件事情变得具体，也清晰了，我们约略知道速度所带离和送去的是什么，大概是要超越成长，成长所必经历的尴尬、难堪、欲望和暴力、不公平以及犯错误，种种的挫伤和危险，都在速度中飞快地掠过去，多好啊！当然，最好不要像猫头那样牺牲，而是活着，继续活着。就像方才说过的，速度不再以强悍不可抗力的铁路实现，而是滑轮车，一件少年人的玩具，是身体能够驾驭的。在苏童醉心的虚构活动中，我们可看见，那些从原有生活上分裂出去的碎片渐渐显出端倪，显出它们的轮廓，它们徐徐降落，所重组的形状既是可辨认的形状，又不是我们认识的那个。倘若从谜面与谜底的概念说，苏童的谜面开始具有人世的形态，谜底呢，亦开始获得了些定义。有趣的是，当他放弃用具体的实物来代名，比如棉花,没有实物的代名,定义反而露出水面,那就是一个世间所不存在的存在,用滑轮车少年的话说,就是"思想在八千米高空飞行"的那个"思想"。

这样,我们初步认识了苏童的虚构方式,事情就进入到第二部分,苏童虚构的内容部分,我将其分为上下两步,分别称作"变形"和"原形",先来说"变形"。

在《沿铁路行走一公里》里,那些从速度中破碎撒落的碎片,此时,又整合起它们的形状,换一种更确切的说法,找到了它们的变体,成为一件件器物。往往是和小孩子的生活有关,比如滑轮车,还有《犯罪现场》里的针筒,回力牌球鞋,古巴刀,《小偷》里的玩具火车——火车又出现了,但却是玩具。从某种方面可证实我的猜测,苏童的隐喻变得日常化,也就是前边说的,谜面具有人世间的形态,同时,也隐约地透露出,对于虚构,或者说速度,苏童渐趋镇定,不再为那个虚空境界,"八千米高空"而感到茫茫然,因而惊惧不安,事情变得稍可以掌握。他从"八千米高空"被强大的地心引力收回地面,又好像是受菩萨派遣的罗汉,来到人间,本来是当化身凡胎,普度芸芸众生——"普度"两个字也可替用于虚构,但因修炼不够,法道欠缺,所以还未完整变身,终是与世人相异。

在这个阶段——说明一下,我用了"阶段"这个词,并不表明因循苏童写作的时间顺序。我不重视他写作的事实过程,而只看他的作品本身,他的小说放在眼前,泱泱一大堆,已经获有自主权,它们有资格自己形成序列，完全可能与实际写作的先后排列不相符。比较起作品，写作过程其实更不确定可靠，因是在具体的身体心境的状态里，出现反复、回旋、颠倒是很自然的，而作品一旦存在，便是稳定的。我现在只按我所认识的排序来划分阶段——在这个阶段中，苏童小说中的人物多少都有些古怪，不合时宜，我为他们命名为"浪漫主义集团"。这个集团基本是由坏孩子组成，他们行踪诡秘，心怀叵测，潜在着犯罪倾向，这让他们在人群中显得格格不入，惯常受到驱逐和排斥。所以说，他们大多过着一种危险的生活，所幸是小孩子，再出格也成不了气候。他们生活在大人的辖制底下，大人的世界是一个合法世界，掌握不可抗拒的法则，他们究竟是孙悟空跳不出如来佛的手心。于是，他们的行为就有了一种哀戚，也就是说，没什么好果子吃的。他们身体里骚动着莫名的渴望，精力无限充沛，比起《沿铁路行走一公里》的剑，还有逃荒的书来，他们身处更为现实的社会里，他们所受的制约更为具体，失败也就更确定无疑。但又因为是些小孩子，无论行动还是失败就都带有游戏的性质，这游戏表面似乎是拷贝了大人世界的活动，但我以为苏童无意影射现实，更可能别有用心，就是将现实变形，变形到一个新的存在产生。小说《独立纵队》，我将它看作是一个小孩子从合法生活中走出，进入坏孩子社会，也就是"浪漫主义集团"的故事。

小说写一个名叫小堂的男孩，由于他家所在位置，很尴尬地落在化工厂门口，所以既不能算作化工厂孩子们的群体，也不被厂外边弄堂葵花巷的孩子接纳,落单了不说,还要时不时经受两伙人的忠诚考验。有一幅场景很有意思,小堂从姑妈家走亲戚回来,被葵花帮在弄口堵住,要他出示通行证,通行证是由他们发行,一元钱一张,小堂只能用手里的西瓜去交换。提着西瓜的小堂看上去颇有些接近多年后的今天,流行开来的四格漫画中的人物,有一点卡通的意味,西瓜也是那些撞飞了的碎片中的一片吧,后来他真的写了一篇《西瓜船》,那就是一满船的西瓜了。再说小堂,用西瓜换来葵花巷里的通行证后,便被化工厂的一伙胁持到了"叛徒沈小堂公审大会"上,受到严厉的惩罚,并且要求表态站队。这当然与"文化大革命"的派系斗争相似,可孩子游戏的稚气却釜底抽薪般地抽取了严肃性,变成谐谑剧。所以我宁可相信,这只是材料上的借用,因为事情的结局是从拷贝的原型上另开一路,小堂情急之中,喊道:独立纵队成立啦!可不是吗?他既不是葵花巷,也不是化工厂,他就是独立纵队,就他一个队员,有什么不可以吗?就这样,小堂他走入了一个人的黑帮,开始了法外生活。

苏童笔下的坏孩子,都是一个人的黑帮,单枪匹马,孤独地施行犯罪。

《犯罪现场》的题目就是开宗明义,直指犯罪,这又是一桩什么样的罪愆呢?那个名叫启东的男孩,从莫医生诊所偷了一支注射器,然后就开始他的"杀戮"行动。先是理发师老张家的猫蹊跷地丧命,然后左邻右舍的鸡群伤群亡,街坊马凤仙的儿子手腕上鼓起一个黑色的包块,里面注射了某种液体,是启东自制的药水,盐、糖、味精、蓝墨水调和而成。马凤山儿子的事件虽还未殃及生命，但已经很严重，它预示着凶手开始向人类下手了。莫医生早就有不祥的预感，出于职业的训练和伦理，他闻得见瘟疫将至的气息，而祸端正是从他的诊所里意外流出，科学的人道性受到挑战。他不安地在街巷里穿行，搜寻蛛丝马迹，试图与疾病的蔓延赛跑。当他终于抓住凶手，怒不可遏之下，给了狠狠的一针，这一针可是动真格的了，针筒里注入的是链霉素。多少年过去，街上的铁匠铺里多了一个聋铁匠，而莫医生已经故去，因什么而死，被十分敬重地缄默在每个人的口中。在莫医生和启东的对峙中，曾有过这么一句对嘴，如今想起来大有深意。莫医生隔了门对里面叫喊："启东啊启东，这样下去你会走上犯罪道路的！"门里送出来的回答是："你才会犯罪呢！"这就像启蒙时代，现代医学方兴未艾之时的对话，这东西的发生究竟是福是祸？作这样的诠释似乎言过其实，充其量不过是一场小孩子的淘气，可它被那么庄严地叙述着，态度的郑重大大超过应该有的程度，事情就在夸张中变形，邻里纠纷升级为文明与野蛮的战争，结果是同归于尽。

　　浪漫主义集团中最可怕的还不是启东这样声名狼藉的犯罪分子，人人心中警惕，做好了应对的准备，令人猝不及防的是一些乖孩子，表面上安分守己，内里却起着杀心，不知这里还是那里，触犯到他们，便事发了，比如《游泳池》里的达生。这一年夏天，达生迷上在游泳池游泳，向来他是在河里游泳，可自从见识过游泳池，就生出一个固执的成见，那就是"在河里是洗澡而不是游泳"。

这就涉及仪式了,仪式,也可以视作苏童虚构的方式,无论"独立纵队",还是"犯罪现场",坏孩子的游戏和恶作剧,都被赋予了一种仪式感,于是,事情就从原形脱颖而成象征,内涵有效地扩张出来,无聊的琐细变得庄重了。从日常状态到仪式之间,这一段空间,在苏童是用速度来变形完成,就是虚构的意思了。好,话说回到游泳池。"达生穿着红色的汗背心和蓝色的田径裤,手里拎着一只尼龙网兜,网兜里有一条新买的彩色条纹游泳裤和那张游泳卡。"一切合乎小康之家的规矩,唯一的瑕疵是在那张游泳卡,表哥的游泳卡,却贴着达生的照片,是这正当的夏季健身运动中的一个不正当。如同人们常说的"一步错,步步错",似乎从一开始就决定了事情将偏离轨道。他离开泳池去更衣室换衣服时,发现少了一只鞋。这小小的受挫相比游泳池的诱惑微不足道,尤其是发现了一位会蝶泳的女孩子之后,这种正规的泳式,又是在一个女生身上,游泳池的魅力更是无限了。可是那一个预兆很快兑现了,他受到检查,游泳池的看门人歪脖老朱无情地收走了游泳卡。达生不得不回到护城河里,这一段短暂的游泳池经历将他与河里的"洗澡族"隔绝了,他远离人群,独自游来游去,练习着蝶泳。夏日将尽,游泳池也到了关闭之际,达生又来到游泳池,并且成功地翻墙而入,进了泳池。正当他沉醉在蝶泳的快感之中时,歪脖老朱却来撵人了。最终的结果是,老朱被扯入深水区,而他看守着游泳池却毫不识水性,于是就做了游泳池这夏天圣坛的祭品。

我还要特别提到一篇《回力牌球鞋》,这是又一件与速度有关的物件，而形貌却更接近日常状态，滑轮车，游泳池里的蝶泳，多少还有些奢物的意思，是衣食以外的剩余享受，就具有相对独立的含义，适用于隐喻。古人所作"咏物"诗，咏的多半是些雅物，与俗世生活有距离的，自有一番意境。而球鞋这桩东西，直接就是温饱之用途，还能延伸出来什么指涉呢？这也预示着苏童的谜面更向生活原形接近，罗汉越来越成凡人相。回力牌球鞋在那个年代轻易不可得，小说中说陶的那双是叔叔从外地带来的，这外地应该是民用工业发达，又略具消费气息的上海，穿着它，"人像鸟一样有飞行或者飘浮的感觉"。很快，陶的球鞋就受到朋友许和秦的注意，出于妒忌生出罅隙，然后就有谣言传开，那就是邻街的猫头丢了一双回力牌球鞋，而陶的脚上却多了一双同样的球鞋。猫头专门前来确认，但是陶的球鞋是白色的，他的却是蓝色，事情应该算有了结果。然而树欲静而风不止，陶的回力鞋蹊跷地失踪了，在此同时，街上风传猫头又有了一双新鞋，但却是黑色的。陶很冒昧地找到猫头，当众用刀片划了猫头的鞋，检验那黑色是不是涂上的颜料——浪漫主义集团的孩子，不只是坏孩子，更是有病的孩子，这病的一种叫作恋物癖，《沿铁路行走一公里》里火车撒落的碎片，养育了一帮恋物癖。猫头是个彪悍的人物，哪里忍得这样的奇耻大辱，他立马用一枚秤砣破开了陶的脑袋。事到如今，陶已经不指望找回他的球鞋，但却想找到真相，他带着头上的伤疤，如同一个寻求真理的烈士，向他的朋友许和秦发问："现在可以告诉我了，到底是谁拿了我的回力牌球鞋？"得到的回答是，拾荒老头捡去了。"他把你的鞋当破烂扔到垃圾筐里去了。"这真相带有猥亵的气息，陶跟着许和秦一同哈哈大笑起来，神圣的信念就这么同流合污了。只是，从此陶的姿态发生了变化，他的目光总是下斜，对着路人脚上的鞋子，这可以说是一种残疾，遭遇过某种暴力而形成的残疾。

现在，一路散开的碎片重又嵌进生活里，化成最为常见的实物，不再是游戏的道具。罗汉的法器消匿了，罗汉已完成变体，就是你我他。变形的事物复又回到原状，就是你见我见他见。我用《西窗》这篇小说来象征这个新天地，也就是这一部分里的第二步，原形。

《西窗》开头第一句是："西窗里映现的是城市边缘特有的风景"，它对着护城河，河对岸是古城墙的遗址，有柳树、水塔、水泥厂，河岸泊了船、木排、木筏，就好比一部从古到今、从渔农业到早期工业的城市历史。西窗下是市井人家，以西窗为视点辐射出去的一片人家里，有十四岁的女孩红朵和她的祖母，泥瓦匠老邱与他病恹恹的妻子，故事就在"我"与红朵之间展开。少年的"我"不期然中收获了红朵的隐秘，那就是老邱看她洗澡，并且还付给红朵祖母钱。是不谙人事，还是承担不了这丑闻的压力，似乎是要卸下重负，"我"将这秘闻告诉了母亲，母亲又告诉街坊邻居，于是一片哗然。被亲人与朋友背叛的红朵，终于出走，再也没有回来。人们传说："有人把红朵抛给一条过路的货船，有人把红朵出卖给一群过路的陌生人。"这些坊间流言其实再恰当不过地描写了红朵的命运，这就是"西窗"里望出去的风景，消失了光色，裸露出灰暗的、积垢的、人世的戚容。浪漫主义集团在这里解体，人和事都回复凡俗的面目，唯有一点不甘心，像是上一个世代的遗韵，那就是"我"潜到红朵最后流连的木排下面，徒劳地打捞着，打捞上来红朵的织物和棉线。《沿铁路行走一公里》的那些抛弃物似乎又来到这里，已经在水底腐烂，毫无主人的气息。那里确曾发生过一些事故，懂的人不一定知道，懵懂的"我"却知道。"我"不是个坏孩子，而是刚一睁开眼睛，被人世间吓傻了，做下了蠢事，罗汉也会有一时间愣怔的。

从"西窗"看出去，谐谑剧都成了正剧，是为现实肖像。谜面和谜底似乎合二为一，谜语解开了，里面什么也没有，又好像并没有找到破解的机关，怎么也打不开。《两个厨子》在苏童的短篇小说中，是最写实的一则。灾荒年里，富豪人家办宴，请来两个厨子，一个白一个黑，白厨子的来历很清楚，是顺福楼的师傅，那黑厨子就有些暧昧了。他干枯的形容就不像厨子这一行，厨上的活计很不熟练，更可疑的是，他对食物的饥渴状，厨子往往是没有食欲的，而他身上就像附着饿鬼，而且不止一个，还是两个，他照应自己的一个，那一个还在喊饿，于是就连这一个也顾不上了。故事结束时，已是办宴半个月之后，白厨子在灾民救济会的赈粥棚前，看见了黑厨子与他的儿子，这才明白，父子俩原来是饥民。这一个短篇，写得很平实，没有苏童惯常使用的隐喻，全是直白，直白的也不过为常态常情，这常态常情很单纯，仅只一个"饿"字，饿和饿又血亲贯通，骨肉相连，所以就是一片饥馑。

当苏童放弃隐喻，难免也会令人困惑，似乎消失了进入的途径。隐喻是可起到钥匙的作用，启动机关，谜底揭开——可刚才不是说了，谜面和谜底已接近合二为一，或者说互为消解——解密固然有着智力竞技的快感，可却又不尽是阅读小说的满足，小说不只要给人不期然，也要有期然，俗话说的意料之外，情理之中，这情理就是期然。再说隐喻，被苏童放弃了，一方面没了钥匙，另一方面呢，似乎也不需要钥匙了，比如《两个厨子》，其中全是期然，没有不期然，一切大白于天下。但事情却又不像是这么简单，总有些叫人放不下，这人情之常，又不尽是人情之常，你看我看他看后面，还有着一双眼睛，看出你知我知他知里的未知，那就是"西窗"里的眼睛，叙述者的眼睛，将坊间流言看成伤逝，两个厨子的邂逅看成遍地哀鸿。

《小偷》这一篇小说，又一次出现了火车，但不是《沿铁路行走一公里》的火车，也不是《我的棉花，我的家园》里的，而是一个玩具。说实在，它很像是旧物的魅影，或者说是蝉蜕，是从隐喻上脱出。所以我说它不再是隐喻，是因为它在这里并不用于指涉什么，而是直接构成了情节，故事的情节呢，也不是关于速度啊飞行啊，或者刻意赋予的某一种含义，它承担的任务是非常实际的，那就是作为偷窃的赃物。故事是关于偷窃，这一件稀奇的玩具引动了无论好孩子还是坏孩子的欲望，也是恋物癖的遗传吧，结果一分为二，好孩子得了火车，坏孩子却掌握了火车的动力部分，火车发条的钥匙。两人对彼此的占有心知肚明，却苦于缺乏证据，挑不开事实。那坏孩子谭锋早已经毁誉，就没有后顾之忧，反倒磊落了，可正面挑战。好孩子郁勇却不得不束缚于道德身份，只能以守为攻，以抑待扬。这一场较量写得简直是惊心动魄，第一回合是谭锋鸣锣击鼓，大肆进逼——谩骂，回答他的是沉默；第二回合是出其不意，引君入彀，猝然问道："你拿没拿？"这个是非题可是个陷阱，回答"是"与"否"都是承认，可郁勇给出第三种回答："拿什么呀？"真是兵不厌诈！然后就是心理战，谭锋自语道："郁勇，郁勇，我认识你！"郁勇也坚持住了。故事进入到僵局，怎么结束呢？当郁勇随父母离开小镇的时候，谭锋前来告别，赠送郁勇一件礼物，什么礼物？那把钥匙。这是一个和解，还是一个教育，教的是盗亦有道。

《小偷》的故事或还有些小小的奇情，那么《白雪猪头》却是再寻常不过的百姓生计。母亲们像母兽为小兽觅食，当然不能用原始的丛林规则，而是文明世界的章法。为打通款曲，替猪肉柜台的女人制作全家过年的新衣服，不巧的是，正等着回报，那肉摊上的女人调去酱菜柜台了，又当绝望之际，女人却提着猪头来了。倘若故事到此为止也可成立，就视作劳动互换的诚信遵守，可事情还在继续，送猪头的女人看着雪地上玩耍的男孩的赤脚，从怀里掏出尼龙袜给他套上。你要视作女人的恻隐之心就大错特错了，女人手上套着尼龙袜，嘴里说的是：你妈再能干，织得出这样的尼龙袜？顿时，一场比试身手过日子的竞争，起来了硝烟。力量对比相当的战局，常常是以和谈结束，有一天，两个女人面对面相遇了，严格地说,相遇的是她们的手,共同伸向一把上好的芦花扫帚,一抬眼认出对方,共同放手,谁也没有要,就此熄火。

在这里,苏童的法器隐匿起来,倘若我们没有法眼,就看不出他是在虚构,只以为他不过讲述一些事实,其实呢?功力更深了,所谓真人不露相!

最后,也是第三部分,我们是否可以来描绘一下虚构者,他是一个什么样的人?

首先是《沿铁路行走一公里》那个热衷捡拾碎片的小孩;其次是《乘滑轮车远去》那个背时的小孩,他人单力薄,不得不驯从于现实的约束,但并不妨碍"思想在八千米高空飞行";《表姐来到马桥镇》里,那个忠心耿耿守护表姐以及表姐的仿水貂皮大衣的小表弟,他参加不进女孩们的故事,只能旁观;《独立纵队》里提了一只西瓜回家的小堂,怯懦地加入自己一个人的黑帮;《午后故事》里,目睹英雄豁子被杀的"我"也是他,他渴望成为豁子那样的人,可连外表上相似都做不成,本是要剃一个彪悍的板刷头发式,结果被剃成光头,所以他根本没指望做英雄,充其量只能目睹英雄被谋杀,作一个见证;《桑园留念》里,毛头和丹玉殉情而死,他们的名字被悄悄刻到石桥的石栏杆上,那个刻名字的隐身人就是虚构者,他为他所看见的人和事,立起虚构的纪念碑。

讲于 2004 年

2011 年 4 月 2 日整理于上海

喧哗与静默——谈莫言小说

今天的课我们讲的是莫言。我试着描绘莫言的小说世界。莫言有一种能力，就是非常有效地将现实生活转化为非现实生活，没有比他的小说里的现实生活更不现实的了。他明明是在说这一件事情，结果却说成那一件事情。仿佛他看世界的眼睛有一种屈光的功能，景物一旦进入视野，顿时就改了面目。并不是说与原来完全不一样，甚至很一样，可就是成了另一个世界。这世界里的一切还是依原来的样式链接镶嵌，色彩却全变了，你很容易将其视为一种风格，但风格其实是装饰的意味，而这里的色彩则影响到事情的性质。所以，这"色彩"更接近"质地"的意思，事情的质地不同了，于是，就变得不那么真实。这里的"真实"并不相对于"虚假"，金克木先生所著《文化卮言》（周锡山编，上海文艺出版社1996年版）第一六二则"诗与真"说："我们中国人经常将假和真对立，却很少把诗和真并列。"我想，莫言的不真实大约是和金先生说的"诗"相仿。可是我又不情愿说它就是"诗"，也可能我个人对"诗"的理解太狭隘，我总是觉得诗是一件比较单纯的事，而即便是在莫言的那个不真实的世界里，情况也是，甚至是比真实的更为沉重，但我不否认那里确有着一重意境。小说实在是一种过于结实的东西，现实既是它的内核，又是外相，要从中抽离出一个独立的世界，是需要更有力量的占位，诗似乎欠一些。如果我们将"诗"广义为超越性的空间，大概也可以这么说了。

我想用莫言的一部中篇小说来说明这个世界的存在以及存在的可能性，这部小说的题目为"三十年前的一次长跑比赛"。故事讲的是三十年前的大羊栏村，那时候，离村庄三里地处，坐落着一个胶河农场，农场里聚集有四百多名右派，进行劳动改造。莫言这么写："从很早到现在，'右派'在我们那儿，就是大能人的同义词。"接着，他推出几个特别的例子，有京剧名旦蒋桂英，据说解放前和大富翁隔玻璃窗亲个嘴，就挣十根金条；"三角眼作家"写一本书，挣一万元；省报编辑李镇，不动声色就出一期黑板报，有文有画；工程师赵猴子，设计一个大粮仓，犹如一座迷宫；会计师老富，能双手打算盘，双手点钞票，双手写梅花篆字；标枪运动员马虎用标枪打兔子，百发百中；短跑运动员张电和长跑运动员李铁则专门负责赶兔子，将兔子送到马虎的射程里……对这些身怀绝技的能人，村人们有着极高的褒奖，就是"不善"。这句评语很奇妙，从字面上看，是可视作一个颠覆，透露出这个故事是在与现实社会相对立的语境中发生。就这么些能人能事已经很可观了，但还不算什么，最出类拔萃的一个，被作者称为"天才"的，却并不在胶河农场。在哪里呢？近在眼前，远在天边，就在大羊栏村，村小学的教师朱总人。这位朱总人当然也是右派,却是草根右派,用莫言的话说,就是"土造的右派"。他不像胶河农场的那些,是从省里下来,犯过这样或那样的事,不管大小轻重,都是货真价实。这位出自本土的右派是因为走步先出右脚,而被充数成为右派。这大约是异禀的一个小小的征兆。另还有一位出右脚的,是"我"的大姐,却因暴烈的反抗而不了了之,看起来,凡有右派嫌疑的多少都有一些不同于常人的迹象。朱总人,幼年时智能平平,是应了大器晚成,还是因为去过一趟东北,在那里发生意外事故,伤了脊梁骨,变成罗锅,遭天谴的缘故,忽然间,他就获有特异功能。莫言写朱总人的能耐,主要选择运动场上的表现,是举重若轻的意思,而且运动场这个地方别有意味。对于乡间,它带有外来文明的象征,在小说中,很合理地安排在小学校里。本来是学生们的活动,却渐渐被老师们占有,然后老师又引进胶河农场的右派,于是,运动会不断升级水准。这是其一。其二是运动场还有游戏的含意,于是,便将这一个历史时期的政治事件放置在了谐谑剧的舞台上,其中的严肃性被瓦解了。运动场第一次载入史册——所谓史册就是"我"的一篇作文,题目为"记一次跳高比赛",后来被省报的右派李镇,通过昔日的人脉关系,发表在报纸上。这次跳高比赛,冠军是胶河农场的右派,专业跳高运动员汪高潮,朱总人成功地跃过一百五十厘米高的横竿,就自动放弃了,他摸着高过他头顶的一百六十厘米高的横竿,感叹道:"高不可及,望竿兴叹",然后颇有风度地退赛。但是,他跃竿的动作却给人们,即便是汪高潮这样的专业人士,都留下了深刻的印象。他弯曲的身体在空中转了个向，背上的罗锅神奇地掠过横竿，又继续转向，最终脸埋进沙坑里，看起来，他是用旋转力，滚过了一百五十厘米的高度。据作者称，这种在当时野路子的跳高法，多年后进入专业领域，名为"背跃式"。第二项体育运动是乒乓球，朱总人击败了县里的冠军。他用一副破球拍，以发球和擦边球，将骄傲的冠军打得个落花流水。第三项是游泳。朱总人的特长是仰泳和憋气，他的仰泳也是特别的，只看见脑袋和一双脚，水面纹丝不动，静静地顺水而漂；至于憋气，他透露其实是在水下换气，所以可以无限时地憋下去。接下来，故事就进入"正文"，那就是"三十年前的一次长跑比赛"。

这是一次盛大的运动会，以后我们会发现，这场运动会正应了一句著名的格言：革命是盛大的节日。整个运动场一片欢乐，龙腾虎跃，绕场一周的跑道中间，分割出几块场地：铅球、铁饼、标枪、手榴弹、跳高、跳远，还有篮球比赛，跑道上则进行男子成年组一万米比赛，是运动会的核心赛事。参赛者总共有八名，观众可就人山人海：学生，村里的百姓，胶河农场的右派，还有县和公社的领导。朱总人自然也是参赛者之一，他背着他的罗锅，落后于前一位之后三四米，因为使劲，一举步便一探头，"很像一只大鹅"，可是态度从容镇静，不紧不忙，呼吸均匀。跑到八千米的时候，第三第四位的两名运动员撑不住倒下了，前边的四名你争我赶，忽先忽后，只有朱总人，始终保持在最后。这一笔也很微妙，朱总人似乎总是以不变应万变，对胜利自有一路理解。倘若我们用颠覆的手法将排列调一个头，朱总人就也是第一，倒数第一，而且始终没有失去过这个第一。可是这时候，却出现一个新情况，来自于运动场外，相对初民般天真快乐的运动场，就像是另一个世界，那就是警察。警察来到运动场边上，一起观看长跑比赛。一万米长跑继续接近终点，除朱总人外，其余四名选手继续轮替着排序，但很显然，场上人开始失常，出现技术变形。三名选手栽下阵来，一直率先领头的专业长跑运动员栽到警察怀里，被警察架起来，惊恐道："不怨我，不怨我，是她主动的。"就此一瞬间，朱总人冲过线，让出倒数第一的名次，然后平静地向警察自首："大烟是我种的，与我老婆无关。"表现比李铁上了一等，但警察也不是冲他来的，而是场上硕果仅存的赛手，也是荣获倒数第一的人，名叫张家驹，公社食堂的炊事员，据说曾经在北京城拉过洋车。这一个决出真是出人意料，是在运动场外决出，这两个赛场是什么关系呢？长跑比赛似乎是参考分数，真正的高下比量是在警察的世界里，比的是什么？老乡们说的"不善"吗？那长跑健将李铁在此只能排末位，第二是天才朱总人，可是山外有山、天外有天，那不动声色的张家驹才是警察看得中的人，警察所代表的现实社会在此成了一个江湖。可谓小隐隐于野，中隐隐于市，大隐隐于朝。胶河农场的一帮右派是打底的，上面是朱总人，真正的高人则是隐侠，张家驹。小说的结尾，故事已经收梢，却很诡异地出场一个皮秀英，那是一个女侠，江湖上又多一重姿色。

描绘了莫言小说世界的轮廓，我试图再用几项对比来进一步分析这世界的性质。第一项对比，是在莫言与刘庆邦之间进行。

　　我应该怎么来对比他们？这样说吧，刘庆邦是儒家，他承认现实的秩序，并且遵从它，担负起伦理中的责任。比如他有一个短篇小说，写一家农户，父亲去世，余下孤儿寡母，长子还在幼年。生产队里分粮食，倘若是红薯，一家一堆，最大的那个红薯上就写着一家之主的名字。这一家的母亲就让生产队会计在他家的红薯上写上长子的名字，于是，从此，这个小男孩就当承担起家庭的重任。刘庆邦笔下的人和事，就是被规定在伦理的秩序内，承上启下。代和代之间呈现和谐宁静的关系，这种关系经过数百数千年时间的实践检验，合乎生存的情理，结构稳定平衡，亘久不移，无论改朝换代，纲常变迁。真应了那一句：礼失而求诸野，这个"野"，就是刘庆邦的小说世界。在那里，我们能看见某种程度和形态的礼仪，这礼仪与日常生活水乳交融，被赋予了美学的意义。刘庆邦有一篇小说，名叫《种在坟上的倭瓜》，就描述了这日常化的仪式里的抒情性。《种在坟上的倭瓜》，说的是小姑娘猜小，带了弟弟给刚去世的父亲上坟。人民公社的时代里，土地是公有制，但对生老病死自然法则尚存敬意，死者能在麦田占一席之地，再多就没有了，不能栽树取荫，日子又过得拮据，祭奠的供品只有一沓黄草纸作冥钱。猜小觉得父亲身后薄瘠凄凉，思忖着在坟上种点什么，最后决定种一棵倭瓜。倭瓜比较好长，生性皮实，又有藤蔓。向菜园老爷爷讨来一粒籽，小心翼翼埋在坟脚，接下去就是无限的担心：担心老鸹偷吃了倭瓜籽，担心种子不发芽，担心日头晒狠了，担心雨水泡烂了；终于出芽长叶，这担心就加剧了，担心腻虫啃了，担心割麦人错割了，还担心淘气的男孩摘了瓜纽子……千担心万担心里，坟头覆上绿油油的藤蔓叶子，结出一个金红色的大倭瓜。姐弟俩去收获，坟上的繁荣景象将伤心洗涤而尽，高高兴兴抱了瓜回家了。刘庆邦的书写往往是伦常里的诗意，承继和成长怀着虔诚的驯顺。比如又一个短篇小说《鞋》，故事也很简单，说的是一个名叫守明的闺女，给定了亲的未婚夫做鞋。乡间的规矩，男方下过聘礼，女方就要回礼，回什么呢？做一双鞋。这个规矩真是有些意思，这一双鞋，依刘庆邦的话说："人家男方不光通过你献上的鞋来检验你女红的优劣，还要从鞋上揣测你的态度，看看你对人家有多深的情义。"于是，可以想象，守明做这双鞋有多么隆重，又有多么害羞，闺阁中第一次接触异性的物件，是托付自己一生的那个异性。先是备料，再是看鞋样——鞋样子让她惊一跳，那人的脚这么大！于是就有一股彪悍雄壮扑面而来，看来，进洞房揭红盖头的婚姻也是相当性感的——接着剪袼褙，然后便是纳底，这是做鞋过程中最漫长细密的一道工序，更何况，守明还要纳成枣花形。千针万线，还不能让人看见嘲笑她，就得躲着，其实躲的是闺女的心事。待嫁的女儿，有多少说不出口的思绪，愁嫁又愁不嫁，人生就这么到了一个坎。关于鞋，乡间有多少仪式与它相关联，也是刘庆邦的另一篇小说，写的也是鞋，不是做鞋，而是绣鞋，绣的不是嫁鞋，而是入殓的装裹。但这双鞋也是很讲究的，必是要没出阁的闺女，没出阁但必是要说了婆家有主的，因关系到逝者黄泉路上的命运，所以更要认真对待。就这样,刘庆邦世界里的成长是从现实的传统里出发,在无论时世如何变化却终也不改初衷的那一个永恒的循环里,担着自己应尽的义务,忠实诚挚地施行人生的使命,有一种庄严,是对人世的敬仰。当然,在他写农村生活的同时,还另有一个分量相等的写作,就是煤矿上的社会。在那里,刘庆邦是要激烈许多,因为面对一个和谐秩序的崩溃,那几乎是对天地不敬,是构成他的世界的相对面。

说回到莫言,莫言世界里的成长是在抵抗中进行,这抵抗称得上酷烈,短篇小说《拇指铐》可视为对这成长的隐喻。小孩子阿义,为生病的母亲去抓药——这是一个背景模糊的故事,人和事都像是孤立地发生。阿义黎明时动身,日出前赶到八隆镇药铺,路遇的人如同鬼魅幽灵,无论阿义如何述说母亲病情的急重、抓药的殷切,都像是朝着虚空茫然。终于抓到了药,翻身向回家的路上奔跑,无意中却闯入一对男女奇怪的幽会,于是被逮住,囚禁在树上,囚禁他的工具是一具古老的拇指铐,铐住他一对拇指,可是十指连心,他连动弹都动弹不得。有一些人从他身边走过,却都冷漠地离开,抛下他一个人,历经炎日、大风、冰雹,四面是起伏的广漠的麦田,还有古怪的野唱,这一切就像是铜墙铁壁,阻断了他与外界的互往沟通。他以非常残酷的自伤脱离拇指铐,落回到地面上,最后一段是这么起句的:"后来,他看到有一个小小的赭红色的孩子,从自己的身体里钻出来,就像小鸡从蛋壳里钻出来一样。"我把这情景当作象征,象征莫言世界里的成长方式,那就是像蝉蜕一样,自己从自己里面脱出来,脱出来,然后成熟,长大。中篇小说《野骡子》,将此情景演绎得更为具体和生动,也更具有现实生活的形态。

《野骡子》写的是一个父亲跟随名叫野骡子的女人出走了,抛下老婆儿子,从此,五岁的儿子"我"便在母亲粗鲁的抚育下生活。这个心情坏透了的母亲,化仇恨为力量,立下宏愿:盖五间大瓦房,购买解放牌大卡车。一对孤儿寡母,实现这远大理想的方法,一是节俭;二是苦作。做什么呢?拾破烂。在解放牌卡车到手之前,还只能靠一辆人家淘汰下来的手扶拖拉机。母亲学开拖拉机的形象很有意思,穿一件父亲丢弃的土黄色男式夹克衫,腰里扎一根红色的电线,由父亲的仇人老兰坐在她身后,把住她的双手,拖拉机就是从老兰处贱价买来的。这就有了一种愤怒的复仇的表情,也就是因为此,潦倒的生计显出轩昂。无论挨饿挨冻,吃苦吃力,都带着一股子轩昂,豁辣响亮的。牛羊骨头往车斗里哗啦啦地倾倒,浇上水又冻硬的纸壳子往车斗里抬,柴油机上的飞轮,脚手架的接头,窨井盖子,一件件飞向车斗——母亲得了一个名字,叫作"破烂女王",这名字也起得好,虽然是出于讥诮,却也有着一股子轩昂。"破烂女王"将一卷胶皮点燃,给柴油机加温,然后发动起拖拉机,登上高高的驾驶座,轰隆隆向院门外开去,几乎是雄壮。就在这一刻,出走的父亲回来了,想象中过着一种浪漫生活的父亲到了眼前,竟然十分颓丧,风骚的野骡子死了,他表情哀戚,形容苍老,衣衫肮脏,唯一的亮点是手里牵着的小女孩,有着野骡子那样色彩强烈的长相。父亲向母亲说了服软的话,期望能回到这个被他弃之如敝屣的家,一同过日子。母亲当然反应激剧,得理不饶人,"我"则是极尽讨好,百般挽留,效果却适得其反,母亲更加粗暴,父亲脾气也上来了,正当无计可施,"我"忽想起一招,转身进屋,搬出一件镇家之宝,一门迫击炮,是拾破烂生涯的辉煌战果,破烂王中王。"我"搬出炮盘到院子里,再搬出三脚支架,第三件是炮筒,快速组装起来,一眨眼,一门炮雄赳赳地立在眼前。父亲的眼睛亮了,果然驻住脚步,走到迫击炮跟前左右上下打量,眼光又渐渐黯淡下来,最后说道:"小通,你已经长大了,你比爹有出息,有了这门大炮,爹就更放心了⋯⋯"说罢,背起小女儿迈出了院门,这一回的走可说是落荒而逃了。

莫言的成长往往是一个激动的过程,母亲的愤怒,父亲的浪荡,创伤,疾病,谩骂,暴力,遗弃,可是孩子并没有因此萎缩;相反,很健壮。《麻风的儿子》里的儿子,也是《姑妈的宝刀》里麻风女人的儿子,张大力,非但不得这可怕的遗传,相反,皮肤光滑,力大无穷。《弃婴》里那个生在葵花地里的女婴,也是健康漂亮,食量极大,生长迅速⋯⋯莫言世界里的生命,仿佛金石迸裂,石破天惊,将个好端端的天地又推进蛮荒,这蛮荒不是那蛮荒,那蛮荒是文明之前,这蛮荒却是文明之后,所有的人工全又断成碎片,重新化成混沌。

所以,刘庆邦的世界是人力可为,一针针地走线,一粒粒地下种,庄稼一季季长和收,人一代代地送走又迎来。他有一个短篇,说的是村前的新河里不知什么时候来了一条大鱼，能把人拖下水，刚囵就吞下一只鸭子，于是，村里人商量形成决议："把它个丈人逮上来！"村里有一张大网，铺开来有一个打麦场的面积，六十年代发大水，淮河里的大鱼顺流涌进村里，村人们集钱集力结成的，往后，凡要出动下大网，每户必出一男丁，也是临河人的禁忌，女性不能捕鱼。"我"虽然是个孩子，但是家中顶门户的男丁，如前面所说，分红薯时，红薯上写的是"我"的名字，于是，随队而前往。布阵、守候、撒网、拉网，从东到西，箟头发似的箟一通，再从西到东箟一通，却没有任何大鱼的踪迹。刘庆邦写这张大网潜在水中的情形，有一种格外的宁和，太阳从水面上走过，光影色历历变化，网在水面下移动，忽隐忽现，那大鱼分明是在什么地方窥视着。其实是紧张的气氛，可路人们的调笑与村人们的回嘴使箭在弦上的时刻变得轻松诙谐。就在这闲适中，堂叔，也是捕鱼队伍的领头人，发出一声短促的口令：起网！人们应声抬起大网，大鱼现身了。几个回合，大鱼还是脱网回到水中，刘庆邦写它落水用了这样的说法："水花很小地直落在水里去了。"好比是给一个跳水运动员打的高分，"水花很小"。看起来，跳水的标准正是从鱼类活动得来。大鱼逃脱了，堂叔是什么样的态度？哈哈笑着骂，是那种亲切调侃的口吻："你逃不出老子的手心，看老子下次怎么收拾你。"当然，最后还是堂叔们得手，大鱼不得不服膺村人，但似乎是需维护大鱼的尊严，就像战场上敌对双方都应怀有敬意，这一次成功的捕捞行动表现得十分简略，当黄劫——大鱼的种名——搬上架子车，头尾都露出车板,作者写道:"这有点委屈黄劫了。"

莫言的世界是被不可知的力量所控制。他的短篇小说《大风》,故事很简单,写爷爷与孙子一同去黄草甸子割草。爷爷是个庄稼把式,扎的麦个子,可以从成堆的麦垛里一眼认出:"瞧啊,这又是'蹦蹦爷'的活儿!""蹦蹦爷"这个称呼很形象,像颗铜豌豆,弹一弹,跳老高!这一日,祖孙俩早早起身,沿着河堤往荒草甸子走去。祖孙俩都不说话,天地间似乎有一股肃穆,晨雾渐渐退去,东方发红,"太阳一下子弹出来"。莫言将这场面写得十分壮观,他的语言有一种绚烂,不是说他用了什么华丽的字和词;相反,都是大白话,是最直接的叙述,比如:"像拉了一下开关似的,万道红光突然射出来,照亮了天,照亮了地。"都是简单的动词和比喻:"拉一下开关","射出来","照亮",然后是:"河面上躺着一根金色的光柱,一个拉长了的太阳。"四下里还是寂静一片,爷爷却哼起歌来,这首曲子非常值得一提:

　　一匹马踏破了铁甲连环
　　一杆枪杀败了天下好汉
　　一碗酒消解了三代的冤情
　　一文钱难住了盖世的英雄
　　一声笑颠倒了满朝文武
　　一句话失去了半壁江山

这几乎是史诗,渔樵闲话里的历史,于是,这早起行路的旷野就散发出亘古的意境,地老天荒。走过七里路,到了草甸子,就割草、扎捆、装车、上归途,可是天色变了,大块乌云疾速漫过来。祖孙俩一个推车,一个拉系,上了大堤。爷爷的脸色变得严峻,依莫言的说法,就是"木木的",可是有一瞬,孙子却看见爷爷"眼泪汪汪",分明已经领了天地间的预兆。风起的那一刻,是一个无限的寂静,庄稼叶子、河水,都在动;野蒿子、野菊花全在喷吐芬芳,可就是没有声音。蚂蚱、野兔,都在跳跃,还是没有声音。然后,风来了。这是大自然无可抵御的力量,要制伏它根本没有可能,爷爷是识时务者,他能做的只是以静待动:"爷爷双手攥着车把,脊背绷得像一张弓。他的双腿像钉子一样钉在堤上,腿上的肌肉像树根一样条条棱棱地凸起来。"就这么保持不动,等待大风——天地间一次暴躁的任性发作结束,终于,一切平息下来。莫言写道:"夕阳不动声色地露出来",大自然既是蛮横无理,又有着极美的姿态,就是"动若脱兔,静若处子",真是不可知啊!车上的爷爷割了一日的草,全被风卷走了,只在车梁的榫缝里留了一棵,是从大风的罅隙里漏网的一株生命,大约可以视作物竞天择的生存概率吧!

刘庆邦的世界是人与自然讲和的,不是说自然怎么善待人,而是人因循着规律办事,所以,刘庆邦的世界是人道的世界,而莫言就有些神道了。在刘庆邦这里,人都是常情的人,按着常理出牌,但出到最后,也会有出奇制胜的一招,别开洞天,超拔起来。

比如他的小说《血劲》，写的是两个矿工，都是矿上的模范，就有一个姑娘，慕名来到，要求嫁给模范。第一个模范婉拒了，因为比较明智，不对这样头脑发热的婚嫁看好，另一个则接受了天上掉下的馅饼。不幸的是，事情果然不怎么样，那姑娘很快在现实面前清醒了头脑。允诺她的就业迟迟没有落实，矿工的劳作艰苦危险，收入却菲薄，矿区的生活且十分枯乏。渐渐地，对模范丈夫的感情冷淡下来，倒是和镇上卖狗肉的贩子往来热络，甚至公然姘居。一同下窑的工友们都惋惜做丈夫的不争气，给兄弟们丢脸，怂恿他辖制老婆。他起心杀了那卖狗肉的，可无奈生性是个怯懦的人，就是下不了手。其间，那第一个模范曾去警告女人和她的相好，碰壁而归，这事暂且按下不提，可是终于有一天，那一对狗男女正应了他的警告，双双被杀死在寻欢作乐的床上。事实相当明显，警方寻到踪迹，下井来逮捕嫌疑人了，那兄弟早有准备，也有担当，从容等着这一刻。可就在警察走向疑犯的时候，巷道里突地蹿出一个人，挡住去路，就是那窝囊的丈夫，他跳着脚嚷道：人是我杀的！所有的矿灯从四面八方唰地照向他，他就在光柱交错中喊着：人是我杀的！他到底为井下的弟兄们挽回了尊严。这就是刘庆邦的英雄人物，英雄性是分配于群体，由常人常性集合而成，也由常情常理演绎成可歌可泣。莫言就不同了，他笔下的人和事都是超乎凡俗的。

莫言的小说《姑妈的宝刀》，写的是铁匠与姑妈女儿们的故事。麦收前夕，村里来了铁匠，大柳树下支起铁匠炉，来的共有三个师傅：老韩、小韩和老三。老韩上了岁数，老三是个矮胖子，故事自然没他们的份儿,是发生在年轻健壮的小韩身上。铁匠的到来,给宁静的乡村带来了热闹,外乡人总有些奇怪,手艺也让人叹服,通红的炉火,炉火里的铁,淬火的一刹那,都像是魔术。还有,他们吃的饭食,有一股粗犷的丰饶,也让人着迷。姑妈的三个女儿,大兰、二兰、三兰都成了铁匠铺热情的看客,渐渐地,她们开始接受铁匠们慷慨的馈赠——窝窝头。大兰性格安分,还爱哭;三兰虽然最漂亮,可是个哑巴;二兰大胆泼辣,最要紧的是,嘴馋,所以,故事就是与她有关。二兰吃顺了嘴,公开说:"等长大了一定要嫁个铁匠,吃黄金塔,就大肥肉。"众目睽睽之下,二兰就敢伸手要,然后小韩将大窝头垫着葵花叶,送给了二兰。姑妈是不会任由形势兀自发展的,逢集的一日,姑妈穿戴整齐,在发髻上插一朵马兰花,多么妖冶又古怪啊!姑妈走在前头,三个女儿尾随后头,一径走到铁匠炉跟前,递上一条银灰色的铁,要打一把刀,什么刀?姑妈从腰里抽出一把刀,犹如一束丝帛,如同俗话说的"绕指柔"吧!老韩再不敢接刀,送还银灰铁,说一声"请您老高抬贵手",当天夜里,铁匠们卷铺盖走人,再没回来过。这就像武侠里的高手,大盗不动干戈。

但是,切莫以为刘庆邦的世界严谨缜密,就缺乏了风趣,其实不然,那里也有一股子俏皮劲。比如有一个瞎子,偏偏名字却叫"瞧"。人也是风流的,比如《嫂子与处子》,那二嫂专喜欢逗民儿,民儿还是童男子,到底抵不过有经验的媳妇的攻略。二嫂做闺女的时候不敢怎么的,做了媳妇就不同了,可以放肆,就是说,"她对每个男子都要研究研究",仿佛女性意识觉醒了。而且,像二嫂这样解放的女性不止她一个,还有一个会嫂,也喜欢民儿。这地方规矩是规矩,可好比关一扇门,就会开一扇窗,叔嫂间无论闹得怎样山重水复,都不兴着恼的,在严格的伦理中,自有一番热闹。莫言的乡间是火辣辣的世界,太阳特别地耀眼,老蒺藜的刺格外坚硬尖利,夜晚黑得迸火星,雷雨天遍地滚着球形闪电,黄麻、芦苇、大草甸子密得打墙,成熟的麦田亮得晃眼。那些歌谣激昂的有《大风》中爷爷唱的那首,世道人情呢,就是《姑妈的宝刀》里起首的一曲:

娘啊娘,娘
把我嫁给什么人都行
千万别把我嫁给铁匠
他的指甲缝里有灰
他的眼里泪汪汪

——为什么会泪汪汪?因为这碗饭总是离乡背井?炉火烤得发烫,火星子四溅伤了眼?还因为学手艺的难处,师傅责打,师兄弟倾轧,出头之日遥遥无期?这一首歌谣十分凄凉,唱的是铁匠,却怀有广漠的悲哀,是莫言那个辉煌世界的底色。所以,莫言的世界虽然如此离奇,但决不是臆造的,它是将人世折射成另外一个形式。再比如,外乡人进城谋生计,在他《师傅越来越幽默》中的情景是:"一个乡下人骑着像生铁疙瘩一样的载重自行车,拖着烤地瓜的汽油桶,热气腾腾地横穿马路,连豪华轿车也不得不给他让道。"——多么有豪气,一巴掌将城市从文明中打入草莽。

与刘庆邦的对比,其实是尝试与一个写实的书写相对比照,以严格正统的世界反射出另一个背离的世界。接下去,我再要进行一项比照,就是比照作家们各自笔下的孩子。

孩子是每个作家免不了要写的,在有些作家,只是作为写作对象的一部分;在另一些作家,孩子却意味着看世界的角度和方式。比如苏童的小说,有许多是通过一个孩子的讲述,这个担负讲述任务的小孩,其实是带着世人的眼睛,是世人中间最清澄,因此最公正的眼睛。就好像意大利电影《西西里岛的美丽传说》中的孩子,目睹着一镇子的人欺负那个姑娘,且以政治正确的名义,但等战争结束,姑娘携着前线负伤的丈夫又回到家乡,有一日她提着满兜的橙子走过,橙子洒落在地,孩子过去帮她捡拾,这一个行为,不仅意味他长大,敢于向心仪的女性示好,还令人想到,他是代表全镇居民,那个成人世界,向受侮辱受损害的命运忏悔。残酷的世事,在孩子的视觉中,加倍的尖锐,且又无从拒绝,他们只有等待长大成熟,有了力量,再进行抗议。可是,待到那时候,他们的阅历已经足够化解一切,他们汇入成人的群体,甚至也会成为粗暴的侵害的一分子。所以,苏童小说里的孩子成长得很缓慢,童年就像棉花地里的白昼,沉闷,迟滞,不安。余华小说里的孩子,常常是身份不明的,《许三观卖血记》里那个私生子;《活着》里福贵的儿子和孙子，身份是明白的，却又都夭折了；《呼喊与细语》中的"我"，更是漂泊，从一个家庭到另一个家庭，不断地建立亲子关系又不断地割裂这关系，他们小小年纪，却面临着存在的焦虑，他们与现实的关系比苏童笔下的更为紧张。在苏童，孩子们是看；在余华，就是亲历。《呼喊与细语》中，"我"与鲁鲁的邂逅有一股哀戚的温馨，鲁鲁对欺负他的大孩子说"我"是他的哥哥，这一个谎言，实质是让他们虚拟身份认同，但这认同又是脆弱的，因是并列的平行关系，还不足以证明来龙去脉，却生出一股相濡以沫、惺惺相惜，其中的悲怆，已经超过它作为哲学命题的意义性。它似乎回到小说史的古典时期，狄更斯的《大卫·科波菲尔》、《远大前程》、《老古玩店》，还有陀思妥耶夫斯基的《被侮辱与被损害的》。《老古玩店》与《被侮辱与被损害的》，开篇部分都是"我"，一个大人，天将黑未黑时，在街上遇到一个小女孩。这情景，有一股旷世的悲凉，那孩子，茕茕孑立天地之间，好像人类命运的缩影。刘恒的小说《伏羲伏羲》，那个杨天白，其实是侄儿杨天青与婶娘菊豆不伦的产物，叔叔刻意起名天白，是按了子侄的排序，于是从此就与生父做牢了同辈人的位置。老人去世时，刘恒写道："杨天白捧着老父白发苍苍万分固执的头颅，哇一声哭了起来。"这一声哭，意味着他正式认同伦理中的身份。这有些类似刘庆邦小说中经常出现的丧父的少年，母亲将他的名字写在红薯上，肯定了对家族的承继地位。但在刘庆邦，这一个秩序是和谐的；在刘恒，传统关系却遭遇着混乱和颠覆。杨天白的出生本就是不伦，但当有可能拨乱反正的时候，他却又一次主动地否定了正名的机会,这一回就是真正的不伦了,杨天白的名与实,就被合法化地分裂,瓦解了正当的秩序。这一个事实已不在事实本身,而延伸到更宽泛的意义上,具有了象征的性质。说到现在,我们大致可以看见,小说世界里的孩子,往往担纲着情节的功能,或是事实本身,或是象征,都是有用的,而莫言小说中的孩子,则是无用的。

阿城的随笔集《闲话闲说》里,第四十节,谈到莫言曾经告诉他一则亲身经历,说的是有一日天黑回家,走到村前芦苇荡,要涉水过去,刚一下水,水面上就蹿出无数"小红孩儿",叫道:"吵死了,吵死了。"莫言只得回到岸上,几次三番,凡一下水,小红孩儿就蹿出水面叫"吵死了",于是,只得等天亮了才进村。阿城说:"这是我自小以来听到的最好的一个鬼故事,因此高兴了很久,好像将童年的恐怖洗净,重为天真。"

我觉得,那芦苇荡里蛰伏着的小红孩就是莫言小说里的孩子,他们都有一种诡异的气息。《透明的红萝卜》里,黑孩赤脚光脊梁,瘦得几乎没有重量,疟疾病刚好,又被后娘长时期的责打吓傻了,显得很蔫。就好像遭过天谴了,于是获有了一种特殊的能力,他有着极敏锐的听觉,他听得见黄麻地里的虫鸣,河水里鱼的喋喋。他的视觉也很灵敏,能看见别人看不见的情景,铁砧子发出蓝和青的幽光,烧透的铁錾子白里透绿,老铁匠是紫红的——他被生产队派到河工上的铁匠铺里做小工,铁匠铺似乎是个声音和颜色都极其丰富的地方。莫言对铁匠铺情有独钟,还有麦地,大约是在那绚烂的外表之下，隐匿着残酷的伤害——我曾听莫言说过，麦收是一个残酷的季节，意思指那超负荷的劳动量，但这句话我们可以用来理解莫言的世界。黑孩在火星飞溅的铁匠铺里穿行，火苗与铁器都是危险的，随时可伤了他，他却有着非凡的忍耐力，任凭皮肉起烟，无知无觉。然而，就好像命门一样，红萝卜，并且是铁砧上的红萝卜，在他眼睛里金色透亮，一旦被夺走，他便软弱下来。《金发婴儿》的孩子是在最后才出现，一个军人的妻子，耐不住留守的寂寞，与村人有了私情，诞下一个婴儿，军人深觉着婴儿丑陋可憎，无法容忍，最后动手扼死。而那死去的婴儿，却焕然一新："他的额头苍白宽阔，双腮饱满，嘴唇微微张开，嘴角上还残留着一缕若隐若现的嘲弄人类的高贵表情。"你能说这是孩子吗？几乎就是妖魅。还有一个未出世的孩子，就是《白狗秋千架》里，"我"去看望幼年时的玩伴，"我"的秋千断了绳系，从空中坠落，掀翻了她，不巧一根槐针扎在眼里。半瞎的她长大后嫁了一个哑巴男人，生下三个哑巴孩子，"我"离开她家走上归途，不料半路被她拦下。她坐在高粱地里，对"我"说："我正在期上……我要个会说话的孩子……"这个会说话的孩子将是个什么？孽债吗？《拇指铐》里的孩子则是个梦魇。《枯河》里的小虎，很像是《封神榜》里的哪吒，犯了天条，为父亲脱罪而受剑，向他父亲说道：你的身子我还给你！小虎没有像哪吒在莲花座上重生，而是凝固在冻水里，想起来，就像一个巨大的琥珀，有几百几千年的光阴流淌……从理论上说，莫言小说里的孩子都在形而上，并非用来指涉什么，方才说了，没用的，就是于情节没有功用的存在，存在于情节故事之上。用坊间的话说，就是精灵古怪。

第三项对比，是在莫言小说世界的内部进行。我以为，莫言的世界，由两块地方组成，一块地方是极其聒噪，另一块地方，则是静默。《透明的红萝卜》里的黑孩，人们都以为是个小哑巴，他是不出声的，无论多么疼痛、不公平，他都不叫唤，欢喜时也不叫唤，大约因为无人能与他分享吧！而在这一块静默的周围，却是吵得人耳朵疼，都是会说话的人。小说中写到小石匠与黑孩一同去工地，特别写到小石匠的嘴："小石匠的嘴非常灵巧，两片红润的嘴唇，忽而噘起，忽而张开，从他唇间流出百灵鸟的婉转啼声，响，脆，直冲到云霄里去。"这让人想到阿城说的莫言的故事，芦苇荡里的小红孩，一有人惹了他们，便大叫：吵死了，吵死了！莫言的短篇小说《飞艇》，写一群孩子结伙去南山讨饭，寒冬腊月，又是起早，冻得不行，"我"就像合唱里的领唱，叫道："冷，冷，操你的亲娘！"众声唱和道："冷冷冷，操你的亲娘！"等太阳升起，温度也升高，冻疮开始作痒，"我"又领着喊："热，热，操你的亲爹！"接下来的事情非常离奇，一架飞机竟然在他们顶上爆炸，坠落，燃烧，起了大火，于是他们的喊叫就成了："飞艇，飞艇，操你的亲娘！"还有，《一匹倒挂在杏树上的狼》，村人逮住一匹狼，拴住一条后腿挂在树上，于是，整座村落都沸腾起来，先是大人孩子互相吆喝着去看狼，一片喧嚷；然后，逮狼的许宝开始讲述经过，众声止住，替换成许宝冗长的独白，虽然是独白，也是热闹的，声色动静，起伏跌宕；接着众声再起，因有个孩子就好比《皇帝的新衣》里的那个诚实的孩子，指出那不是狼，而是狗，一场激烈的争论展开了；小炉匠章古巴终于压倒众声，回溯这匹狼的历史，而他恰巧就是这段历史的见证，这段同样冗长而有声色的叙述终于确定了狼的身份，最后，大家一起瓜分了狼的皮毛骨肉。而自始至终，狼保持沉默，是万声喧哗中一个深刻而危险的静默。

　　莫言世界里的喧哗似乎是一个彻底的释放，将所有不可忍的一股脑儿叫喊出来，然而，好比此时无声胜有声，那叫喊响到极处，闹到至深，却是静默。前面说过的《大风》，大风来临，天地间一片静谧，四下里的动物植物都在无声中被撼动。莫言还常常写到哑巴，《透明的红萝卜》里的黑孩不论真哑假哑，总归是个不出声；《白狗秋千架》里是一窝哑巴；《姑妈的宝刀》里的姑妈的三个女儿中，最漂亮的三兰就是个哑巴，最后却是她，得了宝刀做陪嫁。哑巴似乎是个明喻，更多的是那一类沉默不语的人，《弃婴》里那个谁也不要的女婴；《金发婴儿》里被扼死的婴儿，他们都是没法说话的人。还有《三十年前的一次长跑比赛》，最后决出的那个最"不善"的张家驹，将一肚子的身世来历都关在口中。《枯河》也是以最终的沉默与世界作了抗议。关于这个喧嚣与静默的两相对立，我特别要提出佐证的是两篇小说，一是《冰雪美人》，一是《牛》。

　　《冰雪美人》说的是镇上一家私人诊所，有一日来了一个病人，是镇上的名人孟喜喜，是类似莫泊桑《羊脂球》那样的人物，还类似《西西里岛的美丽传说》里的美丽女性。孟喜喜与寡母一起开了一爿鱼头饭店，传说还经营着暧昧的生意。即便有着如此不堪的流言，孟喜喜依然非常骄傲，不屑于辩驳解释。她仪态大方，形容出众，来到这个肮脏的小诊所，将周遭环境映照得更加灰暗。她明显忍受着极大的病痛，需要得到诊治，不巧的是，医生迟迟不到，到了后又对她十分怠慢。刚要问诊，又被大哭大喊的孙七姑抢了先，这卖油条的女人一身油渍麻花号啕着进门来。尾随其后的是两个兄弟抬着他们的母亲，急叫着"痛死了"，于是，立刻施行盲肠切除手术。手术终于结束，还没在孟喜喜跟前坐定，又闯进一条莽汉，满脸是血，形状恐怖凄惨，哀求着救命，是烟花爆竹商试验连珠炮被炸了，然后再是间杂着叫喊和斥责的缝合手术。就在众口噪噪中，孟喜喜一直静默着，没有叹息呻吟，没有叫苦求告，渐渐虚弱衰竭，终于"她的脸变得像冰一样透明了"。

《牛》的故事不是像《冰雪美人》那样凄婉，它的结局要悲壮得多，依然是坚韧的忍耐，高贵的静默，但不是美人，而是牛。那一条名叫双脊的小公牛，健壮、活泼、性感，早早已经在母牛身上偷过嘴，照理发过情的公牛不该阉了，阉了会有生命危险，可谁让它惹怒了兽医老董，老董发下誓，不信就治不了它。当然，谁能抵得过发明了劳动工具的人类？最后，还是让老董得了手。可是，又有谁逃得过自然的规律？双脊严重地感染了。怎么办？科学开路，土法上马，先打针，再遛牛——决不能让双脊卧下。于是，"我"和饲养员杜大爷，这一老一小轮流牵了双脊四处遛。关于如何分工，两人始终处在争执当中。杜大爷用吃牛蛋子来作交换，可是杜大爷的诚信方面,是有过负面的记录的,他曾经答应将女儿许给"我"做媳妇,结果却给了小木匠,而且马上就要结婚了。就这样,一边争吵追逐,一边遛着双脊,可双脊却看不出好转的迹象,反而越来越糟。无奈,只能牵了牛去公社兽医站找老董。牵牛去公社的一路既有趣又凄惨。那老的与小的形象怪诞,却生气勃勃。杜大爷背着知识青年用的军用书包,"我"系在肩上的却是一个古旧的包袱,头上戴着野草编的遮阳帽,手里持扇子赶苍蝇。双脊溃烂的创口引来成群的苍蝇,它步步艰难,路途就变得无限漫长,不时地打尖、吃喝,双脊却不能卧倒。旅途中他们怎么消磨?激烈的斗嘴转为舒缓的倾诉,就好像疾板转为行板。杜大爷感叹他的人生,只因错了一步,没有跟八路,而是跟了国军,命运从此成了两股道上跑的车,一生都碌碌无为。"我"呢,一肚子的委屈不平,在杜大爷的遭际之下,变得微不足道,两个失意的人在此达成谅解同情,就在这聒噪的抒情段落里,一步一挨终于到了公社兽医站,可是,双脊死了。莫言写道:"它可以说是默默地离开了人世。它侧着躺在地上,牛的一生中,除了站着就是卧着,采取这样大咧咧的姿势,大概只有死时。"牛死了,可是切莫以为事情就可以结束了,这头死牛引起了争夺,论来历,应算作生产队,可归宿却在公社,结果还是权力决定,死去的双脊,作了公社食堂的一道肉菜。再想不到的是,公社驻地三百多人打过牙祭之后,全体食物中毒。冤死的双脊对人类发起了报复,这是静默中的危险。

当我将莫言与刘庆邦作对比的时候,曾经说刘庆邦是儒家,莫言是什么呢？莫言的家乡高密，春秋时当属齐国，据说齐国风气不忌讳怪力乱神，却是子不语，假如非要给莫言哲学的归纳，那么就给他定作道家吧！

讲于 2008 年 3 月 24 日
整理于 2011 年 4 月 20 日

经验性写作

我以为中国当代文学中最宝贵的特质是生活经验，这是不可多得，不可复制，也不可传授的写作。它源自于中国社会的激烈变革，每个人置身其中，共同经历着起伏跌宕，这就决定了新时期文学的写作者多是有着丰富的阅历，跟随度过共和国的各个阶段，以特殊的禀赋，在普遍性的命运中，建立起各人的经验，再从自身的个别的经验出发，映射旷世的人生。生活是小说最丰富的资源，就像自然养育庄稼，生活养育故事。同样，就像自然的生产需要人工的推动和改良，比如水稻，可说是最富文明积养的作物，但见《天工开物》"稻"部，从择地、肥土、修田、选种、育苗、"耕，耙，磨耙，耘耔"，层层工序，实是非常的精致细腻，才可将那野草籽进化为民生。《诗》《礼》《春秋》中则有记录，稻米是作祭天地的，于是又从器进为道。生活所原生的产出也是粗糙和杂芜的，需要文明进化，然后才可称作小说或其他艺术。中国新时期文学传统中的作家，就像是一片肥田，水土特别丰饶，无论良莠，一并蓬勃茂盛。在我们这里，一向没有写作课程的教育，这一方面可能在某种程度限制了写作者,不能让他们自觉地开掘资源,并且储能节用,就像那些当代的西方小说家,他们能够将一个小小的动机,推雪球一样推,推,推成一个大雪人。而我们的作家,则是那种笨拙的匠人,手艺不怎么样,可是舍得用料,因为富足啊,任他们怎么七劈八砍,总是铺排得开,总是够用。当然,免不了会堆砌,显得庞杂,然而,到底是质地厚。于是就有了另一方面,这些小说大多是饱满的,完全看不出斧凿的痕迹,也没有经过稀释,充盈着活力,自生自长出枝杈藤蔓,野蓬蓬的一个存在。也是当然,要碰上好运气,有些天命的意思,一旦天时地利人和,那真是有不期然的奇迹,不是凭借写作技巧可企及的。我计划举三部小说作例子,展现这种经验性写作的面貌,这三部小说分别出自于三个年代的作者:五十年代、六十年代、七十年代。

第一部小说,名为《无边无际的早晨》,作者李佩甫,出生于1953年。小说写于上世纪九十年代,发表在《北京文学》1990年第九期。

在我看来,小说通篇就是在写一个"恩"字。主人公的名字叫国,是个命硬的家伙。他母亲临盆时正值五更天,身边无人,四邻都在沉睡中,自己一个人将他娩下,然后失血过多去世了。作者将这个分娩的场面写得非常悲壮,贫瘠的农舍里,产妇硬挣着走到灶屋,将灶膛里的灰掏出在地上,又烧了一把豆秸火,于是就成了一张温暖且柔软的产床,国就落生在这豆秸灰与母亲的血上。七天之后,国的父亲,在平顶山煤窑挖煤,在井下死于事故。就这样,国一下地就成孤儿,同时,也成了整个大李庄的孩子。大李庄如何养育国?首当其冲是活命,也就是生计,队长老黑宣布一项决定:"妇女们听着,喂一次奶记三分!"三分工的价值有多少呢?作者作了一番换算。先是以劳动时间计,队里规定,割五斤草记一分,三分就是割十五斤草的价码。然后与货币值比,一个工分值人民币六厘六,三分合人民币一分九厘八,而火柴价为二分钱一盒。如此折合,便可见出,大李庄是以如何繁重的劳动力来喂养国。这般低产出的劳动,还要分食给国,实在是无限的慷慨。生计的问题解决了,接下来是身份。一个没爹没娘的孤儿,身份难免会模糊掉。当然,村庄里显然还有着宗族的传统。大李庄,顾名思义是李姓为大,国姓李,大号李治国,排辈在队长老黑之下,应当称老黑"三叔"。在母亲出殡时,由四婶把着小手象征性地摔了"牢盆",这多少已经认同了国在家族体系中的位置。但在漫长的生活里,不要说孤儿,即便是人丁单薄,都免不了遭受排挤。何况,在国生长的时代里,宗族的观念已逐渐为新的行政格局瓦解。但大李庄的秉性厚啊!大约出于某一种悯恤孤小的古训,非但不欺凌,反而格外地惠顾。这惠顾具体体现在两个人身上。一是队长老黑,小说中说:"国六岁时便被称作'二队长'。"这个称呼很有趣,似乎表示着方才说,行政体制取代了宗族关系。国是由队长老黑亲自带的,走到哪儿,跟到哪儿,派活儿时,他鹦鹉学舌地下令;庄稼成熟,农人难免会有夹带,队长是用国的小手去搜摸;摸出来夹带,便由国押着去游村。国本是狐假虎威,却得意忘形,与老黑,也是本家的三叔长幼尊卑不分,直呼"老三"。三叔忙的时候,就把国托付给梅姑。梅姑因是国的姑叔辈,还未出阁,是村里的人尖子,多少少年仰慕。国能够让梅姑牵着手走路,夜里钻在怀里睡,惹得人们又嫉又恨,又不得不巴结国。所以国不仅是"二队长",还是高贵的梅姑的"近臣"。国虽然只是个孩子,却也隐约觉出梅姑的心思,梅姑的心思全在县里驻队干部老马一身。这老马,在国的眼里又老又丑,还很窝囊,如何也配不上美丽的梅姑。而这一个困顿,将在以后的日子里,不期然地解开,那时候,他对自己的乡人会有更深的认识。此时此刻,总之有了三叔和梅姑两个人罩着,国在大李庄,非但不显卑微,反而地位特殊。这特殊又是仗了国的孤苦,谁让大李庄人性仁义呢!

活命了,又有了身份,接下来是什么呢?是教化。没有爹娘管教,村人又都纵容他,自然就少了约束。国是个机灵鬼,心眼儿多,不免就要出格。一个小人儿,不得诲淫诲盗,最易犯的就是小偷小摸。先是偷大食堂的馒头,再摸村人的鸡蛋、生产队场上的芝麻……不知不觉长了胆子,犯到镇上去,伸手向饭馆里的钱匣子,结果,被逮到乡里派出所,派出所让队里去领人。这一村的人,大约几辈子都没和派出所一类的官府衙门交道过,他们基本生活在一个乡约民俗的社会里,于是,全村人都着了慌。队长老黑去领人,颤巍巍地揣了一盒好烟,背了一袋红薯——这个场面令人触动,一个乡人对外面世界的茫然无措跃然眼前。人领来了,让所有乡亲意外,国竟然很轻松,显然他已经是闯码头的人了,比村人们更有见识。当天夜里,队长召集辈分长的族人商议,怎么责罚国。在这里,商议的人是"辈分长"的人,可以见出大李庄在新型的行政体制之外,依然保持有传统的自治方式。最初的决议是游乡,可梅姑却反对,她说:"小小的年纪,丢了脸面,叫他往后怎么做人呢?"那梅姑的意思是什么?打!梅姑说:"只当是自家的孩子,你给我打!"说到这里,我便想起苏俄作家高尔基人间三部曲中的第一部《童年》,写父亲去世后"我"随母亲到开染坊的外祖父母家寄居。外祖父是个性情十分暴躁的人,有一次,几个表兄弟淘气,将客户送染的布料糟蹋了,外祖父狠狠将他们打一顿,打得孩子们都起不来床。夜晚,外祖父去看"我",在孩子枕下掖了一个苹果,这个被生活和性格压榨得失了常情的老人,流露出难得的温存,他对外孙说:自己家人打不要紧,千万莫给外人打!其中有着多少辛酸的世故!现在,大李庄的族人们要打国了,这顿打不为了羞辱他,而是要他忘不了是非。所以,这场体罚举行得极为郑重,而且庄严。活命,身份,教化,三者施行完毕,大李庄基本完成了对国的养育职责,国十三岁那年考上县城中学,要离开生他养他的故土。送行的那一节是要让人落泪的,队里为他置办了被褥行李,就像陪嫁闺女一样,每家每户都凑了份子,作者写道:"……国站在秋天的阳光里,一一与乡亲们告别。眼前是四十八里乡路,身后是黄土一般的人脸……"这是一幅什么样的画面啊!四个字,衣食父母。队长老黑拉了车送国去学校,一路上肚里憋了一句话,几乎要将他憋死,一句什么话?"娃子,别动人家的东西,千万别动!"他想说又怕伤了国，鼓足劲说出口却是别的嘱咐。进城了，没说；到校门口，这回真要说了，再不说就没机会了，张口说的是他爹煤矿上的赔偿金；国走了，队长终于爆出一句："争气啊，国。"这"王顾左右而言他"的一声，两下里其实都懂了。

　　国与大李庄，还没断干系，之后有两次回村。两次回村，前一次是被动，后一次是主动，无论被动与主动，对国都带有救赎的意味，这救赎呢，精神上是守持了基本的道德原则，事实上则是成功脱离这道德原乡。这里有着一个悖反的关系，大李庄几百上千年的伦理守则，所帮助国进入的命运，也就是队长老黑那一声"争气"的期望，正是一条越来越远离大李庄的道路。这条"争气"的路引他走入另一个空间，一个主流社会，在那里，有着与大李庄完全不同的生活、人生、价值取向。但几乎是无疑的，那是国的正途，于一个乡村社会来说不可企及的远大前程。而国，一个农家子弟，要进入那个领域，除去自身的聪明才智而外，能胜于人的就是传统乡村里的道德资源。这里潜藏着深刻的社会历史成因，我曾在电视里听一位民工学校的校长说过这么一句话：我们的教育向来是鼓励学生厌憎农村、离开农村！李佩甫在这里，显然无意去剖析制度，进行价值判断，他只为一个情怀萦绕，就是"恩"。这便是小说与其他社会学科的不同，它是从客观性以外的立场出发，它与概念无关，这又是中国当代小说的最优。同时，对于文学批评，它也造成难度，你无法找到一个入口，可以揳进分析的武器。你只能复述，当复述完故事的全部，意义才能呈现，这意义且又是无法命名的。

因此，我能做的就是努力讲述得清楚完整。

话说回来，离开大李庄之后，国有过两次回乡。第一次是"文化大革命"开初，国领了红卫兵在县街上游斗老校长，被大李庄的送粮队撞上，队长老黑，按辈分就是三叔，从来没对国发过威，这时却按捺不下，当街给了一个大巴掌，硬押着国回了村。这一个横插杠子，不仅断送了国的革命，还扼杀了他的初恋，可想象出国与三叔结下什么样的深仇大怨。三叔一直惴惴的，为了挽回损失，他觍着脸，用香油红柿与公社书记大老王通款曲，到底为国谋了个通讯员的差事，这个差事，使一度中断的前程又续上了茬口，且是在另一个节骨眼上，其实却是一个大大的转折。就此，国可说从乡村的人情社会一步而迈入政治体制的结构里，很快他就明白，三叔当街给他的一巴掌有多么要紧，这出于最朴素也是最洞察事理的一举，竟保全了他的政治生命，使他以清白之身得门而入。而三叔和大李庄还没有完成任务，他们还要再救国一回。公社这一级机构，既是权力世界的缩影，也是世事人心的交结点，还是一个江湖，很快，国就陷入错综复杂的派系斗争之中。如他这么一个通讯员，可说是这个阶级社会中的最底层，来自任何一方的力量都可灭了他，万般为难走投无路之下，一个深夜，人不回脚自回地，国又回了大李庄。撞开三叔的门，一股脑儿都倒给了三叔。这一趟，三叔没有一个字的回答，三叔的乡村经验已帮不上他了——我想，国所遭遇的那些人和事，大大超出三叔的见闻，国也出息得大大超出预期，三叔能说什么呢？所以，"三叔抹搭着眼皮，就那么默默地坐着，像化了似的坐着"。可是,这是一个化身,大李庄的化身,大李庄所有可以给国的都已经倾囊而出,能给的都给了,就看国的造化了。这一趟回乡,国可说什么指点都没得到,又可说什么指点都得了。他什么都不去多想,只是咬定青山不松口,以不变应万变,结果,事实又一次证明大李庄的养育是明智的。国在人事斗争中站住脚跟,随大老王去了县里,磨炼几年后,当上大李庄所在乡的副乡长,再是乡长,然后又回到县委,任组织部副部长。

国可谓官运亨通,一路上行。在这期间,他想过回村里看乡亲,还积攒了些柴油票、化肥票,但又觉着礼薄,配不上养育的情义,于是拖延下来。曾经在镇上看见过四婶,紧走几步迎上去,临到跟前又躲开了。乡里开村干部会,明知道三叔要来,心里也等着,到时候却找个借口上县里去了。是近乡情更怯,还是养育之恩越欠越还不了,有一回,车都到了村口,国还是止住了,坐在车里,遥遥望着村庄。那一幕写得十分揪心,他与大李庄咫尺天涯。国正在风生水起的仕途中,内心却无限寂寞。他还在街上看见当年梅姑心仪的老马,在为一对夫妻拉架,结果却被夫妻俩合力羞辱。他忽然明白梅姑为什么喜欢老马,"老马是窝囊,可老马身上有一种说不出来的东西……"什么东西?天真,纯洁,向善,可惜他国却不具有。国继续认识着养育他的乡人,而他与乡人早就在两个世界上,越行越远。国结婚大喜的夜里,三叔去看他,也是令人难忘。三叔对着"争气"的国,看不出有多少安慰和喜悦,颤巍巍称了一声:"李部长。"国呢?十分伤感,回答道:"三叔你打我的脸呢!"一老一小怀着各自的痛楚,相对一阵子,然后分手,之间留下巨大的鸿沟,是无论怎样也不可能弥合的。可是,与大李庄的缘还没有尽,而且,是孽缘,他必和大李庄迎头撞上。他已经离开了,却还要回去压榨大李庄的恩情。前一次是县里派他去大李庄执行计划生育,后一次是六县一市的公路,需从大李庄的老坟地上过。国仰着与大李庄人情的谙熟,漂亮地完成了任务,因此得到提拔,去往另一个县任县长。这一回,是真正地、彻底地离开了。

国驻足于村口,隔了车窗默默望着麦田与村庄,这一类场景,在中国当代文学中,有着许多幕。张贤亮的《河的子孙》里,为了给出一个充任右派的份额,最后圈定在队里那一个无家无业的羊倌,怎么去顶右派的罪呢?宰羊。于是,老队长带了羊倌,月黑风高时走入羊群,身背后是黄土的山崖,面前是黄河的浊浪,羊群骚动着。还有古华的《芙蓉镇》里,一男一女两个罪人,在黎明前的镇市上扫街,整个镇都睡着未醒,天边的晓月挂着一角。再有宗璞的《三生石》,菩提去医院复查回家,一个人坐在公共汽车上止不住地哭泣,渐渐地,前后左右的人相继哭泣起来,为了各自的理由……等等,等等。此时此刻,概念还没来得及形成,现代小说技法也还没来得及干预情感的自然流淌,这些场景带有古典的意味,大约需要到十八世纪末十九世纪初的现实主义小说家笔下去寻找源头。那时候,生活就像一片未开垦的处女地,遍地泉眼,地力充沛,在以后的一百年二百年里,观念渐渐将它们犁成沟渠田畦,产出过度,耗干膏腴,小说愈见干枯。而中国特殊的命运使得这开发晚于世界一步，于是，厚积薄发，喷涌而出，泥沙俱下，精芜皆存。《无边无际的早晨》写作于新时期文学的成熟阶段，承接了传统，又还未及盛极而衰。

我举例的第二篇小说，《远方的现实》，作者王大进，出生于1965年，作品发表于2003年第六期《清明》，距离《无边无际的早晨》相隔有十三年的时间。两相比较，除去具体个人形成的差异，还是可以看出时代社会变化在写作上的影响。如国所遭际的激荡的感情已经平复下来，生活似也不再具有如此强烈的浪漫性，《远方的现实》里的人和事，如同小说的题目，是在更为实际的境遇里发生展开。

褚宝成是一名普通市民，在他这一阶层里，称得上幸福，他颇为谦逊地将这幸福归为运气好。运气好主要体现在两点，一是他供职的机械厂，在国企改革大潮中，走在了下坡路，不断地裁员，形势最急骤时，一年里裁了三回，而褚宝成每一次都化险为夷，留了下来。第二件运气好的事情是，他娶了个漂亮媳妇。媳妇名叫姚美芹，谁都不看好他们这一对，媒人多少有些乱点鸳鸯谱，可是，阴差阳错的，他们竟然好成了，这大概就是缘分了。就这样，褚宝成结了婚，有了一个女儿，成为计划生育体制下，典范式的三口结构家庭。虽然，托尔斯泰那句著名的格言脍炙人口："幸福的家庭家家相似，不幸的家庭各各不同"，但事实上，幸福的家庭也不尽相同。比如，贾平凹的《鸡窝洼的人家》——顺便说一句，小说也许并不像改编的电影《野山》那样，有着鲜明的价值评判，对两对男女各执贬抑褒奖——却只是描写两种不同的人生，原先是配错对了，一旦配对了，便事事顺遂，成和谐社会。写到保守的山山，他最大的乐趣就是看麦浪滚动："麦浪从地那边闪出一道埝坎儿，无声地，却是极快极快地向这边推来，立即又反闪回去，舒展得大方而优美。有时风的方向不定，地的中间就旋起涡儿……"多么壮观瑰丽啊！贾平凹还写山山的房子："东墙上挂着筛罗：筛糠的、筛麦的、筛面的、筛糁子的，粗细有别，大小不等。西墙上挂着各类绳索：皮的拽绳，麻的缰绳，草的套绳，一律盘成团儿。南墙靠着笨重用具：锄、镢、板、铲、犁、铧、耱、耙。北墙是一个架子，堆满了日常用品：镰刀、斧子、锯、锤、钳、钉、磨刀石、泥瓦抹。"这不是很幸福吗？有这样过日子的心劲以及对生活的理想。《远方的现实》中，一个市民对生活的观念或许缺乏一些抒情性，因城市生活总是格式化的，却也自有凡俗的乐趣。变化的时局里，妻子姚美芹的大集体所有制工厂生产萎缩，人员分流，姚美芹先是到厂办三产的洗衣店做服务员，后来洗衣店也倒闭了，索性就回家做主妇，收入虽减少些，但有人专事照料家务，也是有得有失。就好像农人有丰年和荒年，城里人也会有不测风云，都已成为常态，就没什么应付不过来的。当然，处境是复杂一些，内心的压力也更沉重一些，可见识与经历也使得城里人比乡下人更耐磨，有抗力。记得小说家蒋韵有一部小说，叫作《盆地》，其中有一名工人师傅说他的知识青年女徒弟，他说，你们这种人受得了罪受不了苦。我觉得这句话实在高妙，在此可用于乡里人和城里人的区别，乡里人受得了苦，城里人受得了罪。这受罪不只是身体实际上的付出，还更指心理上的承受。方才说了，姚美芹回到家中，生活照常进行，和许多下岗的女工一样，她去往公园露天舞场消磨时间。跳过一阵子，新鲜劲过去，也腻了。那样的舞场里会有什么样的舞客呢？上年纪的无聊男人，和"四〇五〇"的妇女，气象衰败没落，让人意气消沉。这时候，有一个朋友介绍她一份工作，听起来颇不错："公司办公室行政内勤"。作者没有特别交代姚美芹朋友的来路，但可以揣测是舞场的结识，她一个大集体单位的女工，从哪里得来"公司办公室行政内勤"一路的人际交道，而这一名称里隐约透露出拉虎皮做大旗的气息，特别符合舞场这样的地方，四通八达，却入不了正途。这一回的从业，姚美芹收获了一个隐秘的经验，那就是和一个"科长"发生一夜情。之前，姚美芹的美貌也帮助过她，依作者的话说："漂亮的女人总是比别人得到更多的好处"，比如生产线萎缩，她能够进三产洗衣店就业；在舞场上则得到更多的异性的殷勤；而到了"公司"，邂逅这名"科长"，对漂亮女人的好感变得具体和直接，那就是上床，然后以赠予的形式付给报偿。这一次出轨的经验并没有带给姚美芹太大的快感；相反，还很恶心。这恶心一方面来自道德压力，另一方面也因为"科长"这个具体的人，无论形象还是示爱的方式都与风流倜傥相距甚远，事情是发生了，却与浪漫韵事毫无关系，所以姚美芹不但将他的赠物扔了，还离开了"公司"。事到如今，褚宝成的幸福生活还未受到损害。这一个事件在目前还看不出影响，但是事实上却起到承前启后的关键作用，它意味着姚美芹迈过了一个坎，进入到某一种命运里去。

褚宝成的国企单位继续减产裁员，他们的车间已有十多天没活儿干了，而姚美芹的机会似乎更多了。她紧接着去了一家花店工作，花店关门后，又去一家房地产公司的酒吧上班，不到一星期，酒吧经理跳槽，好运气落到姚美芹头上，老板让她来管理酒吧。接下去的事态发展可想而知，姚美芹与老板有了一腿。姚美芹的世界变大了，机会处处，可又好像变窄了，每一个机会都与男性有关。世界向她敞开，同时又像是她向男性敞开了。原先她的美丽只不过供异性养养眼，如同一道风景，属社会共有的精神资源，如今却是物质化地被使用，当然，是被有权力的人使用。在一个利益社会里，每一件存在都是以交换的实用性为价值，姚美芹的美貌也纳入了这个体系。权力是有魔力的，至少老板，人称徐老总在气度上要比那"科长"轩昂，馈赠也要昂贵得多，足以支持一家三口的生计，只是依然不大像一段奇情里的男主角。我倒不以为作者有意要将姚美芹塑造成一个浪漫剧里的角色，然而在男性世界里的历练，虽然只是些微的成就，也会培养出一点野心，何况还可用于缓解道德的焦虑，姚美芹期望一次神形兼备的艳遇，是不过分的。酒吧里那位常客王律师，倒暗合她的心意，是值得出轨的，就是说，对得起她的道德成本，因姚美芹究竟是一个传统伦理观念中的女性。但是，王律师的世界是她遥不可及的，即便在粗鲁的暴发的徐老总的阶层里，她都不能稳操胜券。徐老总的胜券另在人手，就是年轻也更为貌美的"小蜜"。

现在，我们需要作一个新的社会各阶层之分析。在那个权力的社会里，王律师也许是在徐老总的上层，我以为作者安排给他的职业有一番用心，律师，意味着处于主流的身份，与国家机器有关。徐老总有财力，却还未登上政治舞台，地位就要次一等。褚宝成无疑是在底层了，在国企改制甚而破产的趋势之下，衣食都难自保，工人阶级的先进地位自然一落千丈。更有意味的是姚美芹她们这一个人群，当她脱离单位，来到社会上，她的身份属性似乎全消解了，只余下一种，就是性别。隐藏在性别属性之后的，其实是一个被消费的对象。在被消费的处境里，也是有阶层的，那就是根据与性别最有关的条件来划分，一是年龄，二是姿色。对于这点，姚美芹是清醒的。到底见过世面，姚美芹对社会的认识比褚宝成深刻多了，相比较，褚宝成简直是个孩子，是国有企业长期的优越性宠坏了他，还是男性中心的优越性宠坏了他，宠出一身臭脾气。姚美芹给自己的定位是："人家'小蜜'是他的正餐，而自己不过是他酒后的点心。"而褚宝成却没有这样识时务的觉悟，当他知道姚美芹红杏出墙时，就提出离婚。

离婚先是在不无造作的克制中，冷静地进行，谈判好诸种琐细，终于按捺不住情绪，爆发冲突。这一幕写得相当惨痛，夫妇俩从恶语相向到拳脚相向，然后一并大放悲声。彼此都是极可怜，又极可恨。褚宝成已经失业，没了姚美芹，都不知道如何养女儿；姚美芹在徐老总那里的遭际不尽如人意。他们动不了别人，只能自己窝里斗。在一段极其阴郁的日子之后，他们达成一次和解，其实是一个妥协。当然是姚美芹主动示好,总是强势的一方慷慨,此时此刻,姚美芹无疑是占先,褚宝成在弱势,什么都是被动。这和解的一幕也是痛楚的,还不如先前大打出手来得痛快淋漓,而是相当郁闷。姚美芹的温存一方面使褚宝成多日以来的委屈涌上心头,情何以堪;另一方面,他也意识到姚美芹胸有成竹,事情不会有任何改变,维持现状是最理性,也是最可忍受——不是已经忍受了这么些日子吗?伤心中,双方都默认了现实,接下来的对话就言不由衷了,谁都不会相信自己说出的话,但都得做出相信的样子,姚美芹说:"你听信别人的传言,非要把一个家搞得不像一个家。"褚宝成说的是:"你自己要注意一点,俗话说,苍蝇不叮无缝的蛋。"姚美芹显然居高临下,她大人不把小人怪地说:"就冲你前一阵子的表现,你不离我也要离婚。"这个女人真的成长起来了,她是在外面世界混过的,对付一个褚宝成几乎不用吹灰之力。我要说,作者深谙人情世故,将如此复杂为难的事态描写得细致入微,且不动声色,甚至比年长他一轮的李佩甫更加沉着老道。李佩甫与新时期文学发轫阶段更为接近,那个时代充斥着批判的激情,许多正面的价值都毋庸置疑;而王大进的时代要杂芜得多,也现实得多,认识与表达的任务就更加艰巨。大约也因为此,李佩甫更接近诗人的气质,《无边无际的早晨》中许多篇章都有一种颂诗的气息;王大进则更是小说家,小说是需要处理俗情的。两位作者十二岁年龄的差距本来算不上什么,一辈人都还不到,可中国当代就是处于激变中,五六年都可成新世代。于写作者来说,现实生活的材料极其丰盛，问题是如何严格地攫取。

再回到《远方的现实》，姚美芹和褚宝成达成默契，幸福是谈不上了，但生活继续往下过着。和徐老总的关系似乎呈现迹象，将完成一个周期，渐渐收尾。可正应了老话：树欲静而风不止，"小蜜"又一次打上门来，这一回闹得非同小可，惊天动地，姚美芹颜面扫地，向徐老总提出辞职，本来是负气和要挟，可没想到徐老总一口答应。现在，一对失业的男女窝在家里，暂不论生计如何，单是成日成夜面对面，多少不堪的回想都在眼前。更让人咽不下的是，就像作者说的："别人毫发无损，受害的只是他们自己。"这就是现实的处境，一些人和另一些人，好比鸡蛋与石头，鸡蛋粉身碎骨，石头完好如初。强弱是这般悬殊，甚至不需要徐老总出手，单是他的"小蜜"，也就是阶级内部的力量，就可击垮姚美芹以及褚宝成。可褚宝成还是不能认清形势，他去找徐老总，这个举动相当莽撞，而且盲目，似乎是要讨还公道，却又不知道公道在哪里，倒是徐老总提醒了他，"你说多少？"意思当然是指钱，褚宝成虽不以为这是钱的事，可除了钱又有什么别的？褚宝成实在是太落伍了，他不知道就在下岗的几年中，社会进步到哪里去了，道义性已经实现为司法制度，徐老总报了警，褚宝成因涉嫌敲诈被拘役。就在这时候，消匿已久的王律师忽然找来了，这是姚美芹向往许久的梦景。这一个男人，与姚美芹生活的阶层完全不同，受过高等教育，品貌端正，态度文雅，每回虽然只是浅尝辄止，但却有望进行精神交流，特别适合做一个真正的情人。临到最后一刻，姚美芹却止住了，小说在这里写得很伤心，姚美芹依然渴望着这个男人，但是想到褚宝成，"就不想让自己长久的内心愿望得逞"。她和褚宝成，到底是一种命运的人。事情到这里可以结束了，可作者留了一个小小的尾巴，那就是褚宝成还是和姚美芹离婚了，这是挽回体面的一个出路——褚宝成初起离婚念头时就说过："一条体面的路"，到底绕不过去了。离婚后，姚美芹打电话给王律师，为什么找王律师，心情也是暧昧的，可是作者不给姚美芹理清思路的时间，因为王律师正在出国的途中，去和老婆孩子团聚。那是一个姚美芹连做梦都不可企及的地方，那里的人生几乎是天上人间。就这样，别人都完好无损，他们则分崩离析。

　　在这里，壮烈的悲剧被零割了，割成琐碎的世俗故事。新时期文学中那些旷世的激情场景不再有了，取而代之的是尴尬人生。但有一点却没有变，那就是现实的严肃性。在这现代及后现代观念充斥的文学世界里，作者并不企图将严峻的生活缓释在理论中，而是保持着朴素的视听，然后诚实地表达。生活其实已经有足够的意味，无须套用观念。任何先进的观念，在生活跟前也是滞后的。生活本身那么富于情节，倘拿来作象征的符号实在太可惜了，反而会限制辐射的广度和深度，遮蔽了最生动的面目，困难是在发现。

　　第三部作品是乔叶的小说《紫蔷薇影楼》。乔叶是七十年代出生，小说发表于《人民文学》2004年第十一期。从年龄上说，是王大进之后年代的作者，小说发表的时间却只是在《远方的现实》的下一年，但从小说的故事来看，社会又发生了大变化。《远方的现实》里姚美芹所负担的道德成本，在《紫蔷薇影楼》中已经兑了现，更为年轻的乔叶也更为冷静，不再有王大进那样的伦理焦虑。我想，这差异不只在于年龄，大约还在于性别。乔叶写作的年代，新时期文学已经走过一系列思想解放阶段：伤痕、反思、寻根、先锋——文学与政治意识形态的关系松弛下来，脱缰掉头，从某种程度上，似乎与五四新文学接上了轨。作为女性写作者，因历史身份的遗存，处于边缘的位置，先天与社会主流保持距离，心理上就拥有更大的自由度，所体察的世态人情也有可能更加切入肤表，进入核心。而无论李佩甫、王大进、乔叶，他们于现实都有着极为感性的认识，当我讲述他们的小说时，更像是讲述一段人生经历，写作的技能被世事人情淹没。在这里，体现出更强烈的不是写作的逻辑，而是生活的逻辑。

《紫蔷薇影楼》写的是刘小丫做了五年小姐，决定金盆洗手，回到正常的人伦社会里来。刘小丫干上小姐这一行，是一个自然的过程，我以为过程中最重要的一节，是如何克服廉耻心。贞操的观念其实是抽象的，对于一个十几岁的女孩子，难以突破的是更为具体的障碍，与异性，而且是陌生的异性，肉体接触的难堪、羞怯、惧怕。可是这一切在深圳那个新型城市里全都顺利地迎刃而解。刘小丫先是一家玩具厂的女工，长时间的流水线作业，低廉的薪水，当然都是困难，但也都不是困难，出来不就是出力吃苦来的吗？最要命不可忍的是搜身，为防止夹带，每每下班都有保安在门口搜身，趁机就占女工便宜。这是第一次受辱的遭际，刘小丫没忍下来，而是愤然离开玩具厂,但事实上,事情却悄然拉开了序幕。离开玩具厂,刘小丫住进"十元店",就是那种大通铺的小旅店,认识了陈哥。陈哥替她找了个消遣,陪人观光,只是消遣,当然,领情的客人会给小费,就也算得上一份收入。陈哥介绍的客人都是男人,刘小丫需要学习和男人相处,先是能坐在一张桌上吃饭——我想起我插队地方的小姊妹,莫说和男人一同进饭店吃饭,单是自己在大街上吃东西都羞得不行,可这个世界上,遍地都是男人,就像《远方的现实》,姚美芹一旦踏上社会,迎头撞上的就是男人——刘小丫先是和男客人一起吃饭,坐车,闲扯,肩挨肩,手搭手,每到上床之前,刘小丫就刹住了。但是,这样的厮缠磨蚀着身体的敏感度,甚至取消性别的界限,再说,还有另一件东西在作着平衡,那就是钱。在这个世界上,钱是一件敏感度更高的东西,它刺激着人的神经,大大抵得过羞耻的反应。小丫认识到:"想当初在中山保安的骚扰她都受得了,为一月八百块钱!"于是,真的很自然地,在一个大价码之下,她付出了初夜,进入序幕后面的正剧舞台。"初夜"这个说法,在此并不以贞操的概念出现,而是代表着一个嬗变,小丫从此便入了行,成为一个职业的小姐。在这项交易面前,小丫显然要比姚美芹坦然得多,生意也是过了明路的,不像姚美芹,名实分离,十分地纠结,争取权益时也不能理直气壮。小丫则是亲兄弟明算账,在小姐的道路上可说一帆风顺。她在陈哥麾下做了两年,试过深浅,然后就另立门户单干,少一层盘剥,积累也就更迅速了。这一个量变到质变的过程,用乔叶的说法是相当物理性的,她写道:"白和黑放在一起,格格不入。但当把其间的色彩渐变过程一个细格一个细格地展开,就会发现这个世界其实没有什么让人吃惊的事情。"

好了,小丫做小姐其实是这个故事的前提,故事发生的时候,小丫已经是小姐了,接下去要说的是,做了小姐的小丫要做回正常社会中的一个女性。这正和姚美芹走了个反向,姚美芹的故事是怎样从正常人生走出来,需要解决道德正义的问题,刘小丫呢,要从"小姐"的生涯里退回来,她面临的问题是什么呢?也是道德,但无关乎正义,而在于个人的幸福。我认识一个女性,喜欢一切危险的事物,逃学、滥交,甚而至于吸毒,在种种错误中成长起来,最后她得出的结论是什么?人性没有约束是不快乐的,这就几乎涉及道德的起源了。因此,刘小丫需要处理的,看起来是和姚美芹同一个伦理命题,事实上却经过了二次否定,包含更多的哲学社会学的内容。小丫真是比姚美芹进步多了,论年龄是下一代人,但阅历、经验、思想、觉悟,都远远超越了姚美芹们,社会在飞跃性地发展。

接着,让我们检查一下刘小丫要做回正常女性的具体理由,以上都是务虚,现在回到务实,就是小说的实际状态。刘小丫要回到正常女性生活的理由源于对"小姐"这一行的认识,几乎从一开始她就知道:"这种生意做不得一辈子,她迟早是要回去的。"这里的"回去"是指回家乡东水县。很明显,这是青春饭,所以叫作"小姐",没有谁一辈子称作"小姐"的。其二,无论到哪个天下,这也不是体面的行业，不说别的，父母是绝对不能有一丝半点知情，会抬不起头，也因此，这一行必是在外乡做，越远越好。第三，"小姐"的安全系数很低，有患病的可能，还有遭到客人暴力的可能。洗手不干的理由很简单，可是说来容易做来难，已经下海了要重新上岸，这里有许多技术问题。但刘小丫还是有信心克服的，小说里也说了，刘小丫是个绝顶聪明的小姐，她早有打算，归根结底就是两条，一个是钱，一个是人。钱，小丫有。就好比"杜十娘"的故事，杜十娘有百宝箱，才有勇气从良，可惜遇人不淑，也是时代的诟病，旧式的女性必须依附男人才能立足，单靠自己，即便有百宝箱，也是不行。有意思的是，在刘小丫，虽然不需要依附男性立足，但她的回归计划里，很重要的一项是，找个丈夫，这就是"人"的意思。找个丈夫，结婚成家，生儿育女，过上人伦的生活，才是真正回归正常社会。所以，顺序也许不一样，但常伦中的女性地位似乎还是差不多，不同的是，刘小丫更有主动性。

刘小丫为将来丈夫定的标准是："有点儿穷，又不甘心穷。想干事，又没多少能耐干大事。挺厚道，又不是不知道心疼人。肯吃苦，又没有多少臭脾气——最重要的一条，喜欢她，对她死心塌地。"有了定位，刘小丫便出发寻找猎物了。以她在深圳的阅历，一旦瞄准了，还不是手到擒来！所以，刘小丫很顺利地，就按着规划蓝图建立起她的新生活。

我要特别强调一下"影楼"这个地方，它是有些接近梦幻空间，可说是一个小型的梦工厂。刘小丫初识张长河，去到他的影楼拍照，换了许多装束，扮作各等人物：小家碧玉，文静闺秀，浪漫女郎，邻家小妹……影楼是一个可以想象自己是另一个人的地方，虽然短暂，转瞬即逝，可不是很合乎当今流行的观念：不求天长地久，只要曾经拥有？于是，这影楼就有了一个不安的暗示，不定哪一天，就到了梦醒时分。乔叶选择影楼作为刘小丫的新生意真是太对了，故事在影楼里发生，本身就具有了某种含义。

话说到刘小丫按设计建立了生活，一切都在她的掌控中。她有钱，但不能让张长河知道，是存在父母的名下。交钱给母亲的一幕是辛酸的，作者没有说钱的数目，但可以想见是母亲这一辈子从没见过的多，她必须再三声明："妈，你放心，你放心，清白的，是清白的。"母亲只是落泪。就像去日本打工潮的时候，家长们互相炫耀孩子的收入，就有去过的人尖锐指出，一听这数目就知道操什么营生。刘小丫将钱瞒着张长河，大约多少有些杜十娘的心思，杜十娘瞒下百宝箱，是生怕看中她的钱，而不是看中她的人。不过刘小丫更是怕张长河起疑，怕张长河起疑还是怕伤着张长河，到底是当代女性，有担当。如果不出意外，刘小丫和张长河就能和许多男女一样，平静地度过一生。可是怕哪出来哪出，意外还是不期而至。那就是，她在深圳时服务过的一位客人，正是她的东水县同乡。这种概率是相当低的，可偏巧让她碰上了。她与客人相对第一眼便彼此认出了，接下来的麻烦不消说了，可想而知。互相都是对方的软肋，那客人是县里一名公务员，嫖娼的劣迹无论于仕途于家庭稳定都是可怕的威胁，刘小丫就更不能让深圳的过往有半点透露。如何互相辖制自然需要条件来安排情节，显示出作者对现实生活人情世故的理解，还有结构上的游刃有余，但这都不是最有意味处，最有意味处在哪里呢？是在刘小丫与客人周旋中再次接触，做小姐的某种微妙兴味竟回来了，但又不是完全地回来，而是挟裹着一些新鲜的刺激。在这家乡的小城里，到处都是熟悉的人和事，两个男女间的交易就有些私通的色彩，不免染上几分情义。都是从沉闷的日常生活中的逃脱，于客人来说，是几十年的，于刘小丫虽是刚开头，但也还将继续下去。当客人的妻子刮到风声，向刘小丫发难，刘小丫沉着机智地将对方制伏，反被动为主动，化险为夷。事过之后，刘小丫一个人走在回家的路上，并没有胜利者的心情，反是感到疲倦，此刻，路灯亮起，她忽然想起了深圳，她和姐妹们在一起的日子，不乏一种自由的单纯的快乐。这让我想起丁玲写于1929年的短篇小说，题目为《庆云里的一间小屋》，写的是上海长三堂子里的妓女阿英，积攒了钱可以赎身从良，却拿不定主意。使她犹豫的大约有三点，一是靠男人养，养得起吗？二是一个男人有什么意思，她是需要性的乐趣的；第三，她与姐妹们议论起男性来，不顶把他们放在眼里的——于是，无论是从生计、身体，还是精神的高低，阿英都觉得良家妇女不如娼门来得实惠。所以，我前面说，乔叶这一代的写作，因是在新时期文学拆除层层藩篱、开拓道路之下，得以避免政治意识形态影响，她们便越过关隘，而与五四启蒙文学衔接上，说是掉头不错，说是前进也无碍，总之，乔叶们的写作更直接地面向人生。

故事还没结束，最后，客人的妻子提议，做刘小丫儿子的干亲，两家就此成了亲戚。这一幕的场景乔叶安排在刘小丫住家的院子，而不是影楼，两家人坐在一处，"女人和女人说话，男人和男人说话。"刘小丫和客人的关系拉下闸门，刘小丫与过往的历史也拉下闸门，正式进入正常伦理的生活，那是经历多少年多少代都不变的生活，安全，合理，也合情，只是有一点儿闷。

这就是我要讲的三部小说，它们无法用现成的概念解释，也无法佐证现存的概念，它们用来说明的就是它们自己，而这已经足够了。

讲于 2004 年

整理于 2011 年 5 月 12 日

第四辑

中华文化与中国出版

我觉得，中国文化似乎有一个特征，是主体和客体往往会合而为一，按照今天的话来说，很像"行为艺术"。它体现在操守、品行、生活方式、礼仪活动上，当我们看见天坛、地坛，还有那些巨大的青铜器时，也许我们就不难想象，古代那些祭祀的仪式该是多么的宏伟壮观。孔子周游列国，在一个交通特别不发达、人对于距离相当敬畏的年代，一个人坐着马车上路，一个国家接一个国家地宣传他的理论，这不也正像行为艺术吗？

《史记·刺客列传》中有这样的一个故事。晋国的豫让原是智伯的人，在智伯死后他决意为主人报仇，第一次刺杀赵襄子未果，被赵放了，于是豫让将自己毁容弄哑，企图再次刺杀赵襄子。豫让的朋友问他说：你想要替智伯报仇，不必用这么痛苦的方法，你可以假装臣服于赵襄子，乘其不备杀了他。为什么要把自己弄得这么悲惨呢？豫让回答说："我不能够一面臣服，一面加害。"他的朋友又问他：你在追随智伯之前曾经是范氏、中行氏的人，他们也被智伯杀死，你却只是忠于智伯，为什么对待主人的态度会有这样的差异呢？豫让回答：范氏、中行氏是以奴仆待我，而智伯却是以国士待我，是有知遇之恩，我亦要以"国士"的品级回报。豫让的忠诚有着人性、尊严、情感的美学内容，他的复仇也像是一个艺术仪式，只是这种艺术行为会在时间的流逝中消失，不可能客观地保存下来。

许多民间的习俗也是艺术化的。在我插队落户的农村，人去世停尸几日之后入殓，钉棺盖的时候，跪在一旁的死者的晚辈便要喊"奶奶，躲钉！"或"爷爷，躲钉！"艺术就是这样存在于我们的日常生活中的。在农村的时候我目睹过一场葬礼，仿佛是千年以前周礼的余烬，让我们可以去揣测古时的仪式。村子中最壮的十六个男子，先是喝酒，然后将抬棺的杠子交错成一种极其复杂但在力学上却完全合理的结构，大喝一声"起杠"，抬起厚重无比的棺材出发了。在后面跟随的，第一批是家中的男眷，他们用三寸的棍子拄地，弓着腰，发出低沉的呜咽的声音；接下来一批是家中的女眷，她们身披重孝，和以高音的啼泣诉说。多年以来，这个场景在我的记忆中不断地翻新，让我联想起礼乐中的"乐"。在莫言的《红高粱》中我也见到了相似的葬礼。这种存在于中国人的日常生活中的艺术，同样依附于时间之上，随波逐流。

仿佛在中国的诗词中，对水有一种特别的情感。《论语》中有"子在川上曰：'逝者如斯夫'"；李白吟唱"逝川与流光，飘忽不相待"；李后主最喜用"水"这个意象，"人生长恨水长东"，或是"恰似一江春水向东流"。也许人们用"水"这个字眼的时候，正是在想象那些附在"水"上一去不返的东西，中国人似乎从来不在乎把一些东西留下来，在他们的眼中，一切都是载在时间上，总在流逝，一旦欣赏之后享受之后，就只能撒手放开，随它去了。我记得亚里士多德的一句话：艺术是把不存在的变为存在。中国人却是将有变成无，这大概是我们与他所不同的地方。

我对中国文化的不满之处，在于它材质的脆弱。青铜器是坚固的，但它的生产与使用都需要强大的权力，离开集权的背景，就很难存在了。中国艺术使用得较多的材料，如土、木、陶瓷，给人的感觉都是相当脆弱的。在绘画方面，我们所用的宣纸，相对于西方油画所使用的帆布，也显得不够结实。是否是材质的脆弱促使中国的艺术越来越走向精致化，或者反而言之，是因为中国艺术的精致化推动艺术家们倾向选择脆弱的材质，这是另一个需要探讨的问题。

但这些脆弱的或者附水而逝的艺术材质之中，却有一样是例外的，那就是中国的文字。我常常庆幸自己能够使用这样一种坚实而富有弹性的材料。

记得在马来西亚的马六甲，我见到了一幅让人意外的场景：那里的华人早已经不会说中国话，当然也不识中国字，但他们的廊柱、匾额和门楣上却铭画着汉字，比如"坚贞"、"金谷"，他们并不知道这些字的意思，仅仅把它们作为一种有意味的图案保存了下来。这个场面带给我一些非常有意境的联想：这些漂洋过海来到异乡的华人，在艰难旅途中最容易携带的，也许就是文字了。他们把它带过来,在岁月变迁中,渐渐忘记了它的读音,忘记了它的意义,单单留下了它的美丽的外形。我想,事物是需要外形的,如果外形结构不严,那么这件事物也许就容易散失,很难保存下来,而汉字恰恰有着坚固的外形,这坚固来源于结构的平衡、和谐与完整。

许多艺术家对中国文字有着特别的热爱。上一世纪七十年代末,曾在上海音乐学院听傅聪辅导钢琴系学生,他对一位弹奏德彪西作品的学生说:"你要去想象一个字——惆。"傅聪认为德彪西和李后主是最相像的两位艺术家,就是在一个"惆"字上。白先勇不久之前在谈《牡丹亭》的时候,也讲到了中国的文字,比如"情",什么是情?情不知从何起,一往而深。这个字在英语中找不到准确的对应,它不是爱,也不是恩。也许这就是汉字的独特之处,它是那么的主观,那么的模糊,仿佛是可以洇染开,因而也有着不断蔓延的可能。

一次我演讲之后,汪曾祺先生问我:"安忆,我刚才听见你用了'聒噪'两个字,这两个字是从哪儿来的?"我回忆良久,答道:"我是从《约翰·克里斯朵夫》中看见这个词的。"汪曾祺说:"对了,这本书是傅雷翻译的。'聒噪'是个很好的词。"汪老是一个对中国文字有感应的人。京剧《沙家浜》,我们都很推崇"垒起七星灶,铜壶煮三江。来的都是客,全凭嘴一张"这样机巧漂亮的唱词,汪老却不以为然,他问我们:"'老子的队伍才开张'中的'开张'两字怎样?"我细细品味,这两个字似乎是不起眼,但很说明问题，而且响亮，当我表示赞许时，汪老便很得意地告诉我，这句词是他写的。汪老还建议我应该到北方生活一段时间，因为他觉得上海的语言不够好，他是一个没有一丝地域偏见的人，他所谈的仅仅只是语言的品质。

中国文字在普通人的精神世界中，也是非常神圣的。古书中记载，仓颉造字之时，"鬼夜哭，天雨粟"，文字的产生是如此之隆重。有一次，我去乡下采访一个人，那个人恰巧不在，我便请求他的邻居，一位沉默的、清瘦的老人，帮我写一下他的名字。当那位老人接过纸和笔的时候，他的表情一下子变得凝重起来，他换了好几个姿势，开始的时候是蹲着在膝盖上写，觉得不平整，于是换成坐在板凳上写，还是不合适，最后，他是立着，屈起一条腿，将板凳放在膝盖上写下这几个字的。从一个普通农人对书写的虔诚中，我看出了在中国人的心目中文字的神圣感。

民间流传的谜语，如"摸摸平平，看看明明"，多么朴素地描绘了文字的物质性质和精神性质。还有一些非常智慧且漂亮的字谜，如：倚阑干东君去也，霎时间红日西沉，灯闪闪人儿不见，闷昏昏笑话无心。（打门字）

我母亲在我小时候曾经告诉我一个上联：冰（氷）凉酒一点、两点、三点。我怀疑母亲是有意不告诉，还是她也不知道下联，经过了很多年，她才告诉我一个非常工整的下联：丁香花百头、千头、万（萬）头。中国的文字就可以组织这样精致的游戏。红色经典《红旗谱》中曾有一个非常好的细节：春兰在受到革命启蒙教育之后,她将"革命"两个字绣在自己的衣襟上。

在中国的农村中,你也能体会到语言的风雅。中国的农民可能是目不识丁,但却是有教养的,他们所受的是三千年农业文明的教育,他们说起话来是如此有礼,以至会让人惊讶。比如在敬烟的时候,那些姑娘会答:"不吸,别累手了。"男孩子企图占女孩子便宜,是很明清风气地唤一声:"小乖乖!"一点没有粗鄙气。

直到写小说之后,我才认识到鲁迅文字的好,他是一个非常会用动词的作家,而动词是整个语言的骨架。而中国的文字要说缺陷的话,就是比较少动词。在小说《孔乙己》中,鲁迅写孔乙己被打断了腿之后,没有说他"爬",而是说"用这手走过来"。余华为此感到十分的敬佩:他怎么能够想到用这么一个词语呢?在《药》中,描绘杀头的场面鲁迅是说"'轰'的一声,都往后退",这个"退"字用得形象逼真。鲁迅的文字让人感觉很紧实,写到家乡的时候却会松弛下来,呈现出悠游的心情,这时他用的依然是动词,在《社戏》中他形容那个乏味枯燥的老旦,说"将手一抬,以为要起来,不料又慢慢放下,仍旧唱"。

五四新文学时期作家的文字刚从文言文走入白话文,所以保留有书面的儒雅与精确。比如曹禺的《雷雨》,周萍在向鲁妈描述他和四凤的关系时,用了这样的句子:两个年轻人在一起,结果难免是荒唐的。"荒唐"这个词用得很好,既表明了事件的性质,又反映了周萍歉疚的态度。

中国戏曲中也有好语言,在《长生殿》中,当唐明皇到了马嵬坡，手下的将士劝他赐死杨贵妃时，将士用了"割恩"这个词，不用"割爱"而用"割恩"，是身份不同。越剧《红楼梦》中的词写得极好，比如黛玉焚稿，"和诗书做了闺中伴，和笔墨结了骨肉情，这诗词，不求金堂玉马登高第，只求高山流水觅知音"，如此浅近地表达了寂寞凄凉的意境。

我觉得中国的文字是可俗、可雅、可屈、可伸、可简、可繁、可华、可朴、易于保存和携带，所以就很耐用，可流传很久很久。

我们这代人在学习时代所受到的古文教育是十分有限的，外文教育几乎为零，我们阅读得最多的是翻译作品，这些翻译作品因其白话文的形式而比较易懂，却又比通常的白话更加华丽一些。由此回想，那个时代的文学教育也并非是那么贫乏了，我们读了许多优秀的俄罗斯文学和欧美文学的译本。那些作品中的长长的句子对于年轻人是非常有吸引力的。鲁迅的好是成年以后才能体会的，他文字的筋道不够满足年轻人的浪漫与虚荣的心理要求，年轻人总是喜欢繁复和华丽，而翻译作品恰恰满足了我们这方面的爱好。直到现在，我还记得《约翰·克里斯朵夫》中两个小男孩模拟爱情的书信往来，那样充沛的夸张的感情是只能用那种以从句的格式无限制地加入装饰语的长句才能表达的。是译文将这样的句式带入了现代汉语之中，翻译文学对于中国现代汉语的丰富是功不可没的。陀思妥耶夫斯基的小说《被侮辱与被损害的》中，爷爷对小女孩说，你要向一切人乞讨，而不是向一个人乞讨。托尔斯泰的《安娜·卡列尼娜》里，当安娜自杀的噩耗传到渥伦斯基的家中时，渥伦斯基的母亲说，她有这么多的热情有什么用？这么多的热情对谁有好处呢？当我们接受这样的句子的时候，同时我们也就接受了人文主义的思想启蒙。

中国的古文太过简练了，对于年轻人奢侈的情感显得俭省了。比如《刺客列传》，聂政的故事也是非常悲壮的，他在刺杀侠累之后，毁去自己的容貌，然后自杀，因为怕连累自己的家人。而他的姐姐聂荣，在听到壮士的传闻之后，一猜便知是她的弟弟，她执意要去收尸。《史记》中是以这样一句话来描述的："妾其奈何畏殁身之诛，终灭贤弟之名。"这样的一种情感，也许都够一部西方小说去描述的，而在中国古文中却只有这寥寥一语，对于那些热情饱满的年轻人来说，真的是无法满足的。

我很感激在我们的城市有上海电影译制厂这样的机构，它们翻译了很多很好的片子，有些对话甚至比小说中更加精彩。比如《魂断蓝桥》中，女主角在火车站意外地遇见男主角，她望着男主角，恍如做梦，又觉得悲伤，当男主角问她是不是吃了很多苦的时候，她一字一字地回答："你不在，生活很难。"这几个字的凄楚，唯有我们了解内情的观众才可体味。电影《悲惨世界》，冉阿让即将去世的时候，对前来看望他的小夫妻，告之柯赛特的身世："你的母亲叫芳汀，她非常爱你，为了你，吃尽苦头。你是那样幸福，她是那样不幸。"浅俗明快，却感情真挚。

雨果在《巴黎圣母院》中有这样一句话，与我们上海书展的主题是非常契合的："印刷术要消灭建筑艺术"，石材的建筑固然牢固，可是一场革命，就可能摧毁它，而印刷术可将人类的记忆无穷尽地复制、传播，是更为坚固的存在。

我们非常幸运，我们拥有了这么好的语言，又身在印刷术发明的时代，但新的问题也来了，我们处在这个印刷如此之便捷、迅速的时代，我们的创造是否能够跟上呢？人类是否真的需要、可能消化无穷多的印刷品？是否该计算一下，我们每个人一天、一年以至一生的阅读量，然后切实考量一下我们真正的印刷品的需求量。我们这个时代一件颇为恐怖的事情是一切都在繁殖，在膨胀，在这个繁殖和膨胀的过程中，我们的创造是随之一同繁殖，还是会被稀释？

讲于 2005 年 8 月上海书展

整理于 2005 年 8 月

小说的当下处境

小说的当下处境里有很多问题，比如，消费是如何过度地消耗小说。二十多年前，我刚开始写小说的时候，记得有一次，我花了大概一周的时间写了一个短篇小说，但是我的同事花了半个小时就看完了。二十年前还没有今天这样消费的状况，但也可以用来描述我们今天小说的处境：如此大量、迅速、过度地消耗。我常常听到别人在说，王安忆，你好像很久没写小说了嘛。我算来算去，我一直在写小说，最多是几个月没发表而已，可是他已经觉得我很多时间没写小说了。这样来逼迫创作，其实对我们整个小说资源、思想资源消耗是很大的。但是我今天不打算谈这个。

在这么一个过度消耗的时代，产生那么多工具，有那么多的手段在进行描写和传播的时代，小说的材质，即语言文字、情节故事，也是受到很大的损伤。我记得也是几年前，有几个电视人，在中央台做一个谈话节目，就在说，用文字去表达，这真是又缓慢又不传神，我们用影像来表达，不是非常之好、非常之快速、非常之生动吗？这话当然是很对的，影像的表达会非常方便而且很有效率，我们应该承认这一点，它会把生活的表象表达得非常之直接，而小说的阅读是一个需要想象力的劳动，它给你空间很大，你是需要想象力去完成你最后的接受。问题在于，小说除了传达以外，本身的材质是不是还作为我们审美的对象，比如语言？倘若从小说的材质上进行否定，我们写小说的人就没有安身立命之本了。这样，小说材质的表象就被剥夺了。接下去，还有一个很大的问题，好像我们这个时代，各行各业都是在加速地生产，包括思想家生产概念。它产生那么多的概念。比之小说缓慢地讲一个故事，概念显得又集中，又明确。何苦要那么老半天，说一个故事，说一个人物，然后去表达一个思想呢？那么多概念又将小说的思想方式侵蚀掉了。我觉得我们小说就处在这样一种状态，两头不着，它的表象已经被电视电影取代了，它的思想，那么多概念产生，也被取代了。那么中间一段？小说就是做这中间一段的，价值何在？我今天也不谈这个，因为它需要太多的材料来说明。我是一个比较缺乏材料的人，我也缺乏概念。我只能谈些实际的事情，所以我在想，我还是要从小说的内部出发。

我今天要说的是我几年来一直在想的，却是我第一次在公众场合说出来。我可能说得不太清楚。但不管怎么，是个开头，说不定接下去我会慢慢整理得完整一点。

我们暂且不谈小说和现实的关系。我是不太善于谈小说和现实的关系的，而且我也很忌讳，这是非常危险的。小说和现实太相像了，它太容易被拖到现实的窠臼里，模糊它自己的存在、自己的材质。我现在很强调材质的问题，这是写小说的人安身立命的地方，如果你否定这个地方，我就不晓得要我们干什么了。所以，我只是从小说结构的本身来谈一个问题。我就想提出一个概念。小说中的"生计"问题，就是人何以为衣食？讲到底，我靠什么生活？听起来是个挺没意思的事情，艺术是谈精神价值的，生计算什么？但事实上，生计的问题，就决定了小说的精神的内容。我也学了一点方法，想从史的角度，或者说找几类作品，来说明我的观点。

我们从生计在小说里最早的状态，它原始的状态谈起，就是为生存而生存，为生计而生计。我找了一些作品，最能够说明的，是1920年诺贝尔文学奖获得者、挪威作家汉姆生的《拓荒记》。这部小说，我非常喜欢，它描写的那种状况：社会还没有分工的时候，人是非常和谐的，我去种麦子，我知道是为了衣食，看着麦子扬花一点点成熟，我又看见了自然的创造力的壮美，最后，粮食进仓。于是，口粮有了，艺术有了，人为什么活的哲学也有了。

汉姆生的《拓荒记》就描绘了这样一个状态。开篇第一句话就是"越过沼地直通森林的那条漫长道路是谁先走出来的"，这就给我一种初民的印象。过来一个人，这个人的形象，写得也很有意思，他说，他很粗鲁，一个粗糙的人，或者是一个逃犯，或者就是一个哲学家，他走来走去，终于在这里找到一片地，这片地适合他生存。接着，他扒下白桦树的皮，摊平，捆起来，走十几里的路，到有人烟的地方，就是村庄里面换钱，买了点儿吃的，买了炉子，买了最最基本的生活用品，然后再去剥树皮，再换东西。慢慢地他挖出耕地，种了庄稼，盖了小棚屋。这时候有人从这儿经过，他就跟过路人说，你们能不能帮我找个妇女？他也没谈他性欲的要求，只是说，这里有些活儿是要妇女做的。结果过了一段日子，果然有一个女人来了。来了以后，她先是走来走去，看看是不是适宜人的劳动和生存，看完以后她才到这个男人那儿，说，我可以在这儿生活的。这个女人有点社会关系了，她有一个叔叔，是地方上的小官，给了她一些财物，她做闺女的时候也给自己攒了些东西，然后她就一趟趟把自己的东西拉过来了，有桌子，有纺车，有布，有衣服，有些食品。这个男子汉就有点不高兴，他说了一句很有意思的话："你用不着拿这么多东西来，这已经超过我们的需要了。"但是，无论如何，这个女的还是激发了他劳动的热情，他们两个像比赛一样的，每天都是比赛谁干活儿干得多，比赛谁收获收得多，最后他们就把家庭建立了起来。

在这个小说里，你可以看到，生计是作为正面的表达，而且这个生计是一个最最简单的状态，我们要吃饭，我们要生存。著名的《鲁宾逊漂流记》也很有意思，它已经到了文明社会，可是它硬把一个人放在一个孤立的岛上，让他重头来起。如此，生计就可以作为艺术、小说的正面表达，然后在这生计里，则有精神的价值产生。

《中国作家》上曾经刊登一个中篇小说，题目叫《夭折》。我是不大相信天命的，可是我觉得很神奇。这个作者只有三十岁，他写了这个小说，没等到小说发表，他便车祸去世了。这个小说是写什么呢？写一个农村的青年，家里给他说了一门亲事，娶一个媳妇，让他们分门独户过日子。于是两个人慢慢地盖房子，养牲畜，种地，然后很艰难地生了一个孩子。他描写生孩子的过程，很惊骇的，说：哎哟妈呀，可不是闹着玩的，以后再不生了！所以也很有趣。可是孩子还没长大，就死了。再生一个，又死了。但是他还是非常坚决地生。就这么一个故事，这个故事我看了非常感动，他也就是把生计的问题正面表达，我们现在很少看到一个生计的正面表达。它们是最原始的生计的故事。

第二类，从历史时间上讲，社会已经进入到第一次分工，分成奴隶和贵族。生计的问题比较简要了，奴隶是专门解决生计的问题，贵族就可以专攻精神劳动。他们专攻精神劳动，是有特许的，因为他们不需要生产物质，他们天生就具备一切的东西，衣食、地位、权力，他们这些人生来就不是为这些而奋斗的，所以他们精神的劳动、价值取向、思想的内容，可以和物质毫无关系。他们可以什么都不想，如果要想，便是虚无的东西，也就是闲愁。比如说，人是什么？生是什么？死又是什么？生活是什么？

《红楼梦》有一段谈到家里面的事情，贾宝玉和林黛玉讲，随便他们去，怎么样都有你我吃的。他们不考虑生计。他们又会诗又会画，可是拾到一张当票，谁都看不懂。他们只考虑自己的思想问题，林黛玉就专攻一件事情，如何找到天下的知心，可找到知心的困难是如此之大，不由对人生生出怀疑。《红楼梦》一本书就在写人生到底是什么，非常怅然的一个问题。一开始，一僧一道跑到青埂峰下，谈到红尘，石头就要求去经历一番，僧人和道人劝阻：那里面是有些乐事，可是不能长久的，到头就是一场空。石头非要去，只好让他去了。我个人以为，晴雯死了以后，宝玉写的《芙蓉诔》，基本上可以说是《红楼梦》对"生是什么"的一个总结，是贾宝玉对人生的一个总结。他歌颂晴雯，如此之美好，"其质则金玉不足喻其贵，其性则冰雪不足喻其洁，其神则星日不足喻其精，其貌则花月不足喻其色"，"而玉得以衾枕栉沐之间，栖息宴游之夕，亲昵狎亵，相与共处"，人跟人能够那么亲密，可是，"仅五年八月有畸"，那么短促，那么有限。这个《芙蓉诔》，后来黛玉也和他商量修改，将"红绡帐里"改成"茜纱窗下"，将"公子多情"、"女儿薄命"改成"我本无缘"、"卿何薄命"，于是就把人的身份改掉了，已经不是丫头，而是小姐了。就这么，结局是个空，但在空之前是非常满的。等到石头历练完毕，回到大荒山无稽崖青埂峰下之后呢，他已经平静下来了，能够"笑答"空空道人的一些话，似乎已经解决了，事实上并没有解决，因为他正面表现的全部是精神的痛苦。

还举一个例子，就是《战争与和平》。一个人吃饱了撑的，他可以做任何事情，一开始，彼尔就是这样。他的出身是很奇异的，他是一个很有钱的伯爵的私生子，这个伯爵的私生子是全世界开花，到处都有，但彼尔独受宠爱。所以，他在法国受的教育，在二十岁上下，回到俄国，进了社交场。他是一个懵懵懂懂的人，对他来讲，生计完全不成问题，他有那么多的钱，受到那么好的教育，看到那么多的美色,吃了那么好的食品,是完全没有世事责任的一个人。所以他一开始是很荒唐的,他和几个纨绔一起,酗酒,胡闹,弄了一个小狗熊送到女明星家里,半路上警察局长来阻拦的时候,他们竟然把这个局长跟狗熊背靠背地绑在一起,丢到河里面去。我的意思是,一个人衣食问题天然解决,也不一定非要去追求精神价值,他也可能会掉下去,他的闲愁也会是低级的。但是,我们小说总是想表达好的东西,表达有意义的东西。这个时候彼尔生活当中碰到一个转机,伯爵把他所有的财产都传给他了,他变成一个无比富有的人,然后就有很多女孩子向他求欢。他选择其中他认为最美的一个人,其实是勾引他最有力度的一个人——海伦。但是海伦立刻把他拖到一个非常污浊的泥坑里。她和别人私通,然后他就去和所谓的情敌决斗,居然他赢了,把那个人打死了。当一个人什么都有的时候,他可能更有机会掉到泥坑里去,他遭人背叛,又去枪杀别人,对别人犯罪,彼尔虽然懵懂,但他是个有洁癖的人,在这种很不洁净的情事里面,他开始受到精神拷问了。或者说,彼尔一直要给自己的闲暇找出路,他往下走,走不通了,就只能逼迫他往上走。他把财产留给海伦,自己出走,然后碰到一个长老,入了共济会,当拿破仑的军队进来以后,莫斯科已经变成一个空城,他就一个人在那儿游荡,决定去刺杀拿破仑……他就是在寻找生活到底是什么的答案。

很有趣的是,在托尔斯泰的小说里面,当人物没有精神出路的时候,他会为他们设计到劳动、到生计里面去找出路。《战争与和平》有一个细节很有意思，安德烈的父亲保尔康斯基公爵，他的兴趣是什么？是做车床。我个人觉得这很有意味，他好像是预先想到工业时代要来到了，他可能在想，在工业时代，人的劳动、人的生计和自然界脱钩了，还能不能解决人的哲学问题？可是，因为贵族去和农民一起劳动，是带有模拟性的，不是真正有生计问题的逼迫，他们在这条路上是走不通的，他们还是苦恼，还是要走到自己的沉思默想当中，最终在沉思默想当中解决，人到底要干什么，人活着到底为什么。但从托尔斯泰的人物寻找出路的方式，是不是也从某种角度佐证了我对原始生活状态的看法，就是生计和精神价值的和谐一体？

在贵族生活的小说里面，我们看到了生计的另外一种状况，衣食生计天然解决的一类人，他们可以专享精神生活，完全脱离饮食男女，专心地去考虑精神的价值问题。而在做这种考虑的时候，我们的精神很容易走入虚无，因为它没有实际的东西。但是我个人觉得，这一类的作品，精神价值是比较清洁的，也是比较高的，是灵魂得到救赎的一个机会。

来到第三个阶段，情况又变得复杂起来，资产阶级革命来到了。资产阶级革命成功，推翻了贵族阶级，解放了农奴。"何为衣食"就变成另外一种形式，人人要为自己挣衣食了。但是它的挣衣食，又不像汉姆生的《拓荒记》是朴素的，我只要把一张嘴糊住就行了，这时候的衣食已经多少带有奢侈品的意味了，就是《拓荒记》里说的，"超过我们的需要了"。人不只是有了生存需要，还有了欲望。这时候,"超过我们的需要",有了奢侈品,人就又有了闲愁,但这个闲愁跟贵族的闲愁是不一样的,贵族的闲愁是虚无的,它跟物质一点关系也没有,而这儿就是跟物质有关系了。

特别可以说明的就是《包法利夫人》。爱玛怎么会欠这么多债?很简单,她老是被一个商人鼓动,订购巴黎最新的时装、帽子、鞋、手套。结果就透支,向高利贷者借了很多的钱,最后他们家里就挤满了债主。她不敢回家,四处去找人借钱。因为她很漂亮,喜欢她的人很多嘛。但碰到她借钱,喜欢她的人却开始缄口了。有一个细节是比较能够说明问题的。她去问他们这小地方的公证人借钱,正好赶上那个人在吃早饭,爱玛打量着他的餐厅:

> 大瓷炉在嗞嗞冒响,上方是一株仙人掌,满满当当的撑足壁龛,橡木纹理的壁纸上,黑色木框间安着施托本的《艾斯梅拉达》和肖邦的《波提泛》。放好早餐的餐桌,两口银暖锅,水晶的门球,镶木地板和家具摆设,都显出精心照料的英国式的整洁,一尘不染的都闪闪发亮,窗玻璃也装饰得很考究,四角都镶有彩色玻璃。

这时候爱玛就走神了,原话怎么说:"这才叫餐厅,我想要的不就是这么一间餐厅吗?"这一段话,我觉得写得特别有意味,它把爱玛对爱情的所有追求都打上了物质的标记。我年轻的时候不太喜欢福楼拜的作品,我觉得福楼拜的东西太物质了,我当然会喜欢屠格涅夫的作品，喜欢《红楼梦》，不食人间烟火，完全务虚。但是现在年长以后吧，我觉得，福楼拜真像机械钟表的仪器一样，嵌丝合缝，它的转动那么有效率。有时候我们小说真的很像钟表，好的境界就像科学，它嵌得那么好，很美观，你一眼看过去，它那么周密，如此平衡，而这种平衡会产生力度，会有效率。爱玛的梦是从什么开始呢？当然她年轻的时候在教会学校里看了很多爱情小说，可事实上她嫁为人妻以后也开始平静下来。是她的丈夫带她去参加一个侯爵的舞会。侯爵这个人非常奇怪，他在复辟时代当过国务秘书，后来败落了，现在又想重登政治舞台，在竞选众议员。对于他的房子，福楼拜有一句话也很有意味的，"城堡是意大利风格的新建筑"。一个贵族开始参加资产阶级的阵营。然后在侯爵家里，爱玛大开眼界，建筑、服饰、美食、音乐，男人和女人偷情。一个晚上就这么飞快地过去，但是留给了她一个纪念品，一个绿绸缎面的雪茄烟盒。我觉得这是一个水晶鞋，灰姑娘辛德瑞拉故事里的水晶鞋。但是，有一个错，错在什么地方？浪漫的故事里面，水晶鞋是王子拿到的，王子去找灰姑娘，这里却是来自王子，留在灰姑娘手里了。从此以后她的梦就打开匣子，无穷无尽做下去。于是，她的爱情，她的romantic，就都是和物质联系在一起了。

还有哈代的《挤奶女的罗曼史》，我觉得欧洲的很多小说，它们都是有源的，有个基本的格式。这个小姑娘叫玛杰丽，她有一天无意地闯入一个男爵的庄园领地里面，男爵坐在那儿，正被一件事情困扰着，而且正准备要自杀，枪都已经拿起来对准了自己的脑袋。

由于这个女孩无意当中闯入,就把他的自杀计划打扰了。拖延了一会儿以后呢,送信的人来了,给他送来一封信,这封信,似乎是关系到他的某项投资,总之一下子使他转危为安,把自杀念头给取消了。他就非常感激这个玛杰丽,他说,我一定要送你一样东西。玛杰丽的父亲是牛奶场的场主,她说,我爸爸很有钱,我什么都有。可那个人坚持要送她一件礼物,那么女孩说,我要想一想。最后,她提出要求了,她要什么呢?她打听到在这个城里,有一个贵族家里要举行一个晚会,她说,我要去这个晚会。和包法利夫人一样,她们都去了一个晚会,并且这个晚会给她们留下不可磨灭的印象,改变了她们的人生。

我还是想要举一个中国当代作家的例子,这个作家离我们比较近一点,他已经去世了,前一段时间我们都在纪念他,叫李肇正,他的小说名叫《城市生活》。我非常喜欢这个小说,我认为他的所有小说里面,这篇是跳出一大格。他写一对在安徽插队落户的夫妻,后来按照某种政策,因为上海要吸纳教育人员,他们就调回上海。回上海以后,生活过得很窘迫,住在男方母亲的家里,挤在一个小小的房间里面,为了让他们,妹妹又去挤她的婆家。但一切都还相安无事。这对夫妻在同一个学校工作,照顾他们双职工,就分给他们一套一室户的房子。故事就围绕着这个房子的装修展开了。妻子一开始非常高兴,可是他们学校里另外有一个年轻老师,年轻老师的丈夫是做生意的,她买了一套商品房,也在装修。跟随着年轻同事,她装修的标准不断提高,由于力所难及,她变得非常痛苦。这对夫妻俩最后的结局就是分手,丈夫已经感到恐惧,妻子时时刻刻就在想着如何提高她的标准。而这个城市所有的声音都在告诉你,这标准有多么高,高了还要高,你根本无法控制。妻子几乎没了理性,不惜盘剥父母、公婆、弟妹、学生,甚至丈夫,致使他们失去尊严,在精神上堕入赤贫。

我们在这些作品里又一次看到生计问题正面存在,它以另外一种解决的形态存在。首先他们都已经不存在生存问题了,他们都可以用力所能行的劳动去获得衣食,不像《拓荒记》里面需要去苦作。但是从另外一个方面来讲,他们必须自己工作,不能像贵族,可以完全不工作,他们得自己解决衣食。于是在解决衣食之外,无论能力还是需要,都有优裕,可做一些精神的功课。所以此时不是贵族在考虑精神价值,而是饮食男女在考虑精神价值。精神生活不再是务虚,而是务实。这就是资产阶级的时代,贵族在这个时候也基本上死得差不多。比如简·奥斯汀的小说里,你们就可以看见,维多利亚时代一群嫁不出去的老姑娘,因为没有陪嫁。简·奥斯汀的作品几乎就是在讲一件事,女人没有陪嫁怎么嫁出去?《约翰·克里斯多夫》,我们也看到,里面的贵族,安多纳德这一家,他们是从内地连根拔起,到了巴黎。到巴黎以后只能去给人家做家庭教师,最后也是死。贵族这时候已经没有什么生息了,而换成另外一批角色,就是饮食男女在考虑精神的价值。

现在就到了第四个阶段,这是一个非常复杂的阶段,现代。这其实是我今天所要表达的一个终点站或者说目的地。到了现代这个阶段,物质、生计变得唾手可得、比较简单(我是指全球性的),但是需要每个人都劳动。如果你的物欲不是那么强,也可以做到像托尔斯泰笔下的人物,像《红楼梦》这样,比较专心地考虑精神的问题。可是,我觉得事情总是有连续性的,从饮食男女中走过来的人,总是不可能那么没有烟火气的。现代人也都在考虑生是什么、死是什么、爱情是什么,可是考虑的东西会越来越物质化,范围会越来越小,譬如纳博科夫的《洛丽塔》。《洛丽塔》,你不能说他不痛苦,他的痛苦绝对是非常强烈的,他就在想一个简单的问题,什么是欲念?什么能够刺激欲念?在林黛玉那边,爱情是一个知己,你知道我,我知道你。到这边,就变成一个物质化的问题——欲念。因为"知己"也已经不缺乏,欲念的一般性解决也不成其为问题,他要的是顶级欲念,所以他的问题应该是,什么是顶级欲念?"超过我们需要的东西"多到这样汹涌澎湃的地步,你说不要,它还拼命给你,它侵蚀了精神的领地。于是如何挣脱出来变成现代性的一个非常大的主题。生计的题目隐蔽起来,这造成一种假象,似乎我们又可以纯粹地面对精神问题。事实上呢,我们已经是物化的人了。

　　这里可能还是有一部分人会担当精神价值追求的角色,那就是知识分子。比如,我很喜欢的一个例子,就是西蒙·波伏娃的《女客》。首先她是一个知识分子,衣食无忧,重要的是他们没有过高的欲望,他们在物质上不要求奢侈品,但他们精神上要求奢侈品。他们精神上的奢侈品是什么呢?我和某个人那么相爱,可是周围还是有那么多的诱惑，我们如何在诱惑当中洁身自好，或者说保持爱情的纯度。西蒙·波伏娃给自己提出一个艰巨任务，实际上却是一个圈套。就是说，我和我的爱人相爱；我们相爱的前提是没有任何的强迫性，绝对不是说，因为你是我的爱人，所以你不能去爱别人；我们是如此自由地相爱，直到有一天，一个女孩子介入到他们中间来。"我"为了解决这个问题，做了很多的思想劳动。我把她引进来，我们三个人共同相处。我们衣食不分，在一起生活，在一起谈话，任意和其中一个约会，等到性欲的问题来了以后，她发现爱情如果没有一点外力，一定是失败的。这是知识分子的精神工作，在现代社会，知识分子也许是分工担当精神价值取向的阶层。

在这一阶段，我重点想谈我们中国的当代小说。现代性是如此之迫切，我们每人都是那么急于要走进现代性，如果走不进去，你就觉得在全球化这个空间里没有你的位置，你会被抛弃。那么，中国当代文学在现代性的追逼之下，如何来处理生计和精神的关系？这个关系，对读者来讲，他不负责要了解那么多，但作为一个小说，它的合理性，会表现在它的表象上，在表象形成特征。

我主要谈三个作品，第一篇是苏童的《一个朋友在路上》，这是一个短篇。苏童的这个短篇，也可以作为我观点的一个佐证。小说写"我"大学里有一个同学，这个同学有很高的精神追求，研究萨特，研究海德格尔，研究种种的西方哲学思想、思潮，可他不工作、不劳动，开支的来源就是问同学借钱，他借钱已经借到别人看到他就绕路走了。当"我"想去问他讨债的时候，他说，你怎么那么庸俗？世界上有那么多深奥的事情值得我们一生去追求，钱太无聊了。"我"也被他说服了，确实觉得自己很委琐。毕业以后，他继续借钱，另外，他还会把他的朋友介绍到"我"这儿来吃住，这些朋友都是不事生产、专攻精神劳动的人，他们把生计问题一股脑儿交给"我"，于是，"我"也变成一个借债的人，别人看到"我"也要绕路走了。在此，精神价值大受损伤，使其变得委琐了。

第二个作品是王朔的小说。我后来看了很多王朔的小说，可是还是抵消不了我对这篇小说的强烈印象，就是《一半是海水，一半是火焰》。它由两个故事组成，我只说前一个故事。小说向我们描绘了一群现代人的生活，它描绘得非常好，它正面告诉你，他们追求自由精神的时候，是怎样来解决生计问题的，而解决生计问题又使得他们的追求怎么样地变形。"我"、方方、卫宁和亚红，是一伙儿的，都是不好好读书，也不好好工作。为什么？不是他们智能不够，是因为他们不喜欢这种生活——辛苦读书，毕业之后不过做个职员，一个月拿几十块钱（从工资水平看，他是 1980 年代初写的），每日里朝九晚五地上班——他们要求有更合乎个性的生活。那么他们怎么去得到呢？卫宁是在一个大酒店的总台工作，他可以把亚红这些女孩子安排给嫖客，然后再让另一些人化装成警察去捉，然后敲诈。于是他们就可以过着悠闲的生活，进出酒吧，看足球赛，睡觉从凌晨睡到中午，买车，在这个城市里面兜来兜去。完全可以和你们正面的生活保持距离，并且持讥诮的态度。

这时候，"我"遇到了一个女孩子，吴迪。他看她一个人坐在那儿，看一本书，一边嗑瓜子，这是一个非常清洁的形象，没有受污染、没被生活的不正当歪曲的一个形象。所以他很被她吸引，然后就去勾搭她，并且他以把她勾搭到手作为自己的成功，什么成功？是他的负面的生活对正面生活的成功！吴迪是一个没有生活经验的人，她也看不懂他们是干什么的，不晓得这个世界上还有这些人过着这样的生活。所以她还看不起他，只是觉得，这个男孩子这么犹豫地走过来，他挺怯场的，她觉得自己很老练，她说，你一个毛孩子，你怕什么呀，你又想过来泡，又不敢。"我"就讽刺她，我看你什么都不懂呢？这个女孩就很骄傲地说，我都谈了一年多恋爱了。然后男孩说，我已经和一百个女人睡过觉了。这话一方面使吴迪感到很害怕，另一方面也非常引动她的冒险心理。当他们一块儿去参加一个五四青年讲演会，女工啊、积极分子啊、学生会代表都在那儿讲演，"我"则哈哈大笑。吴迪的态度，一方面觉得很难堪，一方面也是觉得自己很幼稚。这时候吴迪开始对自己不满意了，觉得他们很成熟，他们的生活比我的生活好。就在这天晚上，"我"把吴迪弄上手了。

一旦把吴迪弄上手以后，他就发现是个极大的麻烦，原来吴迪是处女，而吴迪经过这个晚上以后跟定他了。这个时候情况就变得很复杂了，一方面他要把吴迪甩掉，因为吴迪不是他们圈子里的人，他们圈子里不时兴这样正经的恋爱；但是呢，吴迪身上有一种严肃的东西，对性爱、对感情的严肃性在某一方面又使他觉得他不能够轻慢。当吴迪发现他和亚红在一起睡觉时，就非常愤怒，王朔将她的愤怒写得惊心动魄。而更有意味的，是亚红的态度，亚红看到吴迪发脾气，就很恼火，她对"我"说，你看你，把我拖到你们这些破事里来。"破事"，她说。吴迪决然和他分手了，同时决心报复他。吴迪报复他的手段是非常凄惨的，她就从卫宁这边着手，也加入他们的团伙。当有一次"我"和方方去捉拿的时候，捉到的这个嫖客就和吴迪在一起。这件事情给他打击是非常之大，他对卫宁发火，怪他不该拉吴迪进来，这至少说明他潜意识里也认为这是一种不幸的命运。从此以后他就觉得事情好像走上了下坡路，变得不可收拾，变得非常怪异。吴迪加入他们一伙来，成为其中一员，而且行为更加放纵，化妆化得越来越浓，越来越放荡。而他呢，变得非常焦虑，学会打嫖客，每次都打嫖客，打得要出人命。他行为随便，很不警惕，因此就被警察盯上了。

这个故事，使我震动的是什么呢？那就是他们为他们那种背叛的生活所付出的代价。他们本来是追求精神的价值，但生计让他们支出的恰是精神的成本，他们的精神越来越走下坡路，越来越变形，越来越龌龊。"我"的生活比《一个朋友在路上》更加正面和充分，它是一个中篇小说，更有容量，所以内容要结实得多。事实上他的生计的方式，已经规定了他的精神生活的形态。

然后，我就想非常冒险地分析一个作品，棉棉的《啦啦啦》。这些作家我是很警惕的不敢轻易发言的，他们已经被这样规定好了形象和含义，必须要谨慎对待。我是想说，王朔毕竟还是我们这一代人，还是在考虑生计的问题，他还是要把生计问题解决好了，然后再开始谈其他，否则他心里面就好像放不下。到王朔以后的作家，我发现就很简单了，他们很快就把人的处境清理得干干净净，生计问题快速简单地处理掉，然后专攻精神生活。

《啦啦啦》的故事也是关于一男一女，不过更单纯了。女孩子应该叫OTIS吧。她一上来就说，OTIS已经死亡了，是在她的初夜，故事就是从她的初夜开始的，从此以后这个名字再也没有出现过。这一个女孩就是"我"。"我"和赛宁，她在好几处强调，他们两个人的生活来源——看来这个问题总是逃不过的，你总是要有个交代——她的交代很简单，爸爸妈妈给的，爸爸妈妈给了他们好像是取之不尽的钱。在王朔的《一半是海水，一半是火焰》里有一个细节，"我"和吴迪有过一段短促的平静的同居生活，那时候，户籍警好像已经注意他们了，来他们的住处探访，也注意到了生计问题，他们给户籍警的印象也是，靠着爸爸妈妈的遗产生活。看来，解决生计问题的最简单的方法就是遗产，一笔可以带过，然后让故事兀自进行。

"我"是个什么样的女孩子？很重要的一点，她是想弄懂生活是怎么回事的女孩。其实，寻求来，寻求去，都是差不多，都是要搞清楚生活是什么，生是什么，死是什么，但是我们出发点不同，生计的方式不同，所以才会有这么多不同的故事。那么，生活，具体在她，问题是什么？一个是，什么是高潮？一个是，什么是爱？这个"爱"是到很后面才延伸出来，但是我还是很欣慰她最后产生出什么是爱的问题。起先，她和赛宁就是要搞清楚什么是高潮,这也是非常物质化的一个问题。她是摇滚乐队里的一个歌手,在南方的一个小城市里生活,她和赛宁是在一个酒吧里认识的。她自己的生计问题已经给我们讲了,爸爸妈妈给的,但是小说里有这么一句话,"有很多来自各个城市和乡村的女孩在这里讨生活",以此看来,她也承认了是需要"讨生活",只是她有这个幸运,不要去"讨生活"。"讨生活"的人里面有一个旗,后来参与到她和赛宁之间。

赛宁这个人,身上好像有很多符号。首先,赛宁是个从小受过很多惊吓的男孩子,因为父母受了迫害,什么样的迫害,我们并不知道,大概总是社会政治的迫害。等到迫害结束以后,父母就离婚了,妈妈去了日本,爸爸去了英国,于是,他又是一个离异家庭的孩子。他跟了爸爸到了英国,在英国学了音乐,做了音乐人,可能是一个吉他手,所以他是不大会说中文的。可是,他又特别地想唱中国歌,他总是写中国歌,唱中国歌。所以,他又有着身份认同的两难处境。家庭离异、受惊吓、英国、摇滚、不会说母语、一定要说母语,这些特征都和全球性质的现代化接上轨了。就是这么一个人,一个"英国病人",一会儿背叛"我",一会儿又回到"我"身边。他很爱"我",但是他又不能只爱"我",他还要去爱旗,可是他和旗做爱以后,还非要回到"我"的身边,因为没有"我",他不行。"我"也是无比的痛心,又生气,又欲罢不能。最后他就吸毒了,被"我"送去戒毒,"我"却又开始酗酒。等到两个人终于聚在一起,他又出走,听说他死了,可是他又回来。但是,当他最后一次从死亡里面回来时，"我"就决定和他分手了，"我"已经遍体鳞伤。故事写得非常伤心，一种绝望的情绪笼罩叙述首尾，令人泫然。我觉得，作者对人物不能说没有认识，她有一句评语说到了要害处，她说，我们都有"恋物癖"，但是单凭一句话远不够说明问题。事实上，故事是在一个过于干净的环境进行，干净到孤立。

这个"我"，有过几次，透露出她的社会关系。一是给她钱的爸爸，她的父亲在她的小说里出现过这么两次到三次。第一次，她在这个城市碰到车祸的时候，她父亲来了，她才想到了一个生她到世界上来的人。你想，她是一个想知道生活是什么的人，可是她的爸爸不在她的考虑范围内，而这个爸爸是给她生计的人。第二次是她又一次自杀，她自杀了两次，前面是割腕，这次是煤气，她爸爸叫来救护车，她听到救护车上的人很凶，要她爸爸一手提氧气筒，一手帮他们扶担架，她觉得很刺耳。还有一次出现的社会环境，是她在戒毒所。她听到戒毒所里的那些女的戒毒人员在齐声地没有感情地唱一首情歌。她感到很震撼，她说以后我无论做什么事情，一旦听到这首歌，都会把手里的事情放下来，把这首歌听完，它使我想到我生活当中的这段经历。"我"的生活环境，有过这么一点点信息。而赛宁几乎是没有任何生动的细节，只有符号，赛宁是符号拼凑起来的人。我觉得，赛宁和猫王何其相像，当然，他说过，他不喜欢猫王。他说不喜欢猫王的时候，已经令人相信他和猫王是一伙的了。

我说了那么多的话，归纳起来还是一句话，如果你不能把你的生计问题合理地向我解释清楚，你的所有的精神的追求，无论是落后的也好，现代的也好，都不能说服我，我无法相信你告诉我的。这就是我今天的话题。

2005 年 6 月 28 日讲于华东师范大学暑期高级研讨班

整理于 2005 年 7 月 31 日

（陈婧祾　整理）

改编《金锁记》

  我觉得很是惊讶，从张爱玲去世开始的热潮至今，她的话题已有十年了。这么多年来"张爱玲"这个话题从来没有衰弱过，并且越来越红火。昨天我在宿舍里看了一大堆论文，觉得有一些论文也已经涉及其中的原因了。我本来是想谈改编《金锁记》的三点想法——我如何想到改编；我是怎么改编；我在改编中做了哪些事情。不过由于我看到有一篇研讨会的论文非常详细地分析了《金锁记》的电影电视等等改编，其中有一章是专门谈到我改编的话剧，所以我就不打算把这个题目按原来的提纲来讲，而是说说我在改编和排演过程中的一些细节，因为这些细节是很有意思的。

  我们在不断地诠释张爱玲，我不知道我们诠释的是不是会离开张爱玲越来越远。今年，我在北京的时候见到了宗璞先生，一位很喜欢《红楼梦》的作家，她跟我说：这么多人现在想去续写《红楼梦》，但是我看没有一个人能够超过高鹗的，理由很简单，我们离那个时代越来越远了，比较起来高鹗最近。所以我在想，我们现在也是一样，今天是十年，再五十年，再再五十年，我们的诠释将离张君越来越远。那么我们改编这个话剧,其实就是越来越远的一个过程。

《金锁记》是我很早就想要改编的作品,因为我很喜欢戏剧,很想找一个对象来做一个戏,就像文本上的游戏一样的。后来上海话剧艺术中心来找我,他们很希望我搞一出戏,但他们并不赞成改编《金锁记》。那时我跟他们说,我没有信心原创一个剧本,我写的东西内部有紧张性,可是外部紧张会不够,不够达到戏的要求,因此我必须要去找一个现成的东西作戏剧的核,我觉得张爱玲的《金锁记》无论是从戏剧性来讲,还是它的体量来讲,都非常适合一部多幕剧,所以我就坚持要改编《金锁记》。结果他们也就顺从了我,就看我如何改编了。我第一稿出来时,导演说不行——这是一个成绩很好的电影导演,父亲是很有名的戏剧家,黄佐临先生,可以说我们的父辈是同事。她说:你从来没有写过戏,你是把戏当小说写了,你基本上就是把一个小说变成对话,也就是在舞台上给人物分配对话的一个东西。这个肯定不行,你要搞一些花样。

然后第二稿的时候我就果然给她搞了些花样。我这样想,如果这些人里边,也就是《金锁记》里曹七巧姜季泽一代人都已经死去,剩下来的长安长白他们还在,他们会如何呢?所以我就设想他们是上海弄堂里的老头老太,他们的年纪差不多现在应该是七八十。张爱玲的弟弟张子静先生曾经在一篇文章里写到,他猜测《金锁记》写的是他们家亲戚。这门亲戚家里经历了一些变故,当他们家道衰落了以后,就把底楼的房子出租给一个小学校。我很喜欢这个意象，觉得这很有意思。这容我后面再细说。所以我在想姜家所住的老式民居，现在应已经很破落了，并且面临市政改造工程，需要动迁了。总之他们这个家庭从近代到现在是不断地衰落、衰落、衰落，到如今他们必须要将自己的住房出租给别人，赚取房租来贴补生活。他们把房子出租给上海的外来户，那些到上海来打拼的年轻人。所以一些年轻人，也就是他们的房客登场了。然后从房客带出了房东，那就是长安长白，长白和绢姑娘是一对，长安则安排和她表哥春熹一对。我设想，他们这两对人活到今天会是一个怎么样的性格呢？会很絮叨，会很计较，会是那种很精明的上海人，会和他们的房客发生纠葛。在我们那边，凡周围动土，耗子就会很多，先闹鼠，然后就是闹鬼。他们家不是要动迁吗？由于和动迁机构谈不拢条件，就迟迟不搬走，于是四周就都是工地。闹鬼的时候，过去的人和事便上演了，然后又和今天的人和事纠结一起，演出新的故事。就这么一个戏剧。

但是这个戏剧完成以后那个导演依然没通过。她说很花哨，可是找不到使人很震动的那方面。那么第二稿又推翻。后来这个导演跟我谈了一次话，足足一个小时，就是教我怎么写戏。她说你要把幕后的东西都推到前台上去，而且一定要把口袋里的东西翻出来。我本来是这么一种作家，是非常喜欢把东西放在口袋里的，可是现在要一下子都翻出来，统统都摆出来，并且把它们放大。导演说："我希望你尽可能夸张一点，不要那么收敛。"而我向来是很收敛的。

那么就开始写第三稿了。我重新回到过去,还是顺小说的时间流程进行安排。第三稿我交稿的时候我请她吃了顿饭,而且我为了气氛好一点还请了其他朋友一起吃这顿饭。其实我心里非常不安,如果导演再不满意,那么肯定就是到此打住了,因为不能期望话剧艺术中心有更好的耐心了。吃过饭以后过了一个星期,导演打电话给我,说:"这一稿大有进步,行了!"至于这一稿究竟如何,我想下一日会有台湾大学的一位同事来作一个评介。我第一个重要的改编就是说给它制造了一个非常外化的情节,这个外化情节就是季泽——三少爷,他偷了家里的东西去卖,然后就被七巧抓住,抓住以后,因为对他有私情,就把事情隐瞒下来,可是到最关键的时候,季泽倒打一耙:"你为什么要帮我瞒赃呢?"把他们之间的关系来了一个激化的处理。还有一个改编是,我做了一个减法,把长白的线拉掉了。拉掉长白的线,当然有着出于空间和时间的考虑,在这么一个集中的时间里,确实很难安排许多条并进的线索,但是更有一个出于个人趣味的考虑,我个人和张爱玲有些地方气质不太相和,可能我是共和国的人,喜欢那种朗朗乾坤的东西,难免会觉得张爱玲有时候挺森然、挺晦暗的。她那些东西其实背后都有人世沧桑的内涵,但是我们这一代都是阅历比较浅的人,似乎不太能接受。我觉得曹七巧对长白所做的那些实在太阴惨了,所以我把它完全拉掉。这就是改编中第二件做的事情。

第三件我做的事情就是把长安的戏加长。导演说长安和童世舫是这个戏里唯一天真的人物,很重要。我按照张子静先生提供的背景和说法,把分家后的曹七巧家出租底楼给一个小学校。我让她的楼下有一个小学校,是因为我希望有读书声。我专门去查了那个年代的小学课本,看了很多课本,选择了一份比较左翼的,叶圣陶编、丰子恺绘、开明书店发行的课本,因为我觉得叶先生写的文字是那么单纯、进步,有科技之光,有平等的概念。我就选了几篇课文,当人生惨剧越演越烈的当口,让小孩子朗读,如此这般,我觉得可以比较冲淡一点那种没有希望的气氛。我觉得如果没有一个看的眼睛,一个"五四"式的看的眼睛,这场闹剧就只能被黑暗罩蔽着,而一旦有了这眼睛看着,至少黑暗被揭开了。长安和童世舫的戏加重,也是出于这个考虑。

就这样导演通过了,导演通过以后就是演员的问题。我觉得我们的戏不断在改编,到后来好像远不是原来的东西了。开始我和导演非常中意一个非常有名的影视话剧演员。我们一起请她吃了顿饭,表示出希望她来演的愿望,因为她是这样一个形象——贤淑、温柔、安静、淳厚。有这样一种形象的人来演的话,她会把曹七巧的那种阴毒表达得比较含蓄和深刻,就是说会有两面性。我们可以说就是为她在设计戏,我们很希望她能够来演,她也很想在我们的戏里演一个角色。尤其她是这么一个演员——她不管是演一个英雄人物,还是一个很有医德的医生,甚至一个贪污的腐败分子,都是有着人性上的合理度,而且具有女性的魅力。就是这么一个演员。她很诚恳地看了这个剧本,看过之后,她和我说,安忆你太不了解我了。其实她的潜台词我们都能听懂,那就是——"我没那么坏。"

她说她不能演。

那么接下来以后我们找谁呢？我们又找了一个漂亮的女演员，我们觉得她够漂亮，我们的角色应该是漂亮的。但是有一点似乎不太符合我们的需要，她外表看起来是那种泼俏的漂亮，我们希望曹七巧的那种尖锐的性质能够暗藏一点。这样，导演就要作另一种准备了。可是到了已经在对台词的那一刻，她也不愿意演了。这时候我们陷入了僵局，没有女主角，而剧场排给我们首演的日期在临近。

导演有一位私交非常好的女演员朋友，这位女演员是学戏剧出身，可她却更多地在演电视剧，已经很多年没有演戏剧了，她是个有事业心的人，很希望有机会再上舞台。导演于是想到了她，她看了剧本，很欣赏，非常喜欢，欣然接受。这个演员长得非常甜美，很温柔，用上海话讲"很善相"的一个人。她的任务就很艰巨。在这样的情况下，我们的曹七巧就变成一个外表妩媚的角色。后来我们想这也是对的，因为曹七巧应该是一个妩媚的女人，而且我觉得她应该也是有一种能唤起肉欲的性感，喜欢她的人或者是卖肉的，或者是裁缝的孩子，都是那种情欲旺盛的人。那么我们希望她是不是可以有一种泼辣的妩媚，一种裸露的情欲，很热情的性质。她前半段发挥得非常好，将曹七巧女性的特质发挥得非常张扬，到了后半段，她也是用一种很响亮的方式在发泄毒怨。和曹七巧其实很不一样。曹七巧很暧昧，她却是那种很响亮的，仇恨也好，报复也好，她演得都很响亮。

男演员也有问题。我们选的男演员他们都不喜欢这个角色，他们觉得这个角色怎么会这么卑鄙呢？他们不断问我们，一定要我们讲出里面的道理，怎么就这么坏呢？我们就给他分析那个时代的背景。但是那个时代我也没有经历过，我们只能找，找人性上的依据，可是他们怎么都难以接受。演员他们都是有这样一个愿望，就是要一些好的东西、美的东西。到最后，我们突然想起可以反串：不用话剧行业里的人。我们就找到一个非常有名的京剧演员，他有一个很好的性格，这个性格和季泽也是不谋而合的。他非常喜欢尝试，甚至还去演歌剧，他曾经和话剧艺术中心的主任讲，说要是有合适他的角色千万不要忘了他，哪怕是跑龙套。因此我们就想到他了。这个导演的有些认识非常准确，她说他很像旧时代的人。他表现出来的坏是种天真的坏、理所当然的坏，他看起来就是那种喜滋滋的、乐呵呵的、兴致勃勃的。所以，他虽然坏，却自有他的魅力，天真的无赖，让人奈何他不得。这也对上了姜季泽的路子。

有趣的是，这位京剧名角很有自省的精神，他觉得京剧是非常程序化的，到了话剧里面，他就力求生活化，非常写实。于是，就非常本色。而且，他对剧本和导演都非常信赖，他不去多想人物的线索啊、行为的理由啊，那个时代的背景他也不想，他就是表演自己的本色。你导演要我怎么样我就怎么样，导演叫他高兴他就高兴，叫他坏他就坏，叫他凶他就凶，很听导演的，结果效果很好。

然后就是下半场，长安和童世舫的那一场戏。在小说里，长安和童世舫的故事是打散了的，篇幅不多，就那么几笔，却是很动心的，也是很伤感的。当他们两个分手以后还在一起聊天，这时候他们聊天是没有目的的，反而变得非常放松，而长安居然也体现出她的一点个性。这一点东西在小说里只是几句话，可是令人遐想。在戏剧上就必须正面地表现了，这一场戏可说完全是派生出来的，这两个角色的戏份就此增加了。我非常感谢这两个演员，因为这场戏导演是非常犹豫的，她说整个戏的前半部非常激得起气氛，非常热闹，到下半场忽然之间出现那么一场非常安静的戏，保不住气氛会落下来。为这，她很伤了脑筋。一会儿要去掉它，一会儿要删节它，一会儿要调前或是调后。我当时很坚持。这两个演员很好，不管你说什么，他们俩就自己在一边排练。那个男演员，凡删掉的台词他都再把它找回来，差不多找齐了。后来，我觉得是他们的表演说服了导演。他们演得很好，演得很有趣，其实童世舫已经和原来的形象完全不一样，不那么矜持，而是有一点儿迂腐，但是他的迂腐在这里便有一种活跃的效果，使得整个压抑的气氛活跃起来了。长安也不像原来那个长安，她好像处于一种被启蒙的状态，有了些希望似的。在整个演出过程中这场戏的剧场效果却是最好的，大家都松了一口气，现场的观众都很感动，不断地爆发笑声。结果他们两个都获得了表演奖。

  在整个排演的过程中，所有的人物好像都被演员们修改了。比如大哥应该是道学的代表，他在小说里基本上是没有什么细节的，我设计这个人的时候其实有些把他当概念处理的，我对演员说：你无须有表情，曹七巧跟你说话你不要看她，这个弟媳妇你是从不看她一眼。可他偏偏要看她，而且还和她很激烈地对视。这个人物就具体和生动起来，也与张爱玲原先的造型不一样了。

接着又发现一个问题：在场和场之间演员们来不及换装，尤其是曹七巧。她的戏很重，上一场紧接下一场。导演就要我想出办法来，中间安排个过场，留出时间给他们换装，让他们喘口气。于是，我就想到了张爱玲的散文《更衣记》。我觉得张爱玲把衣服视为人生的蚕蜕，很重视人的衣服。我就想是不是在舞台上做两个阳台，一左一右，我问舞美设计能不能做到，他说可以。这样我们的舞台上就有了两个阳台，场次之间，就有小丫头上来晾晒衣服，一边闲话东家的短长。可惜因为经费问题，那些衣服实在是太糟糕了，我原来希望这些衣服是要体现他们家道的中落和时代的变迁，结果并没有体现出来。但是不管怎么样，这阳台还是起到了一点象征和暗喻的作用，舞台看起来也挺好看，小丫头们呢，则调节了气氛。

最后，整个演出和《金锁记》原来的气质完全不一样，它变得非常响亮、热烈。我们的设计，前半部的时候，曹七巧还是新媳妇，还怀有憧憬和希望，她全都是穿红，而到下半场的时候就全都穿黑了。很多事情都受到条件限制，有些遗憾，当他们已经分家以后，季泽回过头上曹七巧家哄骗她，我希望舞台上有一幅帘幕的，他们隔着帘幕说话，隔着帘幕动作，将帘幕卷在身上，我说这就是一场床上戏，这就是一场性的戏。可他们说这个帘子你不能太动它，一动就可能掉下来，帘幕的质地也挺轻飘，动作起来并不好看。所以最后就将就着，结果这场戏里那一点儿性的意思没有表现出来，不过倒也使整个戏显得还蛮健康的。

我叙述这个改编的过程是想说明，当我们在诠释张爱玲的时候，张爱玲离我们越来越远，但是好就好在张爱玲的作品有那么宽裕的空间，够我们走得很远。

2006年9月29日讲于香港
浸会大学"张爱玲国际研讨会"

虚构与非虚构

"虚构与非虚构",我想分三个部分来说,第一个部分是"什么是虚构"。其实这个问题是不需要多说的,文学创作就是虚构。可是近些年来,有一个新的倾向产生了,有那么多的非虚构的东西涌现,纪录片是一个,私人传记、历史事件、随笔散文等等纪实类的写作,然后,纪录片风格进入故事片,纪实性风格进入小说,总之,非虚构倾向进入虚构领域。我就是想谈谈对这个现象的看法。

那么,什么是虚构?怎么解释呢,我先说什么是非虚构。非虚构就是真实地发生的事实。上海发生过这样一件事情,在淮海路最热闹的路段上曾经立起一个雕像,铜雕。这个雕像很可爱,一个女孩子在打电话,不知道你们看见过没有。它是一个非常具象的雕像,女孩子姿态很美,而且她是在一个非常热闹繁华的街头打电话,熙来攘往的人群从她身边走过,很是亲切,也很时尚。这个雕像,大家都非常喜欢,可是有一个晚上它不翼而飞,不见了。不见了以后,当然要破案,出动了警察。我非常关心它的下落,我在想谁会要这个雕像呢?会不会是一个艺术家,把它搬到自己的画室里去了;甚至于我还想,会不会忽然有一个电话亭也在一夜之间不翼而飞,被这个艺术家搬到了他的画室,成为一个组合。可是事情没有这么发生,过了一年以后,破案有了结果。它还是被几个农民工搬走了,用焊割的方法拆下来搬走了,当成铜材去卖,并且很残酷地,把它的头割下来了,因为他们必须把它切成一段段才好销赃。我看了新闻之后,终于知道了这个少女的下落,感到非常扫兴。看起来,艺术还是要到艺术里去找。生活不会给你提供艺术,生活提供的只能是这么一个扫兴的结果,一个不完整的故事。这是一个故事。

还有一个故事,也许谈不上一个故事,只是一个细节。在我们小区里,有几幢楼,我不晓得是从哪幢楼里,每天有一个非常单调的声音传出来,是一只八哥,它只会一句旋律,只有三个音符,但也是一句旋律,它每天在唱这句旋律。你自然会期待它唱下一句,有时候我听到它的主人在吹口哨,很显然是在教它下一句旋律,可是它永远都在唱这第一句。我想这个八哥真的很笨,它也许只能唱这一句。起码是有三五年之后,终于,终于我听到它在学唱第二句了。可是当它学第二句的时候,非常非常倒霉,它把第一句又忘了。我想这就是生活,很难提供给你一个发展,一个完整的发展。

第三个故事,也是发生在我们小区,我常常会看到一个老人,面色很憔悴,显然是生过一场大病。他每天在小区的健身器械上,做一个重复的动作,机能康复的动作,每天如此,就像一个标志一样,你进出小区都看见他在那儿锻炼。也是过了很长时间,有一天，我忽然发现这个老人，面色红润，有了笑容，神气昂然很多，可见日复一日的单调动作对他起了意想不到的作用。

这就是非虚构。生活中确实在发生着事情，波涛不惊，但它确实是在进行。可它进行的步骤，几乎很难看到痕迹，引起我们的注意。这就是我们现实的状态，就是非虚构。非虚构的东西是这样一个自然的状态，它发生的时间特别漫长，特别无序，我们也许没有福分看到结局，或者看到结局却看不到过程中的意义，我们只能攫取它的一个片断，我们的一生只在一个周期的一小段上。现在我就试图稍微回答一下，回答"什么是虚构"。虚构就是在一个漫长的、无秩序的时间里，要攫取一段，这一段正好是完整的。当然不可能"正好是完整的"，所以"攫取"这个词应该换成"创造"，就是你，一个生活在局部里的人，狂妄到要去创造一个完整的周期。

有时候我看《史记》，《刺客列传》那一节。不知道大家有没有注意到，在司马迁写的五个刺客之间，都有这样一句话：其后多少多少年而某地方有某某人之事。每一段都是这样。"百六十有七年"，"七十余年"，"四十余年"，到荆轲出现之前是"二百二十余年"。这就是从非虚构到了虚构。在特别漫长的时间里，规模特别大的空间，确实有一个全局的产生。但这个全局太辽阔了，我们的眼睛太局限了，我们的时间也太局限了，我们只可能看到只鳞片爪，而司马迁将这一个浩大的全局从历史推进文本，成为目力可及的戏剧。我想，这就是我们虚构，也是我们需要虚构的理由。

我再进一步回答一下虚构与非虚构的区别，虚构一个很重要的特质就是形式。刚才我说的这些个故事，它们都是缺乏形式的。因为没有形式，所以它们呈现出没有结尾，没有过程，总之是不完整的自然形态，虚构却是有形式的，这个形式就是从它被讲述的方式上得来的。

　　我举一个例子，苏童去年还是前年写有一个小说，名字叫《西瓜船》①。《西瓜船》写的是某一个水乡小镇，水网密布，有很多河道，在河道上面常常停靠着一些进行农业贸易的船，卖瓜、卖鱼什么的，岸上的居民就向船上的农人做一些买卖。这一日，一个卖西瓜的青年，撑了一船西瓜来到这里，就像通常发生的那样，他和来买瓜的一个青年发生了纠纷，两个人都是血气方刚，容易冲动，就打起来了。岸上的这一位呢，手里拿着家伙，船上的这一位就被他捅死了。这是一件很不幸的事情，但是这样的故事依然是常见的。然后派出所来处理，死的那个办理后事，活的那个则判刑入狱，激烈的场面过去之后，小镇又回复到平静的日常生活。事情好像慢慢地就这样过去了，如果小说到这儿就结束的话，那么就是非虚构，可它千真万确是一个虚构。过了若干天以后，这个镇上来了一个女人，一个乡下女人。这个乡下女人是来找她儿子的西瓜船。她找的过程是这样的，她挨家挨户去问讯，我儿子的西瓜船在哪里？人们这才想起那死去的青年的西瓜船。在那一场混乱中，西瓜船不知道去了哪里！于是人们开始帮着女人去找船。找到居委会，找到派出

---

① 《收获》2005 年第 1 期。

所，有人提供线索，又有人推荐知情者，越来越多的人聚在一起，陪同女人寻找西瓜船，最后顺着河流越走越远，终于找到尽头，那里有一个小小的废旧的工厂，在那工厂的小码头上看到了这条搁浅的船。西瓜已经没有了，船也弄得很破很脏，大家合力把这个西瓜船拖了出来，小镇居民送女人上了船，看这个乡下女人摇着橹走远了。苏童写小说往往是这样的，前面你不知道他是什么用意，直到最后的这一瞬间，前面的铺排一下子呈现意义了。这时候你会觉得，这一个女人，分明就是摇着她儿子的摇篮，但是一个空摇篮，回去了，而这些站在岸上目送她的人，则是代表这个小城向她表示忏悔。这就是形式，从意义里生发出的形式，又反过来阐述意义，有了它，普遍性的日常生活才成为审美。

非虚构的东西它有一种现成性，它已经发生了，它是真实发生的，人们基本是顺从它的安排，几乎是无条件地接受它，承认它，对它的意义要求不太高。于是，它便放弃了创造形式的劳动，也无法产生后天的意义。当我们进入了它的自然形态的逻辑时，渐渐地，不知不觉中，我们其实从审美的领域又潜回到日常生活的普遍性。

第二个问题，"我们如何虚构？"怎么说呢，我觉得，大自然是非常伟大的。如果你到农村种过庄稼的话，你会觉得这些庄稼的生长真的是非常奇异。我不晓得同学们有没有在农村生活的经验，农民把玉米地、高粱地叫作"青纱帐"，那真的是一个非常美的称呼。玉米的叶子是这么扭着长的，玉米生长的过程中常常需要掰除老叶子，掰叶子的劳动真的很艰苦。青纱帐里密不透风，很闷热，会产生一个奇异的效果，其实大家就在近邻，可是感觉很远，说话的声音从很远传来，很神秘。我常常观察它的叶子，这么扭着上去，而且果实排列得那么整齐。还有棉花，棉花其实不是一个非常好看的作物，可是它有一个非常奇特的性格。棉花成熟的时候，花是雪白硕大的，可是它的叶子却凋零了。但这凋零并不给你凋敝感，因为它的枝和叶都很硬扎，像金属的刺。还有红薯，我们叫山芋，红薯是非常美的，种红薯的时候要打地垄。我觉得中国农业文明非常伟大，很有美感。红薯打成垄，才能栽种，果实长在地垄下面，叶子就披在垄上。我在想庄稼们的枝和叶还有果实里面的秩序，如此井然、平衡、协调。即使你去画一幅画，刻意地笔触均匀都是很不容易的。而自然它那么不经意地就能做到，而且是那么大规模、大体量的。我不由要想大自然的那种造物的功能是从哪里来的？有些人认为大自然就是这么浑然天成的，先天决定的，没有什么商量，就这么发生，没有什么含义的。可是，我有时候经常会看一些科普作品和科学新发现的文章，很神奇地，我觉得大自然在进化的过程中，它一定是有用心的，但不晓得是谁在实施，用谁的手在实施它的用心。

举个例子，我曾经看过一本书，上世纪九十年代美国人写的《我们被偷走的未来》。书里讲到某一种鸟，违反着异性同巢的规律，是同性同巢，具有着同性恋的倾向；而另有一种鸟类，则是疯狂地繁殖，而这两种现象其实都来源于一个原因，就是面临绝种。

科学是处在不断的发现之中，所以很难说这解释一定对，但是这至少可以说明，大自然的许多现象的背后是有着动机的，要作用于什么，要挽救于什么，是有理由的。还有一篇文章，说的是人类的孕育期，它说，哺乳类动物，比如小牛犊一落地，就能站起来，生活基本自理，而婴儿起码要有一年的哺乳期，才能够稍微具备一点自主。以此来看，人的孕育其实是提前脱离了母腹，正常的孕育应该是两年，人类减少了一年，一年在母腹里面，一年在母腹外面，是要及早地将自己和他者分离，以培养独立的思维能力吗？再有，竹子为什么不是定期开花？几十年开花，并且完全无法预料，事先没有任何征兆。为什么呢？是免于被消亡。如果你是定期开花，那么就会有一种生物会依赖你的生存，以你的生长规律来调整它自身的规律；你不定期开花，就不会有生物来依赖你生存，你才可能保持安全，延续下去。又有一篇文章说的是生物的发情期，它说每一种动物都有它固定的发情期，而人为什么可以在任何时间里发情，每一次发情又不一定孕育，就是说人类的发情有许多蒙蔽性，这又是为什么？

说了这些，我就是想说明一点，这一切的现象是出于自然的选择，它一定根据一个重大的理由作出决定，就是说大自然是有理性的，只是我们不知道而已。而我觉得艺术家其实是在模仿自然，我们的创作就是模仿自然。我的先生是搞音乐的，他最近在编一本书，《勋伯格传》。他告诉我书里有一句话，我觉得特别有意思，勋伯格说，和声实际上是对泛音的模仿。搞音乐的人知道，在一个音的同时会有一叠音出来，就像是光谱，这是一个自然现象，勋伯格说和声是对泛音的模仿。

最近看女作家安妮·普鲁克斯（Annie Proulx）[1]，就是写小说《断背山》的那位，她写的一篇文章，讲述《断背山》写作和它被拍成电影的过程，里面有一句话，非常有意思。她说她写故事之前做了一个调查——"我和一位羊倌谈话，以便确认我所描写的二十世纪六十年代早期，可以有一对白人牧童看护牧群，这一点是符合历史事实的。"你会产生一个奇怪的问题，她为什么要考证得如此确凿，她又不是要作真实的记录，又不是写历史，她完全不必要有这么一个事实支持，她为什么那么去强调六十年代确实可能有这样一对白人放羊。很显然，她看重这一点。她这句话对我触动很大，看起来大家都在找自己创作的合理性。我们想象我们的故事，我们去虚构，绝不是凭空而起的，我们必须找到虚构的秩序、虚构的逻辑。这个逻辑一定是可能实现的，当然我们最后要达到的是一个不可能的东西。我们非常尊重自然，这是虚构者对于自然的尊重，为什么尊重自然？因为自然是一个最大的虚构者。我觉得它在创造庄稼的时候是一个虚构，在创造历史的时候又是一个虚构。它的虚构一定是有定律的，但这个定律我们真是摸不到它，我们只有慢慢地揣摩。

---

[1] ***Brokeback Mountain*** is a short story by American author Annie Proulx. It was originally published in *The New Yorker* on October 13，1997，and was subsequently published in a slightly expanded version in *Proulx's 1999 collection of short stories*，*Close Range：Wyoming Stories.*

我的第三个问题,"我们为什么要虚构?"我想用一句简单的话来说,我觉得,非虚构是告诉我们生活是怎么样的,而虚构是告诉我们生活应该是怎么样的。生活应该是怎么样的,现在已经没有人去关心了。去年年底,有一些德国的青年作家,所谓青年作家也都是四十岁上下的,他们都是来自原先的东德地区,经历了东西德合并的历史转折,他们来上海开一个推动新书的研讨会。他们是一个喜欢思想的民族,很有面对现实的勇气,在东西德合并的处境里,自然会受到冲击,于是有一些新概念产生出来,其中有一个概念叫作"后意识形态"。我们就问,"后意识形态"内容是什么?他们回答我们,我们不再像过去那样,企图告诉别人生活应该是怎么样的,而是要告诉别人生活是怎么样的。我们的下一个问题是:看起来东西德合并以后,思想冲击主要是针对东德,而不是针对西德么?他们就非常急切地,纷纷要来回答我们这个问题,总体的意思是当东德不存在之后,西德也不复存在。这显然是一个抽象的说法,但也说明一个事实,就是创造的目的,似乎在全球范围内,回到"生活是怎么样的"。可能跟我个人的观念有关,我是一个理想主义者,我蛮古典的。我觉得艺术还是应该回答"生活应该是怎么样的",现实处处在告诉人们"生活是怎么样的",那么艺术还能做什么呢?

我觉得现代人似乎对"生活应该是怎么样的",缺乏兴趣,而"生活是怎么样的",要知道"生活是怎么样的"热情,却是有很大力量的推动。其中纪录片是一个很大的推动。将生活如此肖真地写实下来，就像我前面所说的，对事实无条件地信任，它已经发生了，它就是合理的，我们完全可以抱驯从的态度，而事实上"生活是怎么样的"，也是一个很有趣的话题。在上海最早的纪录片中，有一部很著名的纪录片叫《毛毛告状》①，它说的是上海发生的一个故事。这类故事人们从报纸上看到很多，传言中也听到很多，唯有这一个是用影像的方式。它讲湖南农村的一个小姑娘，到上海谋生计，和一个社会底层的、腿有残疾的、无业的、单身的上海青年同居了，又因为种种琐事两人关系发生变故，就崩了。女孩子回到乡下以后，却生下了他们的孩子，这个孩子叫毛毛。她抱着毛毛又一次跑到上海，就要找这个青年，要他认孩子。青年很愤怒，认为女孩是栽他，因为他不相信自己有生育能力，他也不相信女孩的忠贞，他是一个自卑的人，他咬定女孩是瞎说。这种故事是常见的城市故事，是家长里短的闲篇，可是人们第一次在屏幕上看到当事人的形象。这个女孩子很倔强，长得很瘦小，大热天抱着她的小女儿——胖胖的婴儿——在烈日底下奔波。这个青年呢，腿有残疾，

---

① 1993年的初春2月，上海电视台8频道，作为当年上海最重要的电视媒体，在它的黄金时段开设了一个叫作《纪录片编辑室》的栏目，它也是我称之为"当代中国新纪录运动"在体制内确立的重要标志，这个时间点的确立并非偶然。这个运动以关注小人物和边缘人群为自己的主要特征。《纪录片编辑室》是全国开辟的第一家以纪录片为名的电视栏目，也是当代中国新纪录运动在体制内的重要代表。它在九十年代以来创作了一批以变动时代中的城市底层人物为题材的作品，曾创下过36%的高收视率，压倒电视剧，一时间街谈巷议，并因此成为上海电视台的名牌栏目，它有过这样的广告语："聚焦时代大变革，记录人生小故事。"在上海市民中，它享有很高的知名度。见吕新雨《孽债、大众传媒与外来妹的上海故事——电视纪录片〈毛毛告状〉》。

长的样子呢也还端正，理直气壮地争吵、耍赖，说一些非常绝情的话。一切都变得那么生动和具体。这个女孩子很厉害，把他告上法庭，女孩子在法庭上的表现很有性格，全然不是传统表现中的温顺隐忍的乡村女性，她一点不退让，说这个孩子就是你的，然后做亲子鉴定。当亲子鉴定的结果出来以后，孩子果然是男方的，于是判决男方承担抚养费，接着出现了一个场面。青年一直沉默着，女孩抱着孩子一直哭，非常委屈。这时候制作片子的导演，一个中年妇女，来到男青年跟前跟他说了一句话，她没有说，你服不服？或者你还有什么可说的！而是说，做爸爸了，高兴么？非常体贴的一句话。真是人情百态，全在眼前。这部电视片故事分上下集在两个晚上播放，可说万人空巷。

就这样，大家看到了生活当中如此真实的一个场面，出奇制胜之处在于这是真实发生，就在我们身边，是你我他中间的一对男女，它彻底地写实，比现实主义创作更加现实主义，它一下子把大家所有人都征服了。所以说，"生活是怎么样的"确实也是一个好问题，尽管是现实的存在，但其中确有很多隐秘是人们并不了解的，我们很有必要去了解，究竟发生了什么，而事情的发生有时候超乎了我们的想象力。去年对这部电视片做了一个经典回放，一个后续的报道，也是非常轰动，因为大家都很关注这对人的命运，十年，还是十五年过去了，他们生活得如何？当年，在人们的撮合与社会的帮助下，他们结成百年好合，安居乐业，就像民间故事里说的，从此他们过着幸福的生活。此时此刻出现在我们面前的情景，怎么说呢？不是说好，也不是说不好，而是多少出人意外。这个女孩子已经是一口的上海话，并且在家庭里占据压倒优势。青年人届中年，除了腿疾，又添了许多新病，显得很屈抑。这确实突破了我们的很多概念，这也是非虚构的价值所在，生活总是不断产生新课题，需要我们不断地去认识的。可它终究只是生活的一个复制，不能提供一个更高级的、更加振作的生活情景。

我还是想正面地描绘一下如何是"生活应该是怎么样的"，换一种说法就是，我们做虚构的人所以要去做的目的是什么？还是举《断背山》的例子，我看了《断背山》电影以后，觉得蛮失望的，因为我是先看的小说。看了小说以后，觉得这个小说真的写得非常非常的好。我已经很多年没有看到这样不真实的小说，这些年来，我所看到的小说都太真实。它是很不真实的，我为什么说它不真实？它是写两个男子之间的情感，但是它一点都不想回答一个问题，同性恋是什么？小说一点儿都没有企图去回答这个现实的问题。你看她怎么描写这两个男子之间的情感，他们的情感发生在一个天气非常恶劣，地理环境也非常恶劣，粗劣蛮荒的背景之下，他们两人在一起相处的时候，总是让我们注意到那些非常笨重的皮靴，又厚又硬的牛仔布的裤子，布料，皮带上的铜扣，暗夜里马口铁的闪光，特别重，特别重。然后他们俩分别好多年以后重逢，他们拥抱亲吻，那么多的唾液，身体或者衣服摩擦的粗重的声音，他们两人在小屋子里做爱，房间里发出马粪的气味、精液的气味、烟草和烈酒的气味，都是很有重力感的东西。它也写到了其中一个牛仔和妻子的做爱，用了这样的词汇，稀软的意思，肌肤像水一样稀软。实际上小说一点都不想告诉人们同性爱是怎么回事，它只是想告诉人们一个，很重的，含量很大很大的情感，这种超体量的感情必须由两个物质感特别强悍的生物来承当。这就是"生活应该是怎么样的"。

而电影太甜美了。两个演员那么俊俏，是典型的酒吧里的 Gay，电影中断背山的风景是如此的明媚，两个人在山上奔跑则很轻盈，它又把它拉回到一个同性恋的话题上，而小说给你的不是一个同性恋的话题，根本和性别没有关系。它要创造一种特别有积量的爱情。这个有积量的爱情就需要两个人都是重量级的，从身体到情感，都要很强劲，然后是不可解决的压力，全社会都对你们说不可以，绝对不可以！不是今天，必须在六十年代，同性恋会被人，甚至自己的亲人，活活打死。所以我觉得小说是在创造一种含量特别重的爱情。这个爱情让我再推回去看的话，它还出现在一部作品里，就是《呼啸山庄》。《呼啸山庄》里的那一对男女之间发生的并不是爱情，自然的力量是那么强，它必须选择最强悍的生命来担任它的对抗。这就是对爱情的最高想象，爱情应该是怎么样的一个想象。这也是我们为什么要去虚构的原因，就是想知道"生活应该是怎么样的"。

2007 年 4 月 13 日讲于美国纽约大学

小说的创作

我的题目是"小说的创作"。我在想,写作这样的事情是很难把自己的经验告诉别人的,因为它实在是太从个人出发了,因此你们要是觉得不合用的话,完全可以不予理会的。

我想说的第一点就是——什么叫小说。

我想先说小说它的形式。它的形式是叙述。它的叙述是在一维时间里进行的,和二维绘画不一样,绘画它是发生于平面之间,是直观的,一眼看过去,它立刻就占满在视觉里,不需要交代过程,而小说它是根据时间的,它是在一个时间的长度里进行的。所以说它就具了某些特性:一个是它比较间接,它不是让你看见什么,而是让你知道,通过语言的描述;另外一个是它只能依次进行,它不可能同时推给你,它要按照次序进行,次序以什么规定,则要视具体情况。它有很明显的缺陷,就是很不直观,它这个不直观给我们带来什么问题呢?它表现空间和动作是效果不好的。我举个例子,比如《史记》里荆轲一节,当荆轲向秦王行刺时,是这么描写:"图穷匕首见",一卷图里裹了一把刀,图一放到底,匕首暴露了。

这么一个惊心动魄的过程你只能凭想象，条件就那么几个字。因此说语言表达动作，它好像负不起太多的责任；还有就是空间，语言也没有特别好的办法表示空间。举例子吧，我在想，你们都看过侦探小说，我个人是非常喜欢阿加莎·克里斯蒂的小说，你们有没有发现，如果你们看得比较多的话，你们会发现很有意思的事情，往往侦探小说它都会出示一张图纸，告诉你这个房间在哪里，那个房间在哪里，房间里的家具位置又是如何，然后它才能够说清楚凶手如何实施谋杀，留下怎么样的蛛丝马迹，接下来侦探又怎么去侦破。包括很著名的《尼罗河上的惨案》，就有一张图，推理小说的经典《希腊棺材之谜》也有一张图，这说明语言展示空间是有难度，你讲了半天未必能让人明白，哪里是哪里。总起来说，主要是空间的问题，动作也是属于空间的性质。因此，当我们写小说的时候，就要把空间转换成时间的形态，成为可叙述的。

我还是要举例子，还是举推理小说的例子，因为我觉得推理小说可能比较有趣味，大家听着稍微不那么闷。我还是讲阿加莎·克里斯蒂。她的小说，我刚才说过了，很多故事需要图示。比如《尼罗河上的惨案》。《尼罗河上的惨案》它太需要图示了，凶手行凶，需要有非常周密的动作上的安排，这个安排又是依赖于房间的安置，依赖这个空间。假如你们看过这个电影，这个电影太著名了，你们一定都看过，这个导演是非常强调空间的介绍，大侦探波洛向每个人假设，每个人都有可能去杀那个富姐，在制造悬疑的同时其实也是反复地介绍空间，把这个空间展示得一清二楚。如果你去看小说,你会发现,小说里面的内容要比电影多得多,凶手、被害人、涉案者、嫌疑者,都有着复杂的背景、命运、性格以及心理活动,谋杀的方式倒并不那么重要了。小说它有什么特性?它有丰富性,因为它能交代。局限则在于它对空间是比较没有办法,处理起来有困难。现在我就要谈到它的优势,克里斯蒂小说里面有很多,尤其这么几部是很利用了小说叙述的特长——比如,《啤酒谋杀案》。它的故事是这样开头的,一个女孩子长到成年准备结婚的时候发现,他们家族里发生过一件丑闻:她父亲被她母亲谋杀了,母亲因此而被判了重刑,死在监狱里。当她准备开始婚姻生活时,她必须要搞清楚,她的遗传里究竟有没有暴力的倾向、犯罪的倾向,英国人很讲究血缘的纯洁性的。因此她就找到大侦探波洛,请求重新调查她父母的案子,看这个案子是不是还可能有别的一种解释,真相到底是什么。这里面的事情我觉得都是交给小说做的:事情过去十六年了,现场的痕迹不复存在,空间已经消失了,客观性也消失了,他根据什么去破案呢?他只能根据当事人的回忆。这就是小说可以做的事情,它可以叙述了,小说一旦进入可以叙述的领域它就有事情可以做了。这个波洛,他的手段就是跟每一个当事人去谈话,每个人对事件的记忆充满了主观性,情绪遮盖了事情的本来面目。这件事情发生在这个家庭的特殊时刻,丈夫是一个画家,一个年轻的、漂亮的、有野心的、很性感的模特,正为他的新作品工作,住在他家,闹出许多是非,所有的人都以为妻子出于愤怒杀了丈夫。每个人回忆这件事情时都带有很强烈的感情色彩,有出于个人遭际的立场,也有出于这个阶层的道德价值观,同情都是倾入到这个妻子的身上,倾入在这个被毁掉的家庭,一律对第三者没有好感。但是,很遗憾的,他们也都认为是妻子谋杀了丈夫,当然,他是活该,令人气愤的是那模特,她逃脱了惩罚。只有一个老人,一个律师,有着丰富的人生阅历,他谈到这件事情时却有着全不相同的意见,他说了这么一句话,他说:我非常感动,感动年轻人的爱那么勇敢、自私、放肆,青春那么有活力,那么有力量,然而又是那么有杀伤力——这就是十六年以后的线索所在,情绪。波洛,他只能根据人们所流露出来的所有的情绪来判断十六年前到底发生了什么。这就是小说特别能做的事情,它能够交代、描述较为曲折和间接的状态,那就是感情和心理。情感的表现和心理的表达,这些可说是小说的专利,所以我们不得不扬长避短,去做我们的形式所能容许做的事情。

还比如,《牌中牌》。《牌中牌》的案件发生在一个很有限的空间里,一张桥牌桌。四个人在打桥牌,旁边坐着主人,他招待客人打牌,自己坐在旁边,忽然之间遇刺身亡。就是一个房间,一张牌桌上的四个人,很简单,没有别的条件,凶手到底是谁?然后波洛,他来破案,他怎么破案?我不会打桥牌,同学们中间可能有人会打桥牌,他把他们的计分簿拿来看,挨个儿看,他从计分簿里,了解牌局进行的过程、细节,于是他发现了一个奇异的事情。因为我不太懂桥牌,否则我会说得更加好一些——这一件不寻常的事情是,有一个人忽然叫了大满贯,叫大满贯是非常挑战性的,就是说一旦叫出来可能就会是决定性的,但需要有准备,量变达到质变,而这一个大满贯,却叫得非常突兀,以致所有人都很惊愕,凶杀会不会就发生在这一刻呢?克里斯蒂小说中的罪犯都是心理学家,而波洛是大心理学家,可谓一物降一物。心理的活动是小说最可做的,小说它缺乏条件表现动作——当然我不能绝对这么说,因为金庸先生是写动作的,他写得非常成功,但也许,他另有着一种特殊的叙述上的途径,可惜我不太喜欢看武侠小说,因此其实每个作家的条件不尽相同,都和自己的性格有关,我对小说的认识是它不长于表达动作,这是它很大的局限。

再举个例子,我想你们也许看过《安娜·卡列尼娜》的电影,《安娜·卡列尼娜》的小说自然是看过的,还记不记得那个凯蒂以为渥伦斯基会向她求婚的晚上?她以为他们两个彼此爱慕,关系发展得很顺利,那天晚上的舞会里面,马祖卡舞的时候,将会被求婚。这个马祖卡舞非常重要,全体都参加,之前好像都是准备、热身,这才是正式的一幕。事先大家都邀好了舞伴,很多人来向凯蒂邀请,但是凯蒂不要,她一直把这个位子留给渥伦斯基,因为她觉得渥伦斯基肯定是在此时向她求婚,可是事实上,安娜出现了,渥伦斯基和安娜一同跳了这一曲。小说里面这个过程我们很清楚,我们首先知道马祖卡舞不同于一般,是舞会里的高潮,全体都参加,如果一个女孩子不被邀请在这一曲上场的话,是社交生涯的失败;第二我们也知道凯蒂对渥伦斯基的期待;第三然后我们知道安娜是如何介入了进来。这些情节都是语言可以交代的。可是我看了好几个版本的电影，我发现处理这个地方时都非常模糊。一个黑白的旧版本，在跳马祖卡舞以前，渥伦斯基和凯蒂在她的母亲面前站着，突然之间凯蒂一回头，渥伦斯基不见了，渥伦斯基和安娜跳舞去了。比较新近的是苏菲·玛索饰演的安娜，它那个舞会是这样，没有关于马祖卡舞的任何交代，直接就是舞会场面，渥伦斯基正和凯蒂共舞，有一个把舞伴甩出去的动作，当他把凯蒂甩出去以后却接住了安娜，非常富有舞蹈性的，其中的细节全略过了，这就是直观的限制。可是直观能够做到什么呢？同样是这部电影里边，你们有没有注意到这么一个镜头，举行舞会的厅内有很高大很高大、无数重的门，凯蒂她从无数重门里穿过来，这就需要一个积量，你穿过一道门不算，三道门也不算，九道门才有了点什么，然后它十八道门情形就大变了，直观累积能量相当有效率。凯蒂一重门一重门这么进来，一个很长的镜头，她一直是小跑的动作，提着裙子小跑的动作，只是在某一个门里稍微停一下，向镜头外的客人行一个屈膝礼，再继续跑，一方面是在持续地累积，另一方面又有一点小小的变化，不至于单调了。这种动作场景给你的那种欣喜的感染是语言无法做到的，它非常直接，语言是间接的，语言是需要你去想象的，而它直接到达。我还是很喜欢小说，我觉得做小说挺幸运的。小说，它可以表达事情的丰富性和复杂性。

我们再回到《尼罗河上的惨案》的电影。我以为《尼罗河上的惨案》是克里斯蒂小说里面比较复杂的一部，这么复杂的一本书，它有那么多人物，各有身份、性格和价值观，由命运推向一起，又再走向各自的命运，如何将它囊括在一部电影的有限的两小时里呢？这部电影做得非常好，这在于它首先把情节简化。一上来发生的事情是，凯蒂，这里也有个凯蒂，她非常兴奋地对她的闺中好友，富家女林内德说，她说让我告诉你，我马上要结婚了，很开心很开心。再接下来有一个细节，林内德的女佣请求主人，她说你答应给我一小笔嫁妆，现在我有男人了，我要结婚了，你要兑现诺言。然后我们也看到这么豪华的一座庄园里，这个富家女是单身一个人。一个女人要嫁出去在故事里变成一个主旨性的事情。到最后的时候，死的死亡的亡，发生的发生，结束的结束，而有一对男女则恋爱成功，就是女作家的女儿和一个左翼的青年，他们偎依着下船时，波洛对了他们的背影喊了一声：请悠着点。原文是 Take easy，放松，别紧张，别紧张什么？对婚姻，对爱别太紧张了。一个很单纯的故事，单纯的东西是直观可以胜任的，小说则可以交代非常复杂的东西，它的丰富性远远超过直观，但这也就是它的限制。我觉得每种艺术都是有限制的，恰恰是限制决定它的形式，如果没有限制的话就没有形式，所有的形式全部来自它的限制。

我们做小说的人恐怕大家自觉不自觉地都在做一件事，从头到尾始终都在做的一件事就是处理时间的问题，怎样把我的长度填满。我有时候会去看戏，我觉得戏曲里面处理时间很有意思。时间对于戏剧是个显性的任务，很简单，如何将一个晚上度过去，观众就坐在台下，稍有差池就叫个倒好。有个戏叫《伍子胥》，大家都知道伍子胥过昭关，一夜白了头。一夜白了头说说容易，究竟经历了什么呢？戏台上怎么样度过，也就是怎么处理它的时间呢？简直是一片空白，这段时间里让它做什么：伍子胥上了路，首先遇到一个渔翁，载他过河，途中渔翁认出他来了，称他伍大夫，很敬重他。可是伍子胥是一个疑心很重的人，尤其是在亡命的处境里，他非常为难，这时渔翁就说你放心，说罢就自刎了，解了伍子胥后顾之忧。然后他再继续走继续走——这有点像民歌体式，我很喜欢民歌体式，你们去看《诗经》，总是重复，重复，微微地起一点变化，就这一点变化却形成一种递进的节奏。伍子胥继续走，在河边又遇到一个洗衣服的女人，一个耽误了婚姻的女人——似乎在中外古今的小说里，女儿出嫁常常是一个命题，简·奥斯汀的小说，主题就是怎样把没有陪嫁的女儿嫁出去，《诗经》里面，总是有"于归"两个字，也是这个意思。这洗衣服的村姑看到了伍子胥，她对伍子胥很有好感，觉得是一个伟丈夫，把她的午饭给他吃了，伍子胥很感激她，觉得于危难中遇知己，可是他还是很存疑，他想你怎么能保证不告诉别人呢？女人觉着很委屈，但为了断伍子胥后虑，还是投水自尽了。他就是这样一路上过去，直到最后遇到专诸，为他行刺吴王。在此，时间是这么处理的，就是路遇，遇到各种人，既表达了行程，又描写了伍子胥的性格，还写了那么些忠义男女。

时间对我们来说始终是个压力，当头和尾都决定了的时候，中间如何度过，是我们一直要处理的事情。再比如《六郎探母》里的一折《坐宫》。夫妻俩在台上，整整一场，你叫他们做什么。其实就是很简单的一件事情，六郎晓得他母亲来了，就在附近扎营，他要去看看她，能不能得到公主的帮助。一句话可以讲完，可是却进行了一场戏的时间，这段时间究竟怎么打发的？小说要做的事情也是这样，你就是要把这个时间有趣味地填满，你不是告诉我们一个结果就行了，而是要有一个过程。小说它是很俗的东西，它是俗世的艺术，是赘言闲话，所以不能直达目标。夫妻两个人，这么点事，怎么处理这个时间。公主问他，你好像不开心，为什么不开心？她就开始猜他心事，第一猜是：是不是我妈妈对你不好，他说不会，岳母对我很有恩德，恩重如山，不是；第二猜：是不是我们夫妻不和谐，他说这也不是，我们夫妻很恩爱，根本不是不和谐；她再一猜：你是不是在青楼里有什么放不下的？他说我从来不去这种地方；第四猜：是不是想纳妾，还不是。她这一猜也是一逼，将事情逼到了高潮，他不得不交代了自己的身份，他其实是杨家将的儿男，金沙滩一战大败，他做了战俘，被她家收作女婿——于是，夫妻两人就面对了巨大的伦理的挑战，忠孝节义如何兼而有之，戏剧性展开了。戏曲有一个方便之处，就是它可以唱，唱就是直接抒发，有效地占有了时间。

戏剧相比较小说，形式感更强，既要处理时间，也要处理空间。我说的不是电影，是戏剧，是舞台。不晓得你们有没看过这次特奥会的开幕式？是位美国人导演的，西方人比中国人有空间感。体育馆是每个导演感到棘手的地方，它太大，这个体量太大，你怎么样处理？哪怕你堆满了人，你也不够填充它的体量，你既不能让它变得壅塞，又要占领控制它。特奥会开幕式在体育馆中央开辟了一个十字，十字形的表演区，就这样，将全场贯通，挈领起来。你们还有没有看过《悲惨世界》的音乐剧，舞台上的空间是非常有限的，就像我们时间的处境一样，一方面你觉得很长很长，不晓得怎么把这个时间充满，另一方面又觉得时间太短促了，在很短促的时间里要表达一个复杂的事物。我总是强调小说的时间和自然的时间不是一个时间概念，我们常常蹈入误会，好像小说时间和自然的时间是一致的，因此我们写长篇特别喜欢写所谓史诗型的，从晚清写到民国，从民国写到共和国，然后再从共和国写到"文革"、改革开放。其实小说里的时间它不是自然时间。同样，空间也是这样的问题，一是把大的空间充满，二是在有限的空间里开发体量——《悲惨世界》有一场戏是冉阿让从巷战里救下马吕斯，然后从地下水道里脱逃。一个舞台那么有限，如何设计他走过的很长很长的地下水道？小说它可以表现，地下水道的空间很奇特，它具有时间性质的外形，就是长度，此外它又别具气氛，小说恰恰就是表现这个的能手，地下水道的阴沉，城市历史演进的体现，隐匿着的罪行，冉阿让身上背的伤者的沉重，这个受伤者引起他的复杂感情……都是可以写的。可是到了舞台上，这么小的一个空间，心理活动可以交给咏叹调，环境你怎么表现，他用灯光来表现，用灯光造成阴井的投影，隔一时，投下一方阴井的投影，隔一时，投下一方，造成地下水道里行走的效果。所以戏剧要比小说多一重困难，也是多一重形式，就是空间的处理。

绘画是处理平面二维的关系，戏剧很难，既要处理一维，也要处理三维。小说它是一维的,就是处理时间。我有的时候会想,《史记》里面的"刺客列传",一共是五个刺客的故事,其实都很壮烈,为什么荆轲的故事最长?它特别长,远超过其他故事的篇幅,你想,就是因为它细节多。所以,我还是要强调小说时间的概念和自然的概念不同,它有着完全不同的存在理由。当我决定在我的小说里面写一个怎样长度的故事,我不是取决于这个故事实际所进行的时间长度,而是取决于这个故事的内涵的体量,这个内涵包括很多条件,它的细节、情节、思想、人物性格等等的规模,而不是取决于事实上它有多少时间。美国有个电影叫《泰坦尼克号》,它实在是太实证主义了,电影的时间基本上就是跟失事过程的时间差不多,非常漫长,那么漫长的时间里干什么呢?哭啊、叫啊、跑啊,就这样。还有,《二十四小时》,美国电视剧。照我看起来挺愚蠢的,自然的一小时就是故事里的一小时,而你看的时候完全忘了它的时间,你并不在意它是发生在一小时里边还是发生在一天里边,所有的紧张度是由情节造成,而不是现实时间的急迫性。我的意思是说,小说是一个时间的艺术,因为它是叙述性质的,叙述必须一句话一句话地进行,所以是在一个时间的流程里,我们要遵守我们的限制,将不可叙述的转换为可叙述。比如说,空间,有一些空间具有叙述的资源,它有隐喻性,《安娜·卡列尼娜》里面的车站,充满暗示性——渥伦斯基和安娜在车站邂逅;又是在车站,安娜看到一个工人被火车轧了;最终,安娜选择车站作葬身地。车站它不只是车站本身了,而是和命运有关系,这就成为可以叙述的。你一定要知道我们能做很多很多事情,可是也有很多很多是我们做不到的,做不到就不要去做,因为每种艺术都有它的特质。

刚才我说了小说的外壳是什么,也就是小说的外部形式,现在慢慢往里面说,它里边是一个什么样的内容。这就是我要说的第二点。我想内容是故事,我还是觉得小说应该是讲故事的。方才说过,小说是个俗的东西,千万不要把小说想成雅的,有一些曾经写诗的人去写小说,好处是,他们很抒情,他们非常知道什么境界是好的,可以纳入审美,可是他们太干净了。我们中国人有句话叫作:水至清则无鱼,小说是要有垢的。我经常说小说是曲,不是诗、词、赋,是曲,它很俗,它一定是表现俗世间的人和事,人间常态。

我比较喜欢举的一个例子就是《长生殿》。唐明皇和杨贵妃的故事,是千古绝唱,白居易的《长恨歌》写得很优美,如何缠绵悱恻,马嵬坡一幕又何等无奈,最后又是万千伤心落意。但是你们有没有看过洪昇的戏曲《长生殿》,你会发现,这段千古佳话处理得就像街谈巷议。它讲杨贵妃吃醋,你简直不能想象,皇帝是三宫六院,居然就吃醋,而且还吃得很厉害,最后把皇帝给惹恼了。皇帝表现得非常像我们现在的老板,发了脾气,把她发送回家了,她回到娘家,痛定思痛,心里舍不得这个老板——这种感情不像是宫中妃子,倒像市井女子。张爱玲不是写过一篇散文吗,就说看唐明皇和杨贵妃的故事,我估计她看的是《长生殿》,就好像看晚报上的社会新闻。然后,高力士就来劝了,说:你不能穷使小性子,你得收敛收敛，皇上是很惦记你的，这事怎么个收场呢？他说我给你提个建议，你能不能给皇帝送个什么信物过去，向他示好，请求他原谅，看能不能挽回。那么送什么呢，这一段就写得很抒情，像诗人写的了。杨贵妃说我一身上下都是皇帝给的，我能给他什么呢，只有一样东西是我自己的——眼泪，可眼泪我又不能把它串成珠子，用盘子托上，再想想，我还有头发，那我剪一束给他。剪一束头发这有点像西方人了，法国莫泊桑的小说《俊友》，里面那个漂亮男人，很风流的，他的女朋友向他示好都是给他剪一束头发，结果有一个女朋友闹气了，说你把我的头发还我，他回到房间，打开盒子，各种颜色的头发，他都不晓得哪一束头发是哪一个的。《长生殿》里高力士给提的这个建议，杨贵妃采纳了，她剪了束头发请高力士带给皇帝。皇帝一感动又把她迎回宫里，迎回宫里她还不罢休，杨贵妃醋劲很大很大，这已经不是宫廷故事了，而是饮食男女。第二次吃醋吃得更加严重了，有天晚上皇帝一夜未归，她居然就去捉奸了，她想他肯定在梅妃那边，就跑到那边去，还真给她堵个正着，还是要靠高力士解围。杨贵妃是个有知性的女子，也不是一味地闹，她还在思考，怎么样才能让皇帝更加喜欢我一点。高力士又出主意，说梅妃写了一个曲子很好听，皇帝很喜欢，你写一个更好听的曲子，这时候就进入才艺大比拼了——这一整个故事，你们对照一下，和白居易的《长恨歌》有多么不同。唐诗已经蛮俗了，唐诗其实是那时代的流行歌曲，可是曲还要俗。我想说的是，小说就是人之常情，人之常态，遵循的是人世常理。

美国作家安妮·普鲁克斯，就是写《断背山》的那一位，她有一篇文章，谈到她如何写《断背山》，有句话我很有兴趣。她说，"我和一位看羊倌谈话，以便确认，我所描写的二十世纪六十年代早期可以有一对白人牧童看护牧群，这一点是符合历史事实的。"这句话很有琢磨头，这重要吗，这是不是很重要？有这样的历史事实和没有这样的历史事实有什么区别呢？我们小说本来就是虚构，我们完全可以虚构一个事实出来，为什么安妮·普鲁克斯她要那么那么遵守历史的这么一个事实，这句话我觉得意义非凡。她可以不管事实，六十年代也许美国南部绝对没有一对白人做牧童，她要创作出一对白人羊倌，谁也不会和她去较劲，因为你不是写历史，你是在写小说，你是在虚构，你可以不遵守事实。那她为什么一定要遵守呢？我无法证明后来《断背山》成功一定和这有关。可是你要知道，我们大家都是写小说的，写小说的时候，我们有时就要找一个事实，所有的推理、推论、派生情节，我就要靠原初的这个事实。那为什么原初的事实如此重要呢？我个人经常在想她这句话，我在想，可能是我们必须要遵守一个规则，这个规则就隐匿在最原初的事实里。而在这一点上，我非常相信大自然，我觉得大自然创造的东西有它的绝对的合理性。比如，我有一次在一本科普杂志上看到一个推测，觉得很有意思，它说为什么牛啊羊啊，它们这些小犊子、小羊羔一下地就能站立，就能够生活自理，只有人类，初生的婴儿是需要过一年的时间才能够站立、行走，脱离母亲的怀抱。这个推测认为，哺乳动物的孕育应该是两年时间，而人类却减少到一半的时间,为什么?这和进化有关系,当人类进化成直立动物时,她的盆骨逐渐缩小,她的盆骨不能太宽,因此不能够孕育太大的婴儿,它只能生下还没完全成熟的婴儿。这就是在进化过程中慢慢形成的一个事实。我和你们说这些并不是谈科学道理,而是谈大自然的造物,大自然的造物真的是有它的合理性,有它自己的道理,也许并不为我们所知。大自然在科学上是造世界,它在人文上是造什么呢?它造历史,造现实。所以我常常有一种感觉,就是当事实发生,我觉得就是好过虚构,你虚构得再好也虚构不过历史,它的那种合理性,你很难推翻它,颠扑不破。因此,我们写小说的人往往企图找到一个现实的核。这个核里面包含着极强的、没商量的一个合理性,由什么来决定,我可能永远不知道,但是我信赖它。

比如说莫言他写《红高粱》,那场很著名的颠轿戏,你们有没注意过小说?小说里面的颠轿,这些轿夫都是非常风流潇洒的男人,穿着一身黑绸衣服,梳着分头,甚至有些油滑。然后莫言还给我补充了一点,他们都穿着新鞋,鞋底上纳着各式花样,踩在泥地上一踩一个花案。到了电影里边,姜文他们演的,则是很原始很蛮荒的状态,很粗野,破衣烂衫,光着身子。有一次我碰到《红高粱》的一个副导演,我跟他说莫言是这么写的,不是你们那样的。他就很生气,他说仁者见仁智者见智。这话一点都不错,但是我想,莫言总是有他的道理,他为什么写这样一些农民,这么风流倜傥的农民,我想这太有道理了,因为这和故事里所表现的那种忠义节烈都是有关系的。中国的农民不是蛮荒世界的初民，是有几千年的农业文明教化的，我们中国人很多精神是要到农民当中去找。那时候我们在农村插队落户，农民就经常讲我们，他们说你们上海人最不懂规矩了，我觉得这句话讲得很对。农民社会是礼仪之邦，《红高粱》里他们去为自己的乡亲报仇，去雪耻，这高贵尊严是和农民形象、气质、风情、所有东西有关系的。你不能把它切断的。所以我觉得，当我们去虚构我们的小说时，我们有一个原则——还是要从我们的现实出发，因为现实它实在是出于一个太伟大的创造的力量。这种创造力超过我们。我们所做的一切全都是认识和模仿大自然的创造力。我在想，这个问题，其实很多写小说的都在思考，否则你怎么解释安妮·普鲁克斯那么较真白人放羊的事情。如果没有白人放羊，只是黑人或者墨西哥人放羊的话，她的故事就需在另一个群体里面发生，这一个群体也许对同性的概念是另外一种概念，另外一种传统，故事的整个走向都将不同，也许不是白人作者所能控制，更也许作者就放弃了这一次虚构——这是我推论出来的，总之我觉得她不是无缘无故那么强调这个事件的真实性。我的意思是人间常态的故事，要根据人世的寻常道理，这不是大道理，但却有着人生的趣味，也就是小说的趣味。

我刚开始写小说时是不大讲究趣味的，我觉得趣味是小道，是雕虫小技，我写了许多没有趣味的小说。但是我也不后悔。趣味是个很危险的东西，弄不好你可能就会掉入陷阱里去，而永远在这个陷阱里。我年轻的时候是很不讲究趣味的，这个偏见使我保有了更大的野心。但是你完全摒弃趣味的时候，那么小说的血肉又到底在哪里呢？我们刚才不是说小说是讲人间常态吗？那么人间常态是什么？我想，小说家其实都是乐观主义者，对人世是有热望的，否则不会去做小说，所以，人间常态在我们看来，是风趣盎然的。从某种方面来说，写小说真是一件很奢侈的事情，现实这么发生，历史这么进步，哲学它在考虑人的世界是怎么回事，那么多重大的事情，小说却只是小人小事，古人说是"稗史"，但是和人、生活贴得很近，在正统看来，就只是些情趣而已。因此，趣味在于小说，几乎称得上是世界观了。

日本有个导演小津安二郎，这个导演在日本的战后电影史上占据很重要的地位。他有一个电影叫《Good Moring》（《早安》）。说的是日本战后，这一家住在一个很大的平民住宅区里面，都是那种木板房子，挤挨着，蛮简陋的。这家有两个男孩。小兄弟俩，他们很喜欢看棒球赛，但是他们家没有电视，他们必须到邻居家去看电视，他们妈妈很不高兴，因为这个邻居家女人是很不名誉的，关于她有很多绯闻，那么母亲就不让他们去。不让去，小孩就开始吵，说我们要去看、要去看。他们爸爸下班回家，小哥俩就对他们爸爸吵，要爸爸买一个电视机。那个时候电视机挺稀罕的，日本家庭一般没有。喋喋不休地吵吵吵，这个爸爸就烦了，说，你看你们这么喋喋不休地，这么饶舌，一点都不像男子汉，不许再重复说一样的话了。哥哥就喊，说你们大人不也是说很多重复的废话吗？比如说，早安啊、饭吃过没有啊、休息好了没有啊，你们不也是在说废话吗？他们爸爸很恼火，说我再次跟你们说，你们不能这么喋喋不休，像女人样。这个哥哥就说，好，从此之后我一句话也不说。弟弟是哥哥的应声虫，也说，我一句话都不说。从此小哥俩就开始了一场很奇怪的斗争，不说话了。什么话都不说，而且不仅是不和爸爸妈妈说，也不和老师说，不和同学说，他们就变成沉默的人。邻居觉得很奇怪，说你们家小孩怎么见人不说话？太失礼了。大人也很无奈。有些很必要的话他们也不说，比如学校要交伙食费，怎么办呢？就比画，比画嘛当然千差百错啦。他们到老师家补习，这是很年轻的一个男老师，这个男老师正在暗恋一个女孩子，他母亲就催他快点向她表白，他却不说。同时他们那个住宅区里又流传很多的闲话，挑拨得邻里之间不和，就这样，该说的话不说，不该说的话铺天盖地。这两个小孩子不说话，这个老师倒不奇怪，这个老师这么说，他说我很能理解你们，我们说的话绝大多数都是废话，但是你们这么做总归不大方便吧。小哥俩还是不说话，坚持了一段时间之后，他们的爸爸终于屈服了，给他们买了一台电视机。从此开戒，说话了，看到邻居也问好了。同时，必要的话也说出了口，老师终于向心爱的姑娘表白，废话造成的不和与误会，则在更多的废话的繁殖底下，解除了。这个故事很有隐喻性。就像我们小说，我们就是一个说废话的人，我们所说的没有一句话是必要的，但是就是这些废话使生活在进行。还是说小津安二郎的电影，他的电影都是给家庭妇女看的，很像韩剧，但是不像韩剧那么"水"，大约也是电影时代和电视时代的区别。小津安二郎的故事多是些家长里短,有着人情世故的趣味。这个电影也是写一个父亲,丧偶多年,有两儿一女,家里面三个男人的生活都由他的女儿来照料,生活得有条有理。这个女儿慢慢地年龄也就大了起来,有人说你女儿该结婚了,不能再把你女儿留在家里,要耽误她的。父亲并不觉得这个事情有那么紧迫,在他看来,女儿还小,并且觉得他们家生活挺好的,不想有什么改变。有一天晚上,他们一些老同学聚会,也请来了一个老师,这个老师很落魄,也是丧偶多年,生活得很狼狈,喝酒喝醉了,衣冠不整,胡言乱语。他们几个当年的学生,一起把这个老师送回家里去。进老师家门,出来迎候的是他女儿,一个老姑娘,怒气冲冲地责备她的父亲,铁青着脸,一点女人味也没有,被生活折磨得很憔悴的样子。接下去,有一天,这个父亲独自又去了老师家,专门挑老师不在家的时候,这非常容易给人家一种印象,觉得他是不是想和人家女儿怎么样了,这也是蛮合理的。可偏偏不是,他是为去看这个老姑娘,他就是专门去看这个老姑娘,他看老姑娘的时候就看到了女儿的将来,这种意外就是生活的微妙之处,也是小说的趣味所在。非常温暖又酸楚的一幕,需要对人情世故有一种理解和同情。

《红楼梦》里边,这样的趣味处处皆是。它有诗情,比如黛玉葬花,焚稿,海棠诗社,宝玉祭奠晴雯……可是它也有很多很多世故。这些世故,如果你不理解的话,恐怕都很难领会它的趣味。当年我们在中国作协文学讲习所的时候,吴组缃先生来给我们讲《红楼梦》,他讲得很有趣,他就给我们讲里面的人情世故。他说,你们想为什么林黛玉非常希望得到宝玉的允诺，可是一旦宝玉要向她倾诉衷肠的时候，她赶紧阻拦他，并且表现出受辱的表情？这里面是有个很深的世故，就是说，再知心的男女，婚前通款曲，有私情来往，都是不尊重的，会失去对方的敬意，将来必在婚姻生活当中受到挫败。他说，然后你才能够解释为什么当宝玉送给她几块旧手绢当信物的时候，黛玉如此之感动又如此之紧张，觉得他们冒天下大不韪。人情世故背后实是有一个严格的伦理秩序。抱着这样的认识，我们再看《红楼梦》，就可以看出里面的微妙之处。比如，黛玉不是后来生病了吗？贾母去看她，看她时，贾母很伤心、很难过，说了这样一段话，这段话真的是大家子里的规矩。她说，如果这个孩子生的是别的病的话，再怎么难治也要帮她治，她恰恰是生的这样的病，她意思是说黛玉有了男女私心了，莫说是治不好的，即便治得好，也没心思了。还有，黛玉刚刚进荣国府的时候，凤姐看出贾母很疼这个外孙女儿，很是奉承，怎么奉承？她说这么好的一个女孩子，看上去不像是老祖宗的外孙女，倒像是嫡亲孙女。这一句奉承很得中国传统家族观念的精神，真正说到了老祖宗的心坎里。

趣味有的时候吧，真的有一点点不太干净。像五四新文学小说，大部分来说都太纯了，象牙塔式的。因为五四新文学作家他们是以启蒙大众为己任的，他们对日常生活是批评的，认为不觉醒。也因此说当我们后来看到张爱玲小说时，一下子被她制伏了。我们被她制伏就是她小说里的趣味性，那是一种生活的趣味。

汪曾祺的小说里写过一个老板，一个生意人，节俭的人生，节俭到完全不晓得生活里面还有什么乐趣，一门心思节省下来钱投资做生意，然后再赚回钱，再做生意。他们家养了些鸽子，其中有只鸽子眼睛里面有一个点，一个斑点，小说写到，这个生意人有的时候会抓起这只鸽子看它的眼睛，他专注地看，看它眼睛里的斑点，不晓得这只鸽子眼睛里怎么会有个斑点的。这就是他人生里的一点趣味，有性情的人才能领略。这个老板枯乏的赚钱的人生，也有这么一点点趣味，无功无用，可要是没有这个，人性就干枯了。小说也是同理。

你们有没看过有普希金的小说《黑桃皇后》？它写一个工兵，军阶很低，出身一般，但头脑清醒，自制力很强。他身边都是些贵族纨绔子弟，过着荒唐的享乐生活，突出的一点，就是豪赌成风，而他从来不赌，别人赌钱，他只是作壁上观。有一天，聊天的时候，有个士官生说起他的祖母。他的祖母是个传奇人物，一个疯狂的赌徒，曾经在巴黎的皇宫里面和法国国王一块赌博，这种输赢都是很大的。有一次，她在皇宫里和国王赌，输得很惨，欠下巨额赌债，就需要一笔钱填这个窟窿，问她的丈夫要。她的丈夫的贵族背景不如她显赫，因此对她百依百顺，可这回，她丈夫也不干了。他说你太荒唐了，因为这笔钱太大太大，不能再纵容她。她就非常生气，转向她的相好求救，她这一位相好也很有钱，也是个贵族。她说，你能不能给我这笔钱，让我把债还掉，因为我不是欠一般人的债，我是欠法国国王的债，我必须要还掉这个赌债。她的相好说，我也没那么多钱可以供你还债，但是我可以告诉你三张牌——这三张牌，依次打出来，你绝对可以翻盘。后来，果然，他的祖母全盘胜出。这个小伙子就在他们这些玩主里面讲这个故事，他说，我的祖母就是知道赌牌的秘笈，但他绝不透露。这个冷静的工兵听在耳里，记在了心里。接下去他去做一件什么事情呢？勾引他祖母的养女，这时祖母已经是八十岁的高龄了，在他们贵族生活里，所谓养女，就是穷亲戚的孩子，带在身边，给一些教养，学习料理内务，做一个贴身的侍女。这个养女嘛，已经到了待嫁的年龄，可是完全没有自己的生活，当然抵不住他的进攻。一个人陪着一个老太太过岁月，很寂寞，很闷的。事情很快进行到计划幽会，养女托人送给工兵一张她们家的地形图，指示他如何进入房子，各个房间的布局，同时告诉他某天晚上老太太要去看戏，大半仆佣都要陪护去戏院。到了这天，工兵根据指示进了老太太的家，他当然不会去养女的房间，他对她毫无兴趣，而是去了老太太的房间，就在老太太的房间里面等着老太太回来。等老太太回来以后，他张口问她，要老太太告诉他那三张牌。这老太太一进门看见个陌生人，吓得要死，愣在那里，话也说不出来。当工兵走近去，发现老太太已经被吓死了。当然，故事还在进行，可是这里出现了一个细节，在我们看起来也许是一个闲笔——工兵的处境很尴尬，在人家家里守着一个死人，怎么办？他又根据地图的指示去找养女。他到了养女的房间就跟养女说了事情的前后经过，养女当然很受打击嘛，好容易有的爱情结果是一场误会，而且被工兵带入这样不名誉的困境，天也已经微微亮了,她还得把这个人弄出去。养女就带他走到一个很僻静的边门,门外有一道楼梯,直接通到了街上。这时候就有了这么一句描写:当这个工兵走在楼梯上,他忽然之间脑子里出现六十年前,这个老太婆和她的相好幽会,她也是从这个门里把她的相好送出去的。这一细节其实和它整个的故事是没有关系的,可是,你知道,一旦有了这个细节,这位老太婆一下子就变成一个年轻女人了,一个风流女人,旖旎的青春光景,陡然出现在这个工兵拘谨的乏味的生活面前。它可能和整个故事的情节走向不是有直接的关系,但它生发出许多关联,这些关联就像光晕弥漫在亮的周围,这就是趣味。

刚才,我也说,趣味有时候很容易有偏差,因为它是一个俗的东西,所以你弄得不好吧,会变得比较低下,这是非常危险的事情。那时候傅雷不是批评张爱玲的《连环套》吗?他就批评她恶俗。这个事情有时就如在刀刃上走路,你偏一点就变得恶俗了。你没有这东西也不行,因为小说实在是个人间烟火的产物。它是人间烟火,你没有世俗的喜好是不行的,但又千万不能落在恶俗里面,这是我们的一个陷阱。如何避免这个陷阱,我觉得,有时是很难教授,也很难传达。和经验都无关,它可能就和一个人的性格和气质有关系。趣味除了走低的危险,还容易走偏,我用钟阿城的一句话,就是"笔笔中锋",这是一个大趣味。什么是小趣味呢?还是谈推理小说,有这么个推理小说,题目叫《本店招牌菜》,作者美国人,史丹利·艾林(1916—1986),非常微妙!它就说有一名职员，有一日他下班时，他的上司跟他说：你今天晚上跟我去吃饭，我带你去一个吃饭的地方。这个职员当然受宠若惊，怎么偏偏是他被上司看中？他的上司说：经过长时间的接触，我发现你是一个美食家，你是有资格品尝美食的人，这地方我从来没介绍给任何人去，而我终于选中了你，决定带你去。然后上司就把他带到一条小街，这条小街看上去非常平庸，而且暗淡，街角上有扇门，上司带他推门进去了。他问，为什么没有餐馆的名字和招牌呢？难道是俱乐部制的吗？上司说：并不是俱乐部制的，就是一些喜欢美食的人，在这里吃饭，凡是来的人都是回头客，不仅是回头客，还是志同道合的人，按时按班地来到，简直就是一个美食的学校。他们走进去，很小的一个餐厅，他一眼看出这个餐馆的特别之处，就是没有菜单。上司跟他说：你不用点菜，这儿的菜都是给你配好的，每天一套，给你吃什么就是什么，你不必为点菜劳神，一切给你安排好的。先上来一道汤，他觉得很淡，这时又发现一个特别之处，桌上没有任何调料瓶。上司说，你也不必费心自己调味，它送上来的菜一定是最可口的，果然，再一吃，他觉得其乐无穷，味道简直无法形容的美妙。这时，他发现在座的人都很严肃，很专心地享受他们的菜，气氛简直称得上庄严。然后接着上菜，每一道都是妙不可言。最后上司对他说，今天很好很好，可是还没有上本店招牌菜，本店招牌菜是很不容易吃到的，你要耐心地在这里吃好多好多天，说不定你运气来了就吃到了，这是一个可遇而不可求的好运。从此之后，这个职员就跟着他的上司，成了这里的常客，大家互相都眼熟，但人们从来也不交谈，只是彼此知道：固定的位置，固定的人。大家都明显地增添了体重，面色也红润起来，因为食物实在太美好了。终于有一天，本店招牌菜上来了，这道菜叫什么呢？叫高加索羊排。实在美极了，他忍不住很为临近餐桌上一个空位感到惋惜，心想，这位先生等了那么多天，恰恰在上本店招牌菜的这天缺席了，太遗憾了。这家餐馆由老板掌厨，每当上菜完毕，老板会走出厨房，与大家见面聊天，像散了戏后的名角和粉丝见面。这职员曾经向老板请求，说，我真想看看你的厨房，一定是非常清洁，非常高雅，充满智慧的，所以能够做出这么好吃的东西来。老板回答说，这是很高的荣誉，需要极大的交情，我不轻易请人去我厨房参观。有一日的白天，他和上司走过这家店门口，看见一名店里的服务生在门口被两个恶汉殴打，因为他欠了赌债不还，他们冲过去把那两个凶神恶煞的人呵退了，服务生已经被打得半死，非常感激他们来帮他解围，救了他的命，说有朝一日会报答他们的。当天晚上用餐的时候，这个服务生走到他们桌子前，神色非常紧张，很急促地说，我今天是特地为你们换到你们桌上来服务，就为告诉你们，千万不要接受邀请参观厨房。就说了这一句话，赶紧走开了。可是恰恰这一天，老板邀请上司去参观他的厨房。上司问，能不能带我的同事一起去，这名同事在这里吃了一段日子，也很期待能一睹老板的厨房。老板说：不不，这个荣誉不能这么随便地、轻易地就给人了，这一回只能你一个人去。小说最后写道：老板带上司进入厨房门口的时候，这个职员最后一眼看见他的上司，正就看到老板的手搭在他肥厚了许多的肩膀上。就这么一个故事，太微妙了。有的时候不要搞得太微妙了，太微妙的东西质地太纤弱，难以为继。这个作者之后写的都很一般，太微妙的东西似乎没有繁殖力了。小趣味的路子比较窄，像克里斯蒂这样的作家吧，她是开宗明义的，一上来就死一个人。一定是有一个人被谋杀，一定是有一个凶手，一定是有谋杀的理由，而且这理由都是人间常情常态。这就是大道，我们经常讲大道和小道的区别，大道是恒常之态，小道则别出心裁。

这是第二点，说的是小说写作的内容，就是讲故事，故事的原则一是遵循常理，二是人间趣味。再来从头梳理一下，先是谈形式，即小说的壳，是时间性质的；然后进入它的内容，是故事；第三点——我现在将要谈的，我都没有信心，一个作家向另一个作家谈什么呢？都是些常识和通识，这也是我非常顾虑到你们作家班来讲课的原因。但既然已经开始了，只能继续下去了。

第三，我们要再更进一步，就是思想。我们从壳子进到了内容，就是瓤，然后就要把核敲开了。我为什么很喜欢用"核"这个词呢？因为我觉得对一个果子来说，核是生命的种子，种植下去，长出苗来，最后结成果实。小说的核我是这么命名它的，叫思想。我前面所说，小说的面目是人间常态，我们是从人间常态出发，我们要遵守常态的基本原则，依循它的逻辑，然后将走到哪里去呢？走到非常态。就是从一个常态到一个非常态。这是一件很难做的事，其实小说也蛮难的，不是像通常所认为识字就可以写小说。尤其是当我们所写作的小说是从西方人本主义思想之下发生的小说的源过来，又在"五四"的启蒙运动中成形，小说的内涵越来越大、越来越大。我相信中国初起的小说是以趣味性为重，娱乐人的耳目，没有承担太重的对人生价值负责的义务，但我们所承继的小说却是另一脉传统，所以是以思想为核心的。如何从生活常态中实现思想呢？是我们一直以来要处理的困难。我刚才说了要从常态走到非常态，要把一件完全不可能的事情，变成可能的。这个不可能是什么？可能又是什么？如何实现不可能到可能？

余华到复旦大学来讲演，他讲到《搜神记》，我觉得他讲得很有意思。他说神仙从天上下来这是哪个神话里都有的，可是《搜神记》却说：神仙乘着风下来。乘着风下来，你给神仙找到舟筏了，找到合理性了。怎么解释呢？小说是步步要落到实处的。托尔斯泰的《复活》，聂赫留朵夫他最后到了西伯利亚，走入苦役犯的流放队伍，这是一件太奇异的事情了，是不可能的。一个贵族怎么和苦役犯混迹一处呢，我们小说要做的就是，让这不可能怎么样子一步一步走到可能。托尔斯泰是一个讲究现实合理性的人，他不像雨果。雨果有魄力越出现实逻辑，创造最不可思议的关系。比如《巴黎圣母院》，一个最美的艾丝梅拉达和一个最丑的卡西莫多，两人的来历都不明，简直像耶稣一样。我们小人物是不敢做这种事情的，我们的想象力不足，我们只拘泥在我们生活其间的芸芸众生之中。雨果是大作家，他是大手笔的，他要赋予他的人物更加重大的使命。托尔斯泰也是有大抱负的人，但他是严谨的，他要不动声色地摆布现有的世界，他必须把所有人和事的来历讲得清清楚楚，安排得妥妥帖帖。而雨果，就可以横空出世他的人物，艾丝梅拉达是被吉普赛人不知从什么地方偷来的女婴，卡西莫多则是被弃的怪胎，又有一种暗示，这两个婴儿是被调了包，但事实上，都是从雨果的心里虚拟的一个地方出发，他给那地方命名为埃及，埃及是古代神祇的起源地。他是浪漫主义者，他真的是有能力创造神话，可他依然是小说家，还是要服从现实逻辑，但是他能够从现实中攫取神话的因素，比如，吉普赛人，这个世界上有吉普赛人，太好了。吉普赛人过着这样一种流浪的生活，居无定所，他们提供了神话剧的条件。这个世界上还有乞丐，还有弃婴，还有隐修，这也太好了，就是说可以提供浪漫主义者创造新世界的条件。我们都是需要条件的。即便是雨果，他也不能真的徒手造出来一个神，他也不能做这样的活儿。

那么走什么样的途径呢？我觉得西方哲学里有着合乎小说特质的方法，从此岸到彼岸，将人变成神的时候，是要求有逻辑的，一环一环，哪一环也不能少。《悲惨世界》，冉阿让去担任——不能说是救世吧，因为他只救了柯赛特，但是他最重要的是救了自己，从罪人变成圣人，你可以看见那种一步一步走来的过程。这个过程是很讲究合理性的，他们是实证主义者。不像中国，中国哲学是讲顿悟的，一个人忽然之间受了点拨，有了悟性，于是事情改观——当然，觉悟也有条件，多是来自前缘，就像《红楼梦》。但是在西方人的小说里面，他们很现实，他们必须要是现世的条件。比如陀思妥耶夫斯基的《卡拉马佐夫兄弟》,我真的建议你们好好看看这本书。这本书可能有点闷,又很长,但它里面有很多东西很值得我们思考。这个老头,家里面三个儿子,另外还有私生子,反正乱七八糟的,其中第三个儿子阿廖沙是一个非常非常纯洁的孩子,好像生来就对现实生活没有兴趣,可能因为他生活的这个家庭太污浊了,所以他很早就进入到修道院中修行。在经过一个非常丑陋的晚上——他的父亲和他的兄弟在修道院长老请他们吃晚餐的场合,出了很多丑,表现非常恶劣,而且无耻。此时,长老身体非常虚弱,马上要谢世,目睹这一晚的卑鄙混乱之后,他和阿廖沙说,他说你还不到进修道院的时候,你还要去人间,等到你看尽人间、历经很多很多的事以后,你再回来。就是说,人的历练是要在实践中进行,要历经真实的人生,再得出结论,这和小说的本质接近。你可以看得非常清楚:当他设定了一个不可能的目标,面前的道路要非常可能的。你千万不要奢望可以另外开辟一条道路,在世外开辟一条道路,那就变成神话了,就不是我们小说了,我们小说一定是人间常态,也就是可能,而不可能则是理想,是我们所期望生活发生的情形。

  卡尔维诺的小说我不知道你们看过没有?这个意大利作家的小说特别像教科书,可以供分析,而得出某一条小说定律。我当然很难完全赞同,可是我觉得需要有这样的作家,他能够辨析出小说内里的结构组织以及最终目的。他有一个短篇小说叫《弄错了的车站》,说的是一个人看晚场电影出来,这条件设置得很好,这个人是看电影出来，而电影往往会给人一种混淆真假的效果，不晓得什么是真的什么是假的。看完电影出来时，正好外面起雾了，一切景物朦朦胧胧，他茫然地走走走，走进了个小酒馆，喝了酒，所以这个刚看完电影的人又是一个醉酒的人了。他继续寻找他的车站，却老是找不到他的车站，他要向别人询问的时候，别人的回答是从雾蒙蒙中传过来，模模糊糊的。恍惚中，走过了无数条街，拐过无数个街角，甚至攀上墙头，又走在地面栽种了灯光的广场，最后，终于看见了巴士。当他登上巴士的梯子，问门口站的那个售票员，问道下一站是什么地方？那个人回答他说：下一站是孟买——原来他上了一架飞机，他走到了机场停机坪上。这个故事我就觉得可以用来说明小说要做什么，其实就是从公共领域走入禁区。小说就需要做这样的事情，就是说，把一个人从常态引渡到非常态。苏童近年写过一个小说叫《二重奏》，说有一天夜里，一个出租车司机拉了一个醉汉，两个人都是失意的人，都有很多郁闷，很不开心，醉汉喝醉了，说不清楚他要去哪里，又不肯付车资，出租车司机也没好气，于是两个人就缠上了。最后天色快要亮了，已经过了凌晨，车也不知道走到了哪里，司机停下来，再不愿走了，两个人推推搡搡、拉拉扯扯出了车，原来是在鼓楼，又撕扯着上了鼓楼，两个人击起鼓来，各自击各自的，错落的鼓声就在沉睡的城市上空回荡，没料想地，方才卑琐的纠缠忽演化成庄严的一幕。

我现在和你们说的这些东西都是可以传达的，既然可以传达，其实就不是真正重要的东西，真正重要的东西是无法言传的。我现在说的都是小说中技术的部分,但小说又不只是技术,尤其对于你们,技术已经不是问题了。张艺谋较近导演的《千里走单骑》,你就可以看到这部电影它的导演和编剧非常熟练的手法,任务就是一个,把人带到不可能去到的地方。比如,高仓健一行来到一个村庄,特别闭塞,手机没有信号,就有个女人说她知道有个地方有信号。因为有这个理由,他们一行人才能走过曲曲折折的路上到废弃的烽火台。就这样,我们需要一个理由把我们带到一个空间去,有了理由还不够,还要手段。《千里走单骑》的故事就是这么一个结构,因为一个日本客人的特殊要求,所要求的又是在监狱里边的一个服刑者,于是,最后就在监狱里边演出了一场傩戏。但是事到如今,我觉得有点危险了,因为这个手法似乎成了一个公式,于是就成了匠气,而想象力是需要感情的。但是可以谈的,也就是匠作的这部分。把一件完全不可能的事情变成可能的,就是这样。

在把不可能变成可能的过程,我们一定要循着常理,人是行走的动物,你不能让他飞。就是说一定要在我们的能力范围内做到一个常理不能想象的事情。有的时候,事情是另一种状态,条件设置好了,人物也已经出发,可最后那个不可能却不知道是什么,于是中途折回。比如美国约翰·麦唐诺(1916—1986)的《恐怖角》,后来拍成电影,我们大概都看过那部电影。就是说一个罪犯,刑满释放以后,实行报复律师的计划,他的报复很恶劣,就是勾引律师的女儿,侵入到他们的生活中骚扰他们。电影是非常动作化的,充满恐怖感,很惊悚,而且那个演员又是个著名演员,非常有效地抓住视觉。当我后来看到小说的时候，我就觉得有些遗憾了，小说它错过了一个机会，其实它有条件继续深入，可是它错过了。一个律师在他非常安定的中产阶级的生活里面碰到这么个骚扰，那么，作为律师他首先寻找的是法律的保护，法律保护不能够实现，因为法律要有证据，可是他的骚扰是在合法与不合法之间，模糊地带上进行，你很难取得证据。寻求法律保护失败了，接下去，他就找到他的一位朋友，这个朋友在黑道里面有关系，他希望这个朋友能够在黑道里面为他疏通关系，很不幸，这个朋友猝死了。万般无奈，他只能自己去和黑道接触——我觉得小说里面这个场景写得非常好，他去了一个他从来不会去的，一个中产阶级、一个高薪者、一名律师，从来不可能去的贫民窟，充满犯罪，四处是陷阱，粗鲁的、叵测的人。可惜的是，在此小说步上另一条路数，变成一个充满动作的故事，追杀、厮打、搏命，它差一点就可以是一部严肃的好小说了，可最后还是落入情节小说的窠臼。问题出在哪里？思想的力度不够。它的那个思想的核不够成熟，没有积蓄起充分的涵量。

　　莫言是一个很有本事的人，他好像天生能让那种绝对不可能的事情发生。他的中篇小说《牛》——我觉得这篇是该作为精读篇目的。这头牛在阉割的手术中受伤了。公社的兽医给牛做阉割手术的时候，发现这头小公牛已经有过交配了，如果再行手术的话，它会大出血，弄不好就送了性命。可是不行，必须阉掉它，因为这头牛太吸引发情的母牛，太容易跟母牛交配，会生下无数的小牛，而他们生产队里的草料不再能负担更多的牛了，所以必须把这头牛阉掉。那个兽医，本来没有认真阉它，不过是为敷衍生产队长做做样子，可这小公牛又机灵，又健壮，又骄傲，没把兽医放在眼里，给了兽医一脚，把兽医的眼睛给踢伤了。兽医的火气上来了，他下决心要把小公牛给阉掉，说他还搞不过一条牛吗！经过几番斗智斗勇，到底把牛给阉了。动过阉割手术的牛，尤其是交配过又阉的牛，不能让它躺下来，一旦躺下来就会有淤血，必须要遛牛，遛牛的任务就落在一个老头和一个小孩，就是"我"的身上。牛，非常非常受罪，很明显地，已经伤口感染了，只得把它送到镇上去找兽医，因为兽医已经回镇上兽医站了。去镇上的路很漫长，在烈日底下，这一老一小就开始了整个行程：送这头牛。不能让牛趴下来，不能让牛停下来，要让它走。而它已经走不动了，走不动也要走，小公牛非常非常受罪，它不会说话，它不能诉苦、叫喊、抗议。老头和小孩却非常饶舌——莫言写饶舌是非常有能力的，饶舌饶十句是饶舌，可饶一百句就不再是饶舌了，有质的飞跃了，他们饶什么舌呢？抱怨。老头抱怨他的一生如何不得意，命运对他如何不公平；小孩子也在抱怨，他也是抱怨不公平的命运：本来老头答应给吃牛蛋的，结果却没给他吃，本来老头答应以后让他娶自己女儿的，结果却让女儿和别人定了亲。两个人就那么絮叨、聒噪着走了一路。但是最最受罪的牛是没有声音的，它没有一点声音，它沉默着。

我再回到起初那个问题：怎么样把时间填满？你必须要把长度给出来，这个长度不是指自然时间，不是说从晚清到民国，再从民国到"文化大革命",不是指这个。在这里——是由这一老一小斗嘴、抱怨、哀叹命运,同时,牛的忍辱负重,固执的沉默,而展开长度。这个长度取决于聒噪与隐忍的不断增进重力,加强,加强,最后将发生什么?牛死了,一条健康、俏皮、充满情欲的小公牛死了,它实在死得太冤了,它就这么沉默到底吗?它如何发出沉默的吼声?这是非常令人期待的。事情显然还没有完。那个时代食品很匮乏,长年没有肉食,农村里面耕牛是不能杀的,杀耕牛等于是伤害劳动力,倘若是自然死亡就另当别论了,于是,生产队和公社就开始争夺这条死亡的牛,最后,以死亡地为牛的所属,就是说死在哪里算哪里的,就留给了公社。公社机关的食堂把这头牛杀了,全机关的人欢天喜地吃牛肉了,结果如何?全体食物中毒。这一笔写得很妙,这条牛沉默了一路,最后的时刻,终于大爆发,为自己报了仇。我是说,当我们循着常理走去,一定要走到一个违反常理的地方去。常理是生活本来的面目,违反常理则是生活应该有的面目,这就是小说的思想,或者说小说的理想。

2007 年 10 月 14 日讲于上海作协作家班

整理于 2008 年 7 月 14 日

(录音记录:李一)

张爱玲之于我

我对张爱玲不是特别有研究，只能算她的一个读者吧，但有一些感受可以和大家分享。

我和张爱玲似乎有一种潜藏的缘分，我其实很早就知道她，我到现在都不晓得为什么我家里会出现一本张爱玲的小说集，是台湾皇冠出版的，所以早在张爱玲二十世纪八十年代在大陆流行之前，我就看过她的小说。张爱玲的小说给我的印象是好看，她和五四时期的小说家不同。五四新文学左翼的小说家，他们对普通大众的生活是持批评态度的。他们是要去启蒙，启蒙芸芸众生，所以他们对描绘日常生活没有兴趣。例如我们在鲁迅的小说里看到的都是思想和对生活严厉的批评，而张爱玲的小说充满了对生活的兴味，至于这个兴味是不是积极和热情的，我之后还会解释。张爱玲的小说就是好看，你会看到家长里短，看到男女关系，看到我们生活很日常的场景。这本张爱玲小说集给我的感觉就是好看，尤其在我们那个年代，七十年代的时候，我们看到的小说往往是思想的课本，不太能看到对俗世的描绘。不过，当时看了就看了，倒也并没有引起我太大的注意，我只是意外地看到了一些市井故事。后来我认识了一个朋友，他住在上海的老城区，可说是上海最老的市民阶层的一个青年，他写过诗歌，写过散文，我想到目前为止他也只能算是一个文学爱好者。他说在他小时候，也就是六十年代，在他的家——他的家真的就是市井中家庭——有一本破破烂烂的旧书，作者叫张爱玲，书名叫《流言》。可见张爱玲并没有在我们的生活里销声匿迹，只不过偃旗息鼓，我觉得她浅浅的好像一直在，就看你有什么机缘发现。我这个朋友说《流言》里的每一篇文章他都看过，和我们平时看到的文章很不相同。就这样，后来当张爱玲掀起文坛上的风潮的时候，我似乎对她已经有过照面，并不像大家那样愕然。这是我和张爱玲的第一份缘吧。

还有一份潜在的缘分，就是《长恨歌》。《长恨歌》是1995年完成的，写完之后我就把稿子分别交给了大陆和台湾的出版社。台湾的是麦田出版公司，他们有一位文学顾问，就是王德威，当时是手写的二十多万近三十万字的稿子，我先寄给台湾的麦田，麦田又寄给在美国哥伦比亚大学任东亚系主任的王德威先生，王德威先生居然给我写了一封信。之前我和他没有见过面，但我知道他读过我的小说，他对我的小说有过称赞也有过批评。他看了《长恨歌》之后给我写了封信，热情地肯定，他的称赞让我受宠若惊，因为我知道他是一个态度严肃的教授，他的文学评论很有说服力。那时候《长恨歌》还没有出版还没有变成铅字，只是手写的文字，他就说了很多夸我的好话，真是令人兴奋。然后，王德威教授就为《长恨歌》

写了一篇文章,那篇文章是在《中国时报》分两天连载的,后来就做了台湾版《长恨歌》的序。这篇文章的题目叫作《张爱玲后又一人》,据说原来的题目是《张爱玲后第一人》,但觉得"第一人"的说法太重,独占鳌头似的,台湾的很多"张迷"也许会生气,所以就改成"又一人"。不论是"第一人"还是"又一人",总之是将我和张爱玲联系起来,之前我从没有想到我和张爱玲有什么关系,这是王德威给了我的一个褒奖。从此以后我就和张爱玲牵扯上了,我需要在很多场合,面对记者,面对读者,面对文学批评者,面对小说同行,回答一个问题就是,你有没有受张爱玲的影响,你们之间的关系是什么。我从此就必须要面对这些问题。

我和张爱玲的再一次接触是发生在《长恨歌》出版之际,张爱玲去世了。我收到很多电话,都来询问我对这件事的看法,老实说我都不知道张爱玲一直活着,也不知道她生活在美国,过着凄凉的生活,这些于我都是隔膜的,但她的死讯却告诉了我一点:这是一个和我同时代的人。我感到很愕然,好像忽然走到她近边。然后我邻居,也是我朋友的儿子临高考需要补习英语,别人给他介绍一位英文老师,就住在和我们弄堂相连的弄堂里一幢楼房里的一间小屋,一位退休教师,这位教师叫张子静,人家告诉我他是张爱玲的弟弟。事情就变得更加奇妙,想不到张爱玲她离我如此之近,她弟弟就住在我们一个街区里面,而我朋友的儿子会去请他补习英语。听描绘,她弟弟是一个潦倒的人,孤单、寂寞、没有朋友,经济也拮据,这种老人在上海弄堂里非常多,突然之间我就觉得张爱玲离我如此之近。

到了最近，不期然间，我又和张爱玲发生了一次邂逅，就是香港在排演我根据张爱玲小说《金锁记》改编的同名话剧，这时候《小团圆》出版了。那天我去尖沙咀的一个书店做活动，和许鞍华一起召开读者会，只见书店迎门放了一堆《小团圆》，书店的职员告诉我，说他们举办很多次读者见面会，没有一次像那天那样，最后需要把人拦在外面，来了那么多热情的读者。这和《小团圆》的发行大有关系，那天读者会上也有许多问题关于《小团圆》。我这次来香港专为看演出，前天我过去剧场，制作人很高兴地告诉我，原来计划演六场——在香港演话剧，六场已经很多了——后来又加了六场，十二场，现在又加了两场，一共十四场，他说你的收入会有一点提高，不过也别抱太大希望。我就问怎么会这么红火，他就说和《小团圆》有关系。张爱玲又兴起了热潮，而我又是个受益者。这样来看就不能够说我和她不相干。有时候我觉得命运里会安排一些情节，这些情节让你和一个你从来没见过的人产生关系。

因为有了这样的巧合，或者说是命运，我就会经常被问到和张爱玲的关系，受张爱玲什么影响。遇到这样的问题我通常是拒绝的态度，因为张爱玲似乎变成了一个阴影，尤其是我们同在上海的女作家，似乎没有一个人可以说我不喜欢张爱玲，我对她没感觉。几乎是不可以的，有谁能逃离开张爱玲的笼罩，另有天地？这对我们造成一个压力，而且是巨大的压力。所以当有人提问这样的问题时，我总是断然地否定。

我有很多否定的理由,第一个理由是我和她的世界观不一样,张爱玲是冷眼看世界,我是热眼看世界。这次《金锁记》上演香港,海报上有句话是从张爱玲的某篇散文里截取出来的,叫作"最坏的时代做最坏的事情",我看的时候不由得心惊,我觉得这句话选得很好,是能代表张爱玲对世界的看法的,但我肯定不是这样看世界的。首先我不像张爱玲对时代那么绝望,我比她命好一点。她正好是生活在一个末世,时代转换的一个,不止一个,甚至几个关头。我有时候也在想其实我也经历了很多历史的转换关头,为什么我没有像她那样感觉受伤、难以适应呢?可能是我们比较皮实,或者是我们缺乏根基深厚的文化教养,所以我们转换轻松,这让我们变成一种没有背景的动物。我们能够适应各种转换,不像那个时代的人,像张爱玲,她所认同的时代社会都有着唯一性,也是因为那时代与社会还具备一定的连贯性,她才能将根子植得很深、很坚固,于是,便很难拔出来,转换变得非常艰难。我们则生活在一个节奏已经打乱的历史过程中,或者说是一个新世代,土壤还没有积淀到一定厚度,植被也比较瘠薄,拔起来,再栽下去,不那么痛苦,所以我就不认为我们的时代是多么坏。在"文革"中当然是境遇不好,不能受教育,离乡背井,前途茫茫,可是那时有青春顶在那儿,年轻,什么都不怕,所以也不觉得那时候多么坏。到了现在青春度过了,不过好像还有点成绩,也顶在那儿。也可能是性格的缘故,我比较容易妥协吧,总是能在不好的情形下看到好的东西,我是比较乐观主义的,也可以说是犬儒主义,所以首先我并不认为这个时代有多么不好，对于我来说还算可以——而且我想每个人注定要在某个现实里生活，在某个时代生活，所有的艺术家对所有的时代都是不感兴趣的，可你必须在某个时代生活，我就顺从，在哪里就在哪里好了。我会顺应我所在的环境，我比张爱玲好商量。张爱玲是一种不太能变通的性格，而我比她好商量。我对我的时代没有那么不满意，没有那么多意见。虽然我也有意见，但我的意见是在任何时代都会有的，我对我的时代还有一定的满意。

其次，我也不认为时代可以让做最坏的事情。是时代总是能看出很多毛病来，越来越多的人聚集在一起生活，这个社会根据一个你我都看不见的规律在行走，这个过程中一定是在伤害很多事情，伤害很多感情，可是在受伤害的同时我们不是也在得到一些东西，得到一些补偿嘛。补偿给我们的人也许是我们根本就不认识的人，所以大家也不都是在做最坏的事情。有时候朋友在一起聊天，谈到这个时代的不好，又是贪污腐败，又是环境恶劣，又是恐怖分子，很多人都在做坏事情，那我就说至少我没有做坏事情，你也没有，他也没有，那就不能说每个人都在做。我和张爱玲在意识形态上是不一样的，她是绝望的，而我总是能看到一些缝隙，可以喘口气。也许正是这一点说明我和她还是有差距。张爱玲她勇敢，她敢于往最最虚无看，而我比较软弱，我不愿意把事情推到那么极端的地步，我希望自己能处身得舒服一些。比如说我很喜欢香港，这个城市对我有一种治疗的作用，一到香港会变得很有物欲，我本人不是一个很有物欲的人，完全没有物欲是不好的，很容易走到虚无主义。我有时候会觉得人生也蛮渺茫的,可是到香港一看,那么多的商品,那么多的人,那么多人在积极生活,你想沉沦都沉沦不下去。你会生出物欲,这正好可以治疗我们的虚无主义。像张爱玲她永远是往绝路上看的,我觉得她真的很不容易,是苏青还是张爱玲曾说过生活在人家的时代就好像寄人篱下,这就是她和时代的关系吧。张爱玲就是这样尖锐地看待她与周遭一切的关系,人和背景,人和环境,人和人,性别之间,长幼之间,权力者和弱者之间,关系都非常紧张。我不是那么尖锐的性格,所以日子比她好过一些。但从艺术创造力来说也许会损失思想的锐度吧。当然我对她还是有些不满,我觉得张爱玲的虚无有些简单。她总是一句话就概括了,她说"人生总是在走下坡路"。我觉得这太简单,因为你至少要告诉我们些理由,当然,她的故事都有逻辑上的合理性,但都是个别的小逻辑,在这些情节背后的大逻辑,她便以"人生总是在走下坡路"来作了总结。而鲁迅就不同了。鲁迅的虚无世界里有更大的逻辑,更大的理由,比如民族性、国家、制度、理想、信仰,听起来似乎是大而无当,但其实是要对"走下坡路"的人生负责,张爱玲则推诿了责任。鲁迅是一定要找到虚无的理由,而且是要给大家解释,证明给大家看的,虽然这些解释不能作答案。鲁迅看到民族的衰亡,看到不公平、不平等,看到民众的不觉醒,他觉得这都是虚无的理由,也可能当这一切都解决了以后,又拓开一个虚无天地,虚无就像一个宇宙黑洞,但鲁迅还是比张爱玲走得远。我不以为张爱玲走到鲁迅这一步。他们都是不同程度的虚无,都有勇气抵达思想的黑暗处，但远和近是不一样的，是深刻和肤浅的差别。而我们这些人都比较软弱，一旦发现面临空虚就马上用物欲来拯救自己了，不让自己掉到黑暗的深渊里去。这是我和她世界观的不同，我确实要比她乐观，对这个世界不那么失望吧。其实对世界不失望也是为了拯救自己，不想让自己心情那么坏。

再有一点区别，就是我和张爱玲毕竟在不同的背景下生活。人们把我和她放在一起，我想有可能是我的《长恨歌》第一卷里写了上海的四十年代，这一时期在我的《长恨歌》里本来是个引子，为后来的故事做一个铺垫。我对四十年代没有感性的认识，都是从书本上或者是通过一些访谈得来的材料，这一卷应该讲是很不感性的，不够生动。但很奇怪，恰恰是这一卷唤起人们的好感，引起人们的兴趣，因为它正好和人们对三四十年代的上海想象联系到一起了——女孩子总是漂亮的，漂亮的她总是有幻想的，幻想做一个明星，做不了明星做封面女郎也可以，做了封面女郎总是要被金屋藏娇，养她的男人总是要死于非命，这些情节其实都是想当然的。上海有个小说家叫陈村，很可惜他现在不太写了，他曾经写过非常好的小说，他很懂小说。他和我说你第一卷写得最差，在你第一卷里都是想当然的事情，没有一点情理之中意料之外，到了第二、第三卷才好起来。他这个看法是很让我服气的，很尖锐。也正是因为这一卷的故事，我臆想出来的上海的故事，把我和张爱玲联系到一起。人们以为我和张爱玲面对同样的题材，其实是完全不一样的。对我来讲那是个虚拟的时间段，对张爱玲却有着切肤的痛处。如果非要如此联系的话,那么我想应该是我与张爱玲是相继面对这一题材,是以先后顺序为关系。就是说,我写的正好是张爱玲离开之后的上海,张爱玲离开了,似乎我在做一个续写。但我还是想说我和她所写不是一类。

所以我经常从这三个方面来否认别人对我的定义,我说我和张爱玲是没有关系的。但我也要满足一下提问者的好奇心,我一般这么回答,我说你们为什么要把我和张爱玲扯到一起,一般有这么几个原因,第一我们都是写上海。其实我不仅写上海,除了上海之外我还写了很多农村和内地城镇的故事,可见小说家被批评被定位的时候其实是很被动的。在我初学写作时,上海就是我的题材,同时也写内地,因为我插队落户时离开上海,到农村和内地的小城镇居住过。但那个时候人们从来不注意我写上海的部分,他们只注意到我写农村,在"寻根"运动的文学背景下,他们把我定位为一个寻根的作家,一直到这十来年里,上海成为一个话题,成为一种时尚。上海这个城市说起来也挺可怜的,当政府决定要开发旅游业的时候,发现这个城市没有古迹,也没有什么遗址,它的历史很短促,繁荣年代只在近代的上世纪三十年代,在被殖民的命运中开埠,成为"东方巴黎",其实是一个屈辱的名字,所以这个年代究竟是什么样子也很可疑。我们只能去开发这个殖民的时期和它畸形的繁荣,上海的话题突然兴起,几乎一夜之间,出现了很多名字叫作"三十年代"、"老上海"、"老夜上海"的饭店。在这种气氛的渲染下我的《长恨歌》就被别人注意了,事实上,这时候《长恨歌》

已经出版了四五年。张爱玲写上海,可张爱玲不是还写了香港?只是香港变得不重要,重要的是上海,就这样,我和张爱玲在这里会合了。

第二,我和张爱玲都是写实主义。我在想这可能是女作家的性格吧,我们对日常生活和生活的表象都有兴趣。我们注意的是生活表面的逻辑,不像现代派作家他们会抛弃表面的逻辑,去进入内在的,他们抽象过、归纳过的一些性质。张爱玲是一个写实能力特别强的作家,这不仅体现在她的小说,还有散文。散文其实非常难写,我经常在写一段时间小说之后去写写散文,我觉得散文是个练笔,因为真实的景象你要把它描绘出来,你会有个标准,你总是觉得写不像。张爱玲有一种描摹的本事,她肖真的天分非常强。我记得她写到虹口日本人开的布店里去买和服的料子,她说都是手绘的花,和服的料子一下撒开,很苍茫,手绘的花都很大,而且烂漫,一幅料子就这样在柜台上撒开——这就已经不再单纯是肖真,而是有人生观在里面。她可以写这样的东西,她的写实能力强就在于她对客观世界的临摹中始终具备主观的洞见。她的人和事都是在一个假定性前提下真实地展开。她的前提是假定的,但展开的过程是非常严格地遵循现实定理。这是我所追求的,我追求的写作的理想是和张爱玲有点接近的。我想这是把我和张爱玲联系起来的另一个理由吧。我直到今天都坚持认为小说的最大难点还是在于写实,虽然这个世界上已经出现很多很多小说的写作手法,可写实依然是最难的。俗话说:画鬼容易画人难,有个真实的摹本在那里,你要写得有三分不离谱，让人感同身受，就非常可贵了。

　　第三点是我后来发现的，我和张爱玲喜欢同一个人的小说，就是阿加莎·克里斯蒂。要是张爱玲还在世的话，我真希望能问问她的观感。我听别人介绍说张爱玲很喜欢克里斯蒂的小说，这点我确实像她，我也很喜欢阿加莎·克里斯蒂。我有时会揣测张爱玲为什么喜欢阿加莎·克里斯蒂，就从我对克里斯蒂的喜欢出发去揣测。她的凶杀案，永远都是发生在寻常人家、寻常的生活里，她没有特别离奇的、脱离我们常识的案子，都是在我们的通识范围内。她设计和破解案情，每一步逻辑推理都是我们可以用常情解释，作为平淡生活里的我们能够认同的。就在那么一个寻常的逻辑里面发生了杀人案，然后破案，这种寻常的不寻常是我特别喜欢的。但现在已经不能向张爱玲求证她喜欢克里斯蒂的理由，或许有更深刻的原因。总之，我是一个对推理小说非常着迷的人，尤其是克里斯蒂的小说，张爱玲也是特别喜欢阿加莎·克里斯蒂。这里面又有点缘吧，也可以归根结底为同是写实主义的趣味。

　　我对张爱玲的写作没有做过特别深刻的研究，因为我不是一个研究者，大约也称不上是张爱玲的粉丝。张爱玲的小说，说句大胆的话，第一我觉得她的产量少了点，作为一个如此盛名的作家我总希望她有更多的作品，她的作品不那么多。在不太多的作品里我特别喜欢的有几部，并不是所有。张爱玲有一些东西我觉得比较平淡。有些异口同声说好的东西，我既怀疑别人的评价，也怀疑自己的判断力，比如说《色，戒》。这部小说我看来看去看不明白，我觉得它实在太隐晦了。在我写作的时候我努力要做的，就是把那种特别难以想象的事情写出来。可是在《色，戒》里面作者却把一些在我看来是特别重要的，需要交代的东西她隐匿起来了，最后给我们留下的是一个千古之谜。小说是要设谜的，但必须要负责解谜，就像克里斯蒂那样，她要把谜都解开。越是迷惑的迷局，解谜的责任越艰巨。当《色，戒》电影出来后，我看了电影，我终于明白了，我知道究竟发生了什么事情。我觉得一个小说不应该简单扼要到这种程度，把那么关键的情节都隐藏在幕后，整个故事都是在作者的暗示底下进行，我觉得似乎没有尽到写作者的责任。从电影来讲，电影当然是非常夸张的，我也觉得不够满足。花了这么大力气写了这么一个惨烈的故事，结局也是骇人的结局，不过就是向我们说明人性里一个普遍的状态，甚至比普遍状态还要逊色一点。我可能有古典主义情节吧，我觉得英雄总是比一般人要高尚，写英雄一定比写普通人难。写普通人还是比较容易的，因为你、我、他都是这样，我们都能够揣测能够预料，但写一个英雄很不容易，尤其写实主义者要写一个合情合理的英雄就更难了。或者不要说英雄，而是说特殊的性格，我们虽然遵从常情，但常情中也是可能生发特殊性格的。《色，戒》无非就是一个女性，让她以色相为条件打入汉奸内部去，结果弄假成真，动了真情，最后反水。民族大义和情欲，似乎不是必得这么互相考验的。我对《色，戒》一直感到疑虑重重，是不是其中有什么深奥的真谛是在我的盲点里？是不是有人可以向我再重新叙述一下这个故事。就此说来，我对张爱玲的作品并不是每一篇都能给予很高的评价,有些我是感到有点遗憾的。我曾看过一篇傅雷批评她的文章,我觉得有道理,她有的人物真的是有点恶俗。她把人性的黑暗当然是写得惊心动魄,但看了以后简直毛骨悚然,觉得很可怕。

但她有一些东西我是非常喜欢的,比如《金锁记》,我认为她的小说中《金锁记》是最好的。首先它有一个完整的故事,这个故事有头有尾,所有的复杂性、令人难以置信的地方她都交代得清清楚楚,那么正面地表现。其实我觉得写作难的还是在于正面,正面写比侧面写难得多,所谓笔笔中锋,偏锋总是小道。《金锁记》那么饱满,因为完全是正面展开写的,没有暗示、隐喻之类的曲笔,没有什么藏着掖着的。其中的人物,像曹七巧这种女性,在张爱玲的小说里很常见,都是这种和自己的命运对抗,很挣扎的,要奋斗,不服输的,但其他的女性都不像这个女性那么彻底。我就很欣赏生活中这种女性,她可以把自己赔进去。一个人已经没有什么本钱,没什么家当了,就把自己砸进去。这在张爱玲塑造的人物中是个例外,她笔下的女性奋斗之后都有所得,比如《倾城之恋》里的白流苏,当然是时局成全,但也是处心积虑,持之以恒,终于战胜了范柳原,有了今生安稳,时日静好。张爱玲小说中女性奋争以后都会有所得,有所得又有所失,比如《留情》、《鸿鸾禧》。即便是丧失的,她也会把丧失处理成一个哀惋的手势,聊以自慰。比如《花雕》,这个女孩子真是为她惋惜,但就到这一步了,她还会央人雇一辆三轮车,穿整齐了衣服,到街上兜一圈,吃了要吃的东西,看了要看的东西，与这个物质世界作个告别。这个女孩子恰好活在一个市民家庭，这个家庭中的生活是蒸腾的，每个人都在追求自己的份额，这个女孩子太过孱弱，缺乏竞争力，只能败下阵来，也是适者生存，在她死去的背后千千万万的姐妹们在成长，好比"病树前头万木春"。但曹七巧就不同，她真是有蓬勃的欲望的。在张爱玲笔下的女性，像她这么有原始欲望的很少，白流苏很聪明，她每一步的行为都要经过计算，曹七巧却是不大过脑子的，我觉得她有时的行动有些盲目，不像白流苏那么工于心计，做每一步都计算得失，然后慢慢做，做到后来真的做成了，当然也要依靠偶然性。而曹七巧是有些盲动的，她身上有一种原始的生命力。在张爱玲小说里面很少这种原始生命力，她的人物总是在都市中生长的市民阶层，所有的欲望都是物质化了的。也因此，市民阶层不会太堕落，当然也不可能升华，就是一种中间状态，他们的人生比较安全，没有过于虚无的状况，也没有很高的理想。在张爱玲的小说里不太容易看到曹七巧这种原始的状态，她又给她设定了一个这样的家庭。恰恰是这样一个野蛮的女人面对着一个瘫痪的丈夫，处处掣肘的关系，偏偏还有一个三少爷，也是野蛮的，但已经油滑了的男人。否则曹七巧也就压抑地郁郁不乐地打发了她的人生，她的情欲不得不克制着，然后枯萎、埋没。恰恰有一个三少爷，三少爷把她所有本来沉寂的东西都唤醒了，都燃起来了，三少爷要是个情深的人，那就成了罗曼史，但他恰恰是个有伦理观念的花花公子，自己人不沾的，这简直就是火上浇油，曹七巧的能量就这样积蓄起来了，她要报复。我觉得曹七巧的报复在《金锁记》中非常悲壮，一个女人大门不出、二门不迈，她的世界就是这么个家庭，如此巨大能量的仇恨，她能对着谁呢？就只能对她近处的人，最亲的人，她就对她两个孩子报复。她先把别人搭进去，再把自己搭进去。其实她把至亲的人搭进去之后她自己已没什么快乐可言。所以这部作品我个人认为是她写得非常好的，并且文字又干净、简练，里面每个人都很生动、很有声色。这里面还是有些不过瘾的地方，但总的来说是完满的。

我再来说说我改编《金锁记》的缘由。我们搞文学的人常常有这种妄想，就是写戏剧，戏剧是难度最大的。写小说是在一个单纯的时间流程里面写，你想怎么写就怎么写，只要是用文字来表达，我们可以自由地调度，调度到任何空间任何时间，在文字这个境界里面它是很自由的。戏剧却没有这样的自由。第一，时间和空间都是受制约的，而且是非常严格的制约，你不可能频繁地换景，也不可能任意地安排十年二十年过去了，在观众眼皮底下过去一段时间是不容易的。但有趣味的地方也是在这里，我个人觉得最好的艺术是限制最大的艺术，像电影我就觉得它是一个手段太多的东西，再好的电影我对它是不是艺术都存疑，它太像一个工业的产品了。而戏剧是一个手工活，你和观众面对面在同一空间里度过一段时间，就在这时空中，必须有超越性的事情发生。第二个挑战就是你所有的故事和情节以及人物都只能用一个方式来交代，就是对话。对话是很难写的，事实上你我他平时说的大都是闲话，你也不能让人物说太有意味的话，在这闲话里面你要把你要交代的故事都要交代出来。而且时代不同了,也不可能像莎士比亚一样,上去就朗诵一大段,像咏叹调一样的,我们还是要在日常的对话里面让情节不断前进。所以戏剧对我们来说是个挑战,可能每个作家都想过要写戏剧吧,莫言也写过,刘恒正在写。

当时,上海话剧艺术中心希望我能给他们写部戏,我说我很难写出一部原创的戏剧来,我的小说本身就不太有戏剧性,我不是那种善于制造激烈冲突的人。我的小说是比较缓慢、温和,矛盾都不太外化的。你要让我自己平白无故设计一个戏剧的核心基本不可能。我就和他们说我必定是要改编的,他们说那你就改自己的《长恨歌》好了,我说那不行,自己的东西不太舍得改,因为这里面有个取舍的问题,你留什么去什么?自己可下不了手。我说我还是改别人的吧,改《金锁记》。但是我们话剧艺术中心的艺术总监和总裁他们都很不能理解,他们找来《金锁记》看,看来看去不喜欢,我想他们有很多理由不喜欢。他们会觉得这个故事有点压抑,太黑暗。我很任性地说如果你们不让我改编《金锁记》,那我就什么都不改,如果你们要决定给我上一部戏的话,我就只改《金锁记》。简直是要挟的意思。他们被逼无奈,商量决定给我一个机会,说那你就改吧,改了再说。于是,我就写了话剧《金锁记》。

很高兴香港上演我的戏剧,也很高兴由许鞍华导演这部戏,前几日与许鞍华一同参加读者会,听许鞍华说,对我拉去长白的情节线是赞成的,如果她做剧本她也会把这条线拉掉,她说长安至少还有放弃的快乐,长白什么都没有,黑漆漆的一片,所以对这条线的拉掉她一点意见都没有。我看出许鞍华很喜欢我的剧本，这让我很高兴，她比我们上海的导演更喜欢我的剧本。她也注意到我的工作，她说安忆你加了两场戏，就是宣德炉和长安童世舫的两段戏。长安和童世舫的分手，小说里只略略说了"他们继续来往了一些时"，没有了婚姻的约束他们交往得反而轻松，而且表现出自己的性格，得到一些快乐。我就为这几句话写了整整一场戏，从头至尾都只有这两个人。我很高兴的是许鞍华很看重这场戏，并且她看出是我脱离小说独立写的这场戏。我前天到剧场去的时候，制作人和我讲你会看到一个完全不同的版本，我只是看了一下舞台，已经能感觉和之前的对比，很有意思。这一回的舞台更干净，很简练，很现代，背景是用几个栅栏式的板块来变化结构，栅栏缝隙中透进光来可以形成各种各样的影调、各种各样的气氛。所有的家具都是本木的颜色，没有上漆的本木的颜色，显得很写意。上海的舞台比这儿大，比这儿深，更加写实，完全不同。从演出时间来讲，香港的制作人告诉我是两小时一刻钟，我们上海演出要三个小时，不知这边是删节还是加紧节奏。还有阳台，阳台上的戏起初是为了换场，同时表现时间的流动，事实上却平添一种情绪，效果相当不错，可在这里的舞台我没有看见阳台，不知道幕间怎么转换。总之，一切都是悬念，今天晚上揭晓，我很期待。

2009 年 4 月 2 日《金锁记》香港上演之前讲于香港岭南大学

整理于 2009 年 6 月 17 日

后 记

所以能有这本书，要感谢段晓楣，不是她再三再四地撺掇，我是不会下决心将这些讲课整理成文的。

这些讲稿中，除去《解读〈悲惨世界〉》一篇而外，都是2004年春季进入复旦大学中文系之后，渐渐积累起来的。刚进校的一年，我在张新颖老师的现当代课程里加入三堂课，就是《小说的异质性》《经验性写作》《虚构》这三篇讲稿，但这三篇如今根据内容和整理的先后顺序，重新排列。然后2005年，去香港岭南大学中文系教学写作课，为提高学生的兴趣，也为了突出小说写作的现实性，专挑选当代上海作家写上海的四部小说作分析对象，《生逢1966》《五妹妹的女儿房》《城市生活》《租个男友回家过年》，是为四堂大课的内容。在此编成第二辑。2008年，中文系的方法论课程中，分配我承担其中的三堂课，我上的是《小说的情节》《喧哗与静默》《讲述〈战争与和平〉》——这一讲于2009年在上海图书馆"经典3.0"活动中又讲了一次，讲稿是在当时录音基础上整理，题目就也用的是当时的名字，成书时移上去，和讲述《悲惨世界》合为第一辑。而其余两堂课则和 2004 年的三堂，以及《小说与电影》——是在台湾一个中学生文学夏令营里所讲，因是针对中学生，内容相对浅显一些，总共六讲，合为第三辑。书里面的第四辑，是一些零散的讲课，分别在不同的场合、不同的面向之下进行，相对杂芜，但可能趣味性要强一点。总之，第一，书中的分辑和排序基本由内容和整理时间为准；第二，其中只有极少数有录音，好在我的备课笔记很详细，过了若干年，我都还能记得起所讲内容，当然，整理过程中也会添加内容，但主旨不会有改变。

  现在，一鼓作气整顿出来，取名《小说课堂》，相距上一本讲稿集《心灵世界》，也叫《小说家的十三堂课》，已有十五年时间，也算对自己的教学工作做一个小结，希望能对文学教育有一点贡献。

王安忆
2011 年 5 月 17 日于上海